为庆祝广东外语外贸大学建校六十周年，学校策划组织了“建校六十周年专辑”，作为“广外学术文库”的子系列。专辑遴选了外国文学、语言学、法学等重点学科的优秀选题，注重原创性、科学性和前沿性。崇尚朴实严谨，论说有据，力避浮泛陈言，既重视实证研究，亦强调现代视角和问题意识，方法不拘一格，风格兼收并蓄。以期接续学术传统，彰显学术精神，鼓励学术创新，开辟学术新境。

外国文学多语言研究

后人文主义诗学

21 世纪文艺理论新范式

许栋梁　著

人民出版社

责任编辑：贺　畅
文字编辑：谢晓冉

图书在版编目(CIP)数据

后人文主义诗学：21 世纪文艺理论新范式 / 许栋梁著. -- 北京：人民出版社，2025. 5. -- ISBN 978-7-01-027147-7

Ⅰ. 10

中国国家版本馆 CIP 数据核字第 2025M2K029 号

后人文主义诗学：21 世纪文艺理论新范式

HOURENWENZHUYI SHIXUE：21 SHIJI WENYI LILUN XINFANSHI

许栋梁　著

人民出版社 出版发行
（100706　北京市东城区隆福寺街 99 号）

北京建宏印刷有限公司印刷　新华书店经销

2025 年 5 月第 1 版　2025 年 5 月北京第 1 次印刷
开本：880 毫米×1230 毫米 1/32　印张：8.5
字数：213 千字

ISBN 978-7-01-027147-7　定价：59.00 元

邮购地址 100706　北京市东城区隆福寺街 99 号
人民东方图书销售中心　电话（010）65250042　65289539

目　录

绪 论

“后人文主义”(Posthumanism)作为基于“后人类”(Posthuman)语境、对传统人文主义进行反思批判和解构重构的思潮,它在20世纪后期滥觞于伊哈布·哈桑(Ihab Hassan)、唐娜·哈拉维(Donna Haraway)等人的研究中,与科幻研究、女性主义、唯物主义以及科学技术研究(Science and Technology Studies, STS)、生态研究、媒介研究、动物研究(Animal Studies)等领域的系列话语实践密切相关,逐步形成了特色鲜明的思想潮流。在迈向21世纪之际,后人文主义在N.凯瑟琳·海尔斯(N. Katherine Hayles)、尼尔·贝明顿(Neil Badmington)、嘉里·沃尔夫(Cary Wolfe)、罗西·布拉伊多蒂(Rosi Braidotti)等理论家的推动下,迅速从社会文化思潮中脱颖而出,成为跨学科、多领域的理论热点,也由此与众多批评议题和诗学论题相结合,导向了一种面向21世纪文艺理论的可能新范式。

总体而言,后人文主义一方面延续以米歇尔·福柯(Michel Foucault)“人之死”论题为代表的“反人文主义”(anti-Humanism)思潮对大写之“人”的批判,在主题上具有鲜明的去人类中心化、去主体化的内涵,强调人总是历史地“具身”并“嵌在”于包括自然生态在内的物质网络中,人类总是与非人类他者同存共在;因此后人文主义要恢复技术媒介、自然生态、动物异形等“物”的能动性,以激进的姿态消解人的痕迹而呼吁“他者”在场,企图突破20世纪下半叶以来强调语言、文本、文化之建构性的“文化理论”的藩篱。另一方面,后人文主义基于后人类语境,重点关注人与机器、技术、媒介等人工物之间的杂合纠缠，并借助系统论、控制论、信息论、生物学、认知科学等自然科学理论，融合解构论、生成论等思想资源，激进地消解人类/机器、有机/无机、自然/文化之间的界限和等级制，呈现出激进的跨学科话语实践的显著特征，不断地更新和拓展文学和文化理论的边界。其中，后人文主义理论家在对传统人文主义话语的反思、批判和超越中，有意识地和系统性地在运思路径上凸显自身与反人文主义话语的区别，也与“后现代”“后结构”等思潮拉开距离，力图建构一种新的理论图景，也指向了一种后人文主义诗学话语范式的可能路径。

一、概述：何为“后人文主义”

（一）思潮泛起与概念的流行

“后人文主义”（Posthumanism）①这一概念首先由后现代理论家、批评家哈桑提出，他在1976年一场名为“后现代操演”的国际研讨会中宣称：

> 目前，“后人文主义”可能看上去是个有问题的新词，是时髦的标语，或简单地是个不断重现的人类自我憎恨的形象。但是后人文主义也暗示着我们文化当中的某种可能性，某种挣扎着脱逃沦为潮流的趋势……人类的形态——包括人类的欲望以及所有的外部表征——可能都在发生着剧烈的变化，因此需要重新构想。我们需要知道，五百年的人文主义传统可能走到了尽头，人文主义自身蜕变成为一种我们不得不称为后

① 这一概念在汉语语境中因学科领域或话语形态的不同，又翻译成“后人类主义”“后人道主义”“后人本主义”等。本书除了直接引用转述之处，对应于posthumanism此一术语的中文词汇，一律译成“后人文主义”，同理humanism也都翻译成“人文主义”。虽然就后人类语境而言，“后人类主义”的译法在主题上更贴近，但是从整体的人文脉络和话语转换来看，“后人文主义”更具宏观性和涵摄性。

人文主义的东西。①

哈桑的论断既是溯源，也是预言：一方面，他将古希腊神话中盗火的普罗米修斯当作一个“操演者”(performer)，认为在他身上“救赎者/恶魔”的双重形象是无法区分开来的，在“操演”过程中，各种决然划分的清晰界限被消解掉。在哈桑看来，这就是“后人文主义式”(posthumanist)的，其含义正如普罗米修斯这一形象所展示的，是想象/科学、神话/技术的融合，是各种清晰的本质界限的消解。另一方面，根据哈桑的论断，“后人文主义”的新构想乃是基于正在发生着的人类形态之可能性剧变，这种新变的形态复杂，其中人与机器、技术之间的关系是后人文主义思潮的诱发点，也是后人文主义研究者的核心切入点。

哈拉维的思想往往被后人文主义研究者所重视，并视其为主要代言人。虽然并未提出“后人文主义”这一概念，但哈拉维对20世纪下半叶以来人与机器、技术之杂合形态的考察，实际上正是后人文主义的先声。哈拉维在《赛博格宣言：20世纪晚期的科学、技术与社会主义女性主义》(*A Cyborg Manifesto: Science, Technology, and Socialist-Feminism in the Late Twentieth Century*, 1985)中所展示的，正是后人文主义视域下的“人”，即“赛博格”，它“是一种控制生物体，一种机器和生物体的混合，一种社会现实的生物，也是一种科幻小说的人物……既是动物又是机器，生活于界线模糊的自然界和工艺界”②。并且在她看来，这是一种人类新境况的表征，即到了20世纪末，我们所处的时代已经成为一个“新神话”的时代：

---

① Ihab Hassan, “Prometheus as Performer: Toward a Posthumanist Culture?”, *The Georgia Review*, Vol.31, No.4 (Winter 1977), pp.830-850. 中译见[美]伊哈布·哈桑：《作为表现者的普罗米修斯：走向一种后人类主义文化？——五幕大学假面剧(献给神圣之灵)》，张桂丹、王坤宇译，《广州大学学报(社会科学版)》2021年第4期。

② [美]唐娜·哈拉维：《类人猿、赛博格和女人：自然的重塑》，陈静译，河南大学出版社2016年版，第314—315页。

"我们都是怪物凯米拉，都是理论化和编造的机器有机体的混合物；简单地说，我们就是赛博格。"①

以哈桑、哈拉维等人为先锋或旗帜，一种"后人文主义式"的理论话语在 20 世纪末的诸多领域中广泛出现，逐渐演变为重要的国际性思想文化潮流，并且呈现出以人文学科为中心，融合社会科学和自然科学的跨学科、跨领域的鲜明特点。后人文主义话语在动物研究、残障研究（Disability Studies）、环境系统研究、人工智能研究、外星研究等领域，对人在认知、意义等方面的中心地位系统地提出了挑战，并进一步引发了对西方人文主义和启蒙式理性主体建构的质疑与批判。

1995 年，沃尔夫第一次使用带连字符的"post-humanism"一词，以考察赫伯特·马图拉纳（Humberto Maturana）和弗朗西斯科·瓦雷拉（Francisco Varela）的著作，并将两位生物学家的"自创生"（Autopoiesis）理论进行了一种"后人文主义式"的解读。② 2000 年，贝明顿主编了《后人文主义》（*Posthumanism*, 2000）一书，遴选了包括罗兰·巴特（Roland Barthes）、路易·皮埃尔·阿尔都塞（Louis Pierre Althusser）、弗朗索瓦·利奥塔（Jean-Francois Lyotard）等当代理论家的文章，明确将后人文主义的思想渊源与以后结构主义、后现代主义为代表的"反人文主义"思潮关联起来，将后人文主义推向理论话语和哲学思考的层面。进入 21 世纪，后人文主义思潮尤其在大众文化研究领域蔓延开来。典型如贝明顿在 2004 年出版的《外星时髦：后人文主义及其内部的他者》（*Alien Chic: Posthumanism and the Other Within*, 2004）一书，以大量的科幻电影为文本，梳理并分析了流行文化表征中的"憎外星人"和"爱

① ［美］唐娜·哈拉维：《类人猿、赛博格和女人：自然的重塑》，陈静译，河南大学出版社 2016 年版，第 316 页。

② Cary Wolfe, "In Search of Post-Humanist Theory: The Second-Order Cybernetics of Maturana and Varela", *Cultural Critique*, No. 30(Spring 1995), pp.33-70.

外星人”现象，是为后人文主义文化批评之典型代表。

随着思潮的泛起，“后人文主义”这一概念的基本内涵也逐步清晰。根据普拉莫德·K.那雅尔(Pramod K. Nayar)的概括，后人文主义一方面是指一种“人类目前的、可能越来越明显的本体论处境：人类的身体将被化学、手术和技术所改变，并且与机器和其他机体形式(如由从其他生命形式移植而来的身体部分)紧密连接”；另一方面是指“它的批判性，是对人类的重新概念化”，后人文主义强调的是人与机器、内在精神与外部装置之间的反馈环路(feedback loop)，这是基于对当代科技的重要性的认识，后人文主义重点关注的是当代科技如何形塑、改变和重新定义人、生命、主体等范畴。①

从话语内涵上看，作为对传统人文主义进行反思、批判与解构、重构的理论话语，后人文主义与人文主义之间的关系可由“后—”(post-)一窥究竟。作为前缀的“后—”包含两个层面的基本含义：一是时间、空间上的“在……之后”(after)；二是在内涵上的递进、运送和超越(beyond)之义。同时，“post-”除了是时空和程度上的“后—”，是一种“后设”的反思批判与重构；它又与“meta-”(元—)在内涵上相关联，在逻辑和历史维度上包含着一种“前置”之本体论意义上的“生成”或“生产”内涵，实际上开启了深一层的反思默想的话语“元空间”。② 因此，广义的后人文主义可以在时间维度上，把文艺复兴人文主义之后的人文思潮包含在内(post-Humanism)；而本书所论述的则是狭义的“后人文主义”(Posthumanism)，它作为一种参照式的命名方式，其中的“后—”既有依附、寄生之意，又有脱离、新生、让渡、转送之势，它与参照对象之间既亲密又疏离，既依赖又独立。这种“后—”所蕴藏的理论含义，已经在

① Pramod K. Nayar, *Posthumanism*, Cambridge: Polity Press, 2014, p.13.

② [美]Edward W. Soja:《第三空间——去往洛杉矶和其他真实和想象地方的旅程》，陆扬等译，上海教育出版社2005年版，第41—42页。

有关“后现代”的争论中得到充分的展示；当然，其中的复杂多义乃至悖论、吊诡也被激烈地讨论。

后人文主义理论家往往借助有关“现代”与“后现代”的理论关系，来阐述“人文主义”与“后人文主义”之间的复杂关联。沃尔夫认为，后人文主义与利奥塔有关后现代的悖论表述相似，后人文主义也是同时在人文主义“之前”和“之后”的——“之前”意指人类的“具身性”（embodiment）和“嵌在性”（embeddedness），是在于其生物和技术世界中的，人类的肢体、机能是与自然环境以及技术工具、语言文化等“档案机制”共同进化形成的，之后才产生了人文主义有关本质的、自主的“人”的观念，这可以参照福柯对“人”的考古挖掘来审视；“之后”则是立足于人类历史发展的新节点，人因日益受技术、医药、信息、经济网络等的“叠盖”（imbrication）而非本质化、去中心化，人文主义有关人的本质主义设定受到了全面和深刻的挑战，这种时代境况吁求新的理论范式，来紧接着代替“人文主义”这一已过时的历史性范式。①

贝明顿也援引利奥塔有关“现代性”与“后现代性”的论述来阐明后人文主义与人文主义之间复杂而深刻的内在关联。在利奥塔看来，“后现代性”并非一个新的历史时期，而是对“现代性”所宣称的一些特征的重写；而这种重写已经在现代性自身内部长期进行了，两者并不能从本质上截然划分，“现代性”自身在本质上不停地孕育着其“后现代性”。因此，利奥塔提出，“后—”是一个动态过程（post-ing），永远与其参照之物紧密关联，“重写现代性”并非要回到现代性的起点，而是有赖于如西格蒙德·弗洛伊德（Sigmund Freud）所言的“消解”（working through）创伤的过程——创伤无法简单直接地在意识中呈现，也无法忘记；它会产生抵抗力，无法简单地突破它，因此需要慢慢地“消解”。而文化分析和心理分析是

① Cary Wolfe, *What Is Posthumanism*, Minneapolis: University of Minnesota Press, 2010, xv, xvi.

一样的,这种消解现代性的"重写"关系到事物(thing)的"病史",不仅与个体相关,也和语言纠缠不清,并受到传统和物质的制约,对现代性的重写是繁复、费力、曲折的过程。借由利奥塔如此这般"重写"现代性的启示,贝明顿明确指出,后人文主义的"后—"并非对人文主义遗产进行明确、绝对的断裂;"后—"是一种"幽灵"般的存在,后人文主义并非要埋葬人文主义,而是要从人文主义"内部"进行批判,是要消解人文话语而非重拾之。因此,人文主义的弊病无法瞬间消除,消解人文主义是一个渐进的过程,路途艰辛,需要耐心,如果想要简单地消灭人文主义,那么后人文主义也无法产生,这就是后人文主义中的"后—"之关键所在。①

(二)话语纷议与理论化追求

关于后人文主义思潮,弗朗赛斯卡·费伦多(Francesca Ferrando)分析并总结了其中三个层面,即批判的、文化的、哲学的后人文主义的衍化与融合:"批判的后人文主义"肇始于女性主义在文学批评领域的实践,后来被文化研究广泛采纳而流行开来,进而演变为哲学领域的一种综合研究的企图。② 内尔·卡斯特雷(Noel Castree)和凯瑟琳·纳什(Catherine Nash)则从论述逻辑上,将后人文主义区分为"历史境况说""本体构成说"和"解构说"三个方面。③ 麦若·J.西曼(Myra J. Seaman)认为,后人文主义内部有两种不同的声音,一种称为"流行文化中的后人文主义",另一种称为"理论界的后人文主义";前者聚焦人类与科技之间的"具身"关系,后者

① Neil Badmington, "Theorizing Posthumanism", *Cultural Critique*, Vol.53 (Winter 2003), pp.10-27.

② Francesca Ferrando, "Posthumanism, Transhumanism, Antihumanism, Metahumanism, and New Materialisms: Differences and Relations", *Existenz*, Vol.8, No.2, 2013, pp.26-32.

③ Noel Castree, Catherine Nash, "Introduction: Posthumanism in Question", *Environment and Planning*. A, Vol.36, 2004, pp.1341-1343.

则批判和解构自由人文主义有关主体的设定。① 中国学者将后人文主义划分为“工具性后人文主义”和“批判性后人文主义”，认为前者主要是“对科技发展将导致人类生存形态发生改变的种种构想”，后者主要是由前者所引起的种种理论反思。②

如果说前面的“三分法”折射出后人文主义内涵的复杂与多义，那么后面的“两分法”则更多地暗藏着重大的分歧与争议，这种分歧与争议正是当下后人文主义作为一种新的理论形态需要给予厘清和界定的重大问题。

关于后人文主义的分歧与争议，我们可以从 posthumanism 这一术语入手，作两个向度的解读：第一个向度是 post-humanism，它的理论指向是从当下反观历史，是对传统人文主义有关“人”的本质主义设定进行哲学层面的反思与批判；它作为一种话语实践，与“后结构主义”“后现代主义”等“后—”思潮同声相应、同气相求，致力于解构和重构有关人的历史命题，如前所言之“理论界的后人文主义”“批判的后人文主义”都在这个向度当中。第二个向度是 posthuman-ism，它的理论指向是从当下的后人类语境展望未来，是对人类与技术亲密纠缠的历史新阶段及其文化表征的研究；它作为一种话语实践，聚焦有关后人类状况与问题，并对后人类关键因素——“技术”展示出或肯定乐观、或质疑保留的态度，如前所言之“流行文化中的后人文主义”“工具性后人文主义”都在这个向度当中。

事实上，在以贝明顿、沃尔夫为代表的理论的、哲学的、批判的后人文主义研究中，所谓“工具性后人文主义”一直在他们的视野里，构成了理论思考的主要语境和历史背景，并对之作了细致的阐释和界定：工具性后人文主义若对人通过技术改造自身的“后人

---

① Myra J. Seaman, “Becoming More (than) Human: Affective Posthumanisms, Past and Future”, *Journal of Narrative Theory*, Vol.37, No.2, 2007, pp.246-275.

② 蒋怡：《西方学界的“后人文主义”理论探析》，《外国文学》2014年第6期。

类”追求持一种肯定和乐观的态度,事实上正是陷入了自由人文主义的圈套,仍然是一种人文主义的激进形态,正如沃尔夫所言,更接近于“超人文主义”(Transhumanism)的立场;而如果对技术持一种质疑的保留态度,如哈拉维的反讽式的“赛博格”,则正符合后人文主义作为对传统人文主义的反思与批判应有的理论内涵和话语立场。

概而观之,作为一种文化的、哲学的、政治的多维话语,后人文主义对将“人”置于其他生命形式之上并控制之的文化表征、权力关系和霸权话语进行历史性的研究;尤其在技术性改造、生命形式杂交和重新发现动物之“社会性/人性”的后人类时代,后人文主义提出了有关人类的本质构成问题以及对生命本身的新理解。就其核心内涵而言,作为对人文主义的激进的重新考察,后人文主义理论力图超越传统人文主义将人视为自主的、自我驱动的“能动个体”的思路,而将人类自身看作是与其他生命形式共同存在、共同进化的,是与环境和技术纠缠在一起的。后人文主义反对将人类视为例外的、与其他生命形式相分离并主导其他生命形式的存在,它首先设定人类吸收了其他基因、物种和生命形式的差异性,因此其独特性只是个神话。

与当代流行的“后—”思潮一样,后人文主义的“后—”以人文主义为基本参照维度,是对西方人文主义传统的反思与批判。这种批判人文主义神话的思潮,事实上是西方晚期现代以来的一条思想主线:从弗雷德里希·尼采(Friedrich Nietzsche)的“上帝之死”到福柯的“人之死”,从弗洛伊德所揭示的非理性的“无意识”到雅克·拉康(Jacques Lacan)的“我不思故我在”,从阿尔都塞对卡尔·马克思(Karl Marx)的“理论上的反人文主义”解读到马丁·海德格尔(Martin Heidegger)作为反人文主义的“更高的人文主义”——其中都或隐或显包含着某种关于人的“终结/新生”的论调。

然而，当此概念提出20多年后，研究者对它的使用仍然顾虑重重。贝明顿所担心的是后人文主义这样的一种理论，能否具有“清晰度、连贯性和可信度”；[①]沃尔夫则提出，要警惕后人文主义会重新掉落人文主义形而上学圈套的危险。但在他们看来，后人文主义虽然是个简单而“时髦的”、需要“问题化”的术语，但该理论的提出却具有合法性——它是对人文主义的反思，也是对“超人文主义”的批判，更是对“反人文主义”的超越；它预示着一种新的运思路径和理论精神，对其进行自觉的理论建构意义重大。总之，正如贝明顿指出的，后人文主义尤其需要“理论化”，这是话语辨析的要求，是出于一种对话语形态和立场进行辨析和厘清的基础工作。

大体而言，后人文主义的理论化追求，主要基于三个话语维度的参照：首先，后人文主义认为，作为人文主义自身的复杂“蜕变”，后人文主义与人文主义之间存在着复杂的关联/区分。其次，如贝明顿所言，后人文主义“需要理论，需要理论化，尤其需要重新思考过早庆祝大写的‘人’的彻底终结”[②]，需要将后人文主义与宣称大写的“人”之死的反人文主义进行关联辨析。再次，就像沃尔夫所明确指出的，需要将后人文主义与追求后人类进化的超人文主义进行立场区分。如此一来，正是在与人文主义、反人文主义、超人文主义等的内涵关联与话语参照中，后人文主义由“理论化”而彰显了其范式论意义。

(三)思想转变与范式论建构

作为对传统人文主义的反思、批判与解构、重构，后人文主义以其独特的方式，与反人文主义的直线式批判方式拉开距离。大致而言，作为一种“非‘反—’”的理论范式，后人文主义循如下主要路径而立论：

---

① Neil Badmington (ed.), *Posthumanism*, New York: Palgrave, 2000, p.1.

② Neil Badmington, “Theorizing Posthumanism”, *Cultural Critique*, Vol.53 (Winter 2003), pp.10-27.

在立场上,后人文主义反对传统人文主义将人视为自主的、自我驱动的能动个体,认为人类的性质、能力和特征之进化,是与其他生命形式、技术和生态环境等之间相互链接、跨越交换、循环回路,从而共同存在、共同进化的;后人文主义既反对将人类视为万物的中心,同时也反对以其他的中心范畴(如生态、环境)来取代之。

在思路上,后人文主义反对任何先在的二元结构或对立范畴,它通过解构/重构,不断试图打通物种之间的本体论界限,使得文化/自然、人类/非人类、有机体/机器、身体/非身体等二元范畴之间的对立坍塌瓦解;进而通过一种二元未分之前的本体论设定,强调人/非人之间的一体生成与同源互构。在后人文主义思潮中,诸如 cyborg(赛博格), technoscience(技科学)等概念,并不是简单的认识论范畴,也并非遵循"正—反—合"或"肯定—否定—否定之否定"的辩证逻辑的结果;而是具有本体论意义的、在逻辑和事实上都具有优先性的前置之"原"或"初"生成——这个层面不是第二性而是第一性的,不是派生性而是始基性的,不是外在的而是内在的,不是静态现成而是动态构成性的——必须在这个本体论前提作为开放可能性的基础上,才能谈论进行人/机器、人/动物、科学/技术之间的划分,这也是后人文主义理论内涵的核心点。正如布鲁诺·拉图尔(Bruno Latour)的"行动者"(Actant,"行动元")概念所彰显的,这些传统上对立区分的范畴都是互动网络中去中心化的行动者,"它指的是在社会层面上具有'行动'能力的人类或非人类实体。'行动元'这一术语消解了'行事'的人与无生命的、'外在的'物之间的界限,旨在克服社会、技术和自然世界之间的任何先验区别,并强调人与物质事物之间不可分割的联系"①。

在策略和方法上,后人文主义借助生物学、控制论、系统论、信

① [澳]伊恩·伍德沃德:《理解物质文化》,张进、张同德译,甘肃教育出版社 2018 年版,第 17 页。

息论、认知科学等学科的研究成果，运用诸如“混杂”“集合”“同化”“侵染”“循环反馈”“信息交换”等范畴，反对传统人文主义以物种独立性和同一性为基础的界限划分；它强调“物种间性”和“种间身份/认同”（interspecies identity），如以“humanimal”取代传统人文主义的“human”，[①]以“becoming-with”（“未成”，动态关联生成）取代“being”（“既成”，存在）；它认为“人”只不过是动态关联网络中的“涌现”（emerge），借此来对其进行一种生成本体论、而非先验本体论的重构。

通过如此诸多层面的运作，后人文主义思潮整体上表现出一种超越“后—”式窠臼的新范式论追求。正如米哈伊尔·爱泼斯坦（Mikhail Epstein）指出的，假如让我们挑选一个能统摄 20 世纪晚期人文科学的特定术语或概念，那么这个术语或概念不是名词也不是形容词，而是一个前缀，即“后—”；然而，情况在 20 世纪和 21 世纪之交发生了变化，人们不是活在“后—”——后现代性、后结构主义、后共产主义等，而是活在一个新纪元刚刚开始的时候，“如今看来，这个新纪元的特征必须用‘初’而不是‘后’才能加以形容”。[②]爱泼斯坦认为，使用“原”或者“初”可能会让人反对，因为这两个前缀可能会带有决定论乃至神学意味，但它们事实上是合适的，因为“初”指的是某种可能性而非必然性：“‘初’意指‘具有成为……的可能性’，或者说是‘开始朝某一方向行进’。它与前缀‘前’不同，‘前’预设了时间上的先后……而‘初’指的是开端，不是先行，意味着胚胎或萌芽，不是先驱；‘初’指的是某种开放的可能性，而不是短暂的时间上的延续。假如‘前’是时间性（‘……之前’）的一个符号，那么‘初’则是一个形态符号，是一个虚拟（语）态前缀。‘初 X’

---

① Pramod K. Nayar, *Posthumanism*, Cambridge: Polity Press, 2014, p.15.

② ［美］米哈伊尔·爱泼斯坦：《由“后”返“初”：巴赫金与人文科学的未来》，汪洪章、宋梅译，载周启超主编：《外国文论与比较诗学》（第 2 辑），知识产权出版社 2015 年版，第 45—46 页。

意思是‘有成为 X 的倾向’。”①

在爱泼斯坦看来，后人文主义、后人类理论也许用“初”字来形容更为贴切，他以海尔斯《我们何以成为后人类：文学、信息科学和控制论中的虚拟身体》(*How We Became Posthuman: Virtual Bodies in Cybernetics, Literature, and Informatics*, 1999)一书最后对“后”的质疑为例指出，“后人类”并不意味着人类的消灭，而是指其扩张的可能；人工智能、生物科技、信息网络等意味着某种传统的“人类”观念的终结，但是却并不意味着“人性”的终结，而是某种可能性的刚刚开始。因此，扬言“人之死”的反人文主义话语无疑是后人文主义的重要成分，但是如布拉伊多蒂、沃尔夫等理论家所指出的，后人文主义不应停留在反人文主义的话语和修辞上，它除了要回应当下的科技社会状况以及政治经济形势，更重要的是要在反人文主义之外另寻出路。

此外，后人文主义作为一种新的人文话语，其范式论意义已经在“技科学”(Technoscience)研究中，以一种“去人类中心化”的方式被明确地阐述。“科学技术研究”是一种对科学和技术进行社会学、人类学研究的领域，早期以安德鲁·皮克林(Andrew Pickering)为代表研究，以一种“科学知识社会学”(Sociology of Scientific Knowledge，即 SSK)的研究视角来反对“科学实在论”，视科学为一种人类社会的主观建构，而非如它自身所标榜的完全客观和中立性。在这种范式的 STS 中，科学和技术的本质被归结于人类社会中的政治、经济或文化的形态，科技实际上是以“人类”的利益、性别、传统等为中心的，而非以“自然”为中心，因此，这种范式被称为以人类为中心的人文主义(人类主义)范式。这种范式主要体现在布鲁诺·拉图尔(Bruno Latour)和史蒂夫·伍尔加(Steve Woolgar)的

① [美]米哈伊尔·爱泼斯坦：《由“后”返“初”：巴赫金与人文科学的未来》，汪洪章、宋梅译，载周启超主编：《外国文论与比较诗学》(第 2 辑)，知识产权出版社 2015 年版，第 47 页。

《实验室生活：科学事实的建构》（*Laboratory Life：The Construction of Scientific Facts*，1979）以及皮克林主编的《作为实践和文化的科学》（*Science as Practice and Culture*，1992）等著作中。而到了以拉图尔后期等为代表的"技科学"研究，既反对以"人类"为科学技术活动的中心，也反对以"自然"为科学技术活动的中心；而是强调科学、技术、自然物、科学家、社会等不可分离，而共同处在一个动态的、异质性的网络中——正如"Technoscience"这一核心概念所意味的，是科学与技术界限的消失，是技术内化于科学中，是知识生产中科学与技术的不可分割——这反拨了"语言论转向"以来"科学研究"（Science Studies）把自己限制在语言和逻辑中而忽视周围真实世界的倾向。

在拉图尔看来，"技科学"这个组合词意味着人类/非人类、科学/技术、自然/社会等之间共同构成的难分难解的"杂合体"或"网络"，凸显的是一种新的认识论："在这动态介入的科学实践过程中，主体与客体之间的距离被打破，科学、技术、物质材料、科学家等异质性要素相互缠绕在一起，自然物质对象（包括技术）变成了某种具有自身力量的东西，一切科学知识就是在这可见的动态介入过程中涌现出来的"；同时，这也是一种新的本体论立场，是一种消解自然/文化、人类/机器、主体/客体、身体/心灵等二元分立的"杂合新本体论"。①

不止于此，与一种由"后"返"初"的路径反向呼应，拉图尔提出了一种"我们从未现代过"的"非现代"命题，在人类/非人类、主体/客体、文化（社会）/自然等对立的两极中间，提出了一种属于"杂合体"（"拟客体"）领域的"中间地带"。并且在他看来，这种中间地带具有始源性，而不仅是一种混合的结果；不是一种伊曼努尔·康德（Immanuel Kant）"哥白尼革命"式地区分主体/客体而后再寻求

① 蔡仲、肖雷波：《STS：从人类主义到后人类主义》，《哲学动态》2011年第11期。

主客体之间的契合,而是一种反向颠覆的“反哥白尼革命”(Copernican counter-revolution),是基于“非现代”对作为现代性基础的人文主义的重新分配。拉图尔指出,在“中间地带”我们不需要为“客体”或者“主体/社会”这两种纯粹形式赋予解释;恰恰相反,主体和客体是核心实践的部分性的、纯化的结果,而这种实践正是我们的唯一关注点——这个作为实践核心的“中间地带”乃是自然和社会的最初出发点,而不是一个辩证式结合的结果;这个主体/客体、社会/自然未分化、未纯化之间的“中间地带”乃是一个“集体”、一个“中心”,如此一来:“自然是在旋转,只不过其旋转的中心点并不是主体/社会,它围绕集体而转,人和事物则从此集体中产生。主体也在旋转,但其中心点也不在自然,它亦围绕集体而转,人和事物亦从此集体中产生。最终,中间王国被表示出来了。自然和社会是它的两个附庸。”①

由此可见,后人文主义不管是作为一种理论话语和思想方式,还是一种研究范式,都力图从本体论、认识论以及话语实践上,追求一种新的范式可能之建构;而其可能的范式论意义,在于以一种由“后”返“初”的路径,在始源层面消解二元分立模式,由此为人类/非人类、自然/文化等范畴重新奠基。如此一来,后人文主义所蕴含的人文话语范式意义,也在新语境下为反思当代文化理论和重审诗学问题,提供了新的话语路径。

二、诗学新范式之可能:“理论之后”界定后人文主义话语

后人文主义既肇始于批评领域并指向诗学论域,也向文化研究和哲学领域乃至广泛的思想和研究范式宏观地迈进,由此也在不同层面、不同维度为“理论之后”重新探讨诗学问题提供了资源和契机,导向了一种21世纪的诗学新范式的可能向度。

---

① [法]布鲁诺·拉图尔:《我们从未现代过——对称性人类学论集》,刘鹏、安涅思译,苏州大学出版社2010年版,第90页。

(一)“理论之后”重申“理论”

后人文主义的可能诗学范式价值，首要是在 21 世纪的新语境下，对于与人文主义和反人文主义话语存在复杂共谋的“理论”的反拨。对此，首先需要以理论问题“历史化”结合人文话语“范式论”的双重路径，从 20 世纪以来文艺理论的发展中引渡。

文学理论在 20 世纪实现了“夺胎换骨”和“改头换面”：在上半叶，它从社会历史研究中蜕变出来，实现了学科意义上的功能专门化，“理论”为“文学”的自足性划定疆界、保驾护航。在下半叶，文学理论渐渐不满足于理论对象和学科领域的束缚，不断跨域越界、开疆拓土，将自身大写化成为“大理论”(the Theory)，“理论”不再简单指向或依附于文学，“文学理论”演变成“文化理论”；理论与理论对象、理论主体、理论环境之间的关系复杂化，理论不断地“被生产”和“自我生产”，理论不断地“入侵”“越界”和“旅行”，也被“抵制”而“反抗”。

M.H.艾布拉姆斯(M.H. Abrams)指出，自柏拉图和亚里士多德以来，文学话语就涉及“理论”，即传统意义上的概念系统或系列的原理、特征和范畴，这里的理论有时候是明确的，但通常隐含在批评实践中，即用于文学作品的鉴定、划分、分析和评价；但是在后结构主义等批评中，“理论”被置于突出地位，理论变成了先行预设的先验范畴：“当语言使用或阐释的普通经验与理论蕴含的内容不相符合时，这种经验往往被视为无法解释、不切实际的经验而被摒弃；或者被视为意识形态对符号指向系统的实际运作所造成的掩盖。”①概而言之，“理论”自身演变成为专门的对象领域甚至有“学科化”的倾向，而文学/现实此二者则往往被遮蔽或受宰制。

面对这样的状况，特里·伊格尔顿(Terry Eagleton)提出了“理

① [美]M.H.艾布拉姆斯：《文学术语词典》(第 7 版)，吴松江主译，北京大学出版社 2009 年版，第 479 页。

论之后”(after Theory)的命题,并将此视为一个反思和重建的契机。伊格尔顿从一种马克思主义的唯物论和实践观展开批判,认为强调主观建构性、文化表征性的“文化主义”诸理论,都因忽视了物质世界而丧失了客观性;他着重指出,在这方面,人文主义和文化主义两者是一致的,都割裂了与“世界”的内在关联。在伊格尔顿看来,在“理论之后”的历史时期,理论仍然会因为人类的“探索性假设”及其反思的需要而持续存在,但是需要逃出语言、文化等藩篱。他根据20世纪下半叶的“理论”事件,认为人文主义理论范式的问题,在于其与当前历史现实的脱节:“它既不能战胜又不能加入后期工业资本主义的种种占统治地位的意识形态。自由人本主义试图在一个对它有敌意的世界中以其对于技术专制主义的厌恶和对于精神完整性的培养来对抗或至少限制这些意识形态……自由人本主义已经缩小为资产阶级社会的软弱无力的良心,温和、敏感而没有效力。”①

在伊格尔顿看来,人文主义者与文化主义者(很大程度上是“理论上的反人文主义”)虽然形态迥然,但却在一定程度上是相通的:“人本主义者(humanists)曾经很反感在人和其他动物之间做平行比较,他们坚持认为两者之间有不可逾越的鸿沟。现在,文化主义者也不欢迎这个观点。文化主义者有别于人本主义者,就在于他们抛弃了人性或人的本质的观点,但他们与后者一致认为:一方面,在语言与文化之间;另一方面,在语言与无法用语言表达的、残忍的自然之间存在着鲜明的区别。”②因此伊格尔顿指出,对于现今的文化理论而言,所有把人类当作自然物种而进行严格的动物学讨论是深为可疑的,“因为人本主义——人类在自然中具有独特地位的信仰——已时髦不再,捍卫人类至高无上性的任务转而落到

---

① [英]特里·伊格尔顿:《二十世纪西方文学理论》,伍晓明译,北京大学出版社2007年版,第201页。

② [英]特里·伊格尔顿:《理论之后》,商正译,商务印书馆2010年版,第150页。

了文化主义上。文化主义呈现出还原论的形态，它看任何事情都着眼于文化……我们首先是生存于自然的物体或动物，文化主义却坚持认为：我们的物质本质是从文化上构建的”①。文化主义的立场和策略是将整个世界转化成文化，“是否认世界独立存在于我们之外、因而也就否认我们死亡可能性的方法之一”，在伊格尔顿看来，它强调的是任何自然的事件都需要透过各种文化的方式才能得以表达，这无疑是深具洞见的，但是以“死亡”为例，“死亡代表着自然对文化的最终胜利。死亡由文化表达的这个事实，并不阻止死亡成为我们生物本质里非偶然的部分。必然发生的是我们的消亡，而不是我们所赋予的意义”②。因此，对于“理论之后”的理论该如何的问题，伊格尔顿强调要基于马克思主义的唯物论立场，对与人文主义话语范式事实上存在共谋的“文化理论”进行突破。

另一位理论家乔纳森·卡勒（Jonathan Culler）则指出了后人文语境中“理论”的功能。他认为，人/自然之对立作为诸种二元对立中非常核心的一种，它通过人文主义的建构从而将自然置于被剥削、压制的地位，这种情况尤其需要通过“理论”来进行质疑；而这种二元对立在当前历史阶段的发展，则是人/机器对立问题，同样需要新的理论：“正像人与自然、人与动物之间的对立一样，人与机器之间的对立有着某种重要的文化功能和意识形态上的功能。”③

相较而言，伊格尔顿概观性地指出了理论需要突破“文化”的藩篱，从而与“事物”建立更为真切的联系；而卡勒则分析了对后人文/后人类语境中的理论探索，所要面临的更为复杂的人与机器之间的纠缠问题。这两个层面的共同指向，实际上正是后人文主义的核心论题所在。

伊格尔顿基于“理论之后”对新理论的描绘，乃是基于马克思

① ［英］特里·伊格尔顿：《理论之后》，商正译，商务印书馆 2010 年版，第 156 页。

② ［英］特里·伊格尔顿：《理论之后》，商正译，商务印书馆 2010 年版，第 156 页。

③ ［美］乔纳森·卡勒：《当今的文学理论》，《外国文学评论》2012 年第 4 期。

主义的唯物论立场,强调的是对人文主义和文化主义(反人文主义式的)的双重批判,他并没有提出具体的理论。而卡勒在展望"后理论"时,点出了后人类语境中"理论"解构人文主义从而消解人/机器、文化/自然二元对立的可能形态。与此相关,波兰历史学者爱娃·多曼斯卡(Ewa Domanska)则具体地从人文学科所面临的新的挑战指出:"我们需要一种新的元语言,它要求人文科学与自然科学的和解,要求进一步增进与认知主义方法的关系……有必要重新思考作为一种主导趋势的建构主义(超越'文化决定论'),密切关注新唯物主义,新经验主义或绝对本体论。我们需要变得更加经验主义,关注由下而上构建理论,避免将理论看作一个以工具主义方式运用研究材料来证实自身合理性的'工具箱'。"①

从伊格尔顿的唯物主义思路,到多曼斯卡所谓"由下而上"、从材料到理论的诸如新唯物主义等"具体理论",都努力通过对"物"的重新界定,来突破大写的"人"和在当代与之共谋的无所不在、无远弗届的"文化"——这在当下的文学理论与批评实践中,常常是通过与社会科学尤其是自然科学的联姻来实行的,这也是后人文主义话语实践的突出路径所在。

斯图亚特·西姆(Stuart Sim)根据当代科学中的混沌理论和复杂性理论提出了新的问题,他指出:"事实上,经典马克思主义与特定的物质概念密切相关,它认为物质的运动是可以预测的,如果这样的概念受到了严重挑战,经典马克思主义也就处于危险之中,而自 20 世纪后半叶以来的科学探索,正使它处于这样的状况。有些评论人甚至认为'唯物论死了',因为我们已离开机械的宇宙模型,进入了以量子论为基础的范式。"②对于文学研究来说,西姆进一步

---

① [波兰]爱娃·多曼斯卡:《历史学的未来:后人文主义的挑战》,张作成译,《北方论丛》2011 年第 3 期。

② [英]朱利安·沃尔弗雷斯编著:《21 世纪批评述介》,张琼、张冲译,南京大学出版社 2009 年版,第 130—131 页。

指出，混沌和复杂性理论作为更加科学的方式，有助于我们考察作为西方小说常见主题的个人/系统冲突；而借助当代科学的发展，运用科学理论来聚焦和反思诸如关于“人”的表征等文学基本问题，已经成为一种新的路径，这种路径也逐步指向了对传统人文主义模式的批判。凯特·里格比（Kate Rigby）则从生态批评视角指出，从 19 世纪早期开始，自然科学便与人文科学泾渭分明，其中包含着人类/非人类领域的区分，而这正是拉图尔提出的“现代构成”的核心机制；因此，要重新认识到自然/文化无法分离，“这不仅要超越现代主义的僵局，还要超越人本主义的傲慢”①。

这种吁求以新的理论范式来实现与自然科学的结合，以期达到“更唯物地”阐释当前的人/物关系新境况，从而超越人文主义的主张，在后人文主义思潮中蔚为大观，并且呈现一种新的范式论意义。

伊格尔顿对现代以来的理论/反理论、人文主义/反人文主义、主体/非主体之间的复杂关系进行了集中考察：“理论，在已经解构了几乎其他一切之后，似乎现在终于也做到了把自己也给解构了。具有改造力的、自我决定的人类行动者这一观念被作为‘人本主义的’而给打发掉了，代之者则将是那个流动的、不再居于中心的（decentred）主体。不再有任何连贯的系统或统一的历史让人去加以反对，而只有一批各自分立的权力、话语、实践、叙事。”②而在布拉伊多蒂看来，“理论之后”的“反理论”倾向使得“理论”丧失了地位，后者“被贬斥为一种幻想或者自恋式的自我陶醉。结果就是，一种肤浅的新实证主义，多数情况下不过是简单的数据采集却成为

① ［英］朱利安·沃尔弗雷斯编著：《21 世纪批评述介》，张琼、张冲译，南京大学出版社 2009 年版，第 203 页。

② ［英］特里·伊格尔顿：《二十世纪西方文学理论》，伍晓明译，北京大学出版社 2007 年版，第 227 页。

人文学科研究的规范方法"①。因此,她提出了具有后人文主义范式意义的"后人类"理论来进行理论重建,把"后人类"理论作为一种"谱系学"和"导向"双重意义上的工具,"我希望规划出一系列方法,把后人类作为一个主要流通概念运用于全球化技术中介时代的社会生活"②。

斯泰西·吉利斯(Stacy Gillis)则将后人文主义、后人类视为是与数字信息技术密切相关的理论表征,认为"后人类标志着人文主义自治、理性主体的瓦解:无论是与自身,还是与世界的关系中,主体都遭遇了去中心化的过程"③。因此,与信息网络技术密切相关的后人文主义与后人类理论是对人文主义的批判,并且这种批判与文学表征问题具有内在关系,但尚未被阐述。海尔斯则认为,20世纪下半叶的科技发展引发了一系列的社会变革,但是对文学的影响并未受到广泛的注意,因此信息论对于重新审视文学具有重要的意义——因为不同的文字生产技术代表着不同的表意模式,而表意的改变与消费的转变相关,转变的消费模式又开启了新的"具身经验",最后,具身经验反过来又与表征符码互动,产生了新的文本世界;总之,就整体而言"每个范畴——生产、表意、消费、身体经验与再现——都与彼此一同处于回馈和前馈的纠结回圈中。牵一发而动全身"④。

从文艺理论的角度看,如果说现代以来的文学观念在"语言/文本"和"话语/文化"等不同向度中同时蕴含着一种"反人文主

① [意]罗西·布拉伊多蒂:《后人类》,宋根成译,河南大学出版社2016年版,第6页。

② [意]罗西·布拉伊多蒂:《后人类》,宋根成译,河南大学出版社2016年版,第7页。

③ [英]朱利安·沃尔弗雷斯编著:《21世纪批评述介》,张琼、张冲译,南京大学出版社2009年版,第283页。

④ 林建光、李育霖主编:《赛伯格与后人类主义》,(台湾)华艺学术出版社2013年版,第29页。

义”的立场或倾向，并且呈现出人文学科与社会科学联姻、融合和消解特征，是一种“理论”与“大理论”的互动；那么，此后（就历史而言是联袂而行的）在一种反思“语言表征论”和“文化建构论”中凸现出来的理论，则是一种“理论之后”的反思与重构，并且其主要特点是人文学科与自然科学的沟通与对话，在不同的维度中孕育着一种新的诗学话语范式。

（二）“后人文主义诗学”与 21 世纪文艺理论新范式之可能

就后人文主义思潮而言，哈桑、朱迪斯·巴特勒（Judith Butler）、哈拉维、贝明顿、海尔斯、沃尔夫等代表人物都是文学文化批评家，后人文主义作为一种明确的理论话语肇始于批评领域，其发生发展、内涵意蕴、理论形态都与文学有着内在的关联性。后人文主义的代表性理论家往往都借由文学和文化批评来支撑和阐述其理论主张，批评参与和支撑了后人文主义的理论建构，反过来后人文主义理论也为文学和文化批评提供了新的路径、视角和方法；而批评领域的一些新模式，或受后人文主义思潮的影响呈现出了后人文主义的话语内涵，或没有受其影响但具有后人文主义的意蕴而产生共鸣。

尤其重要的是，后人文主义作为具有范式论意义的思潮，其中蕴藏着丰富的诗学内涵和诗学启发：当前由“算法逻辑”所驱动的生成式人工智能“写作”成为诗学前沿问题，而后人文主义关于人/技术内在关系的研究，使得文学活动中的机器性、技术性、媒介性等获得了新的理论视域；后人文主义关于去人类中心化、去主体化的立场，也为重新审视文学与世界关系，尤其是文学活动中的人与物、人与人之间的关系提供了丰富的理论资源。因此，作为一种“理论之后”的理论，后人文主义并非一种传统意义上的文艺理论话语，但其系统性的诗学价值和诗学启发，需要进行立体考察。

因此，本书在研究对象的定位上，通过采取历史研究与逻辑建构相结合的总体方法：一方面考察后人文主义在文学和文化批评实践中所指涉的基本诗学问题，提炼其理论探索中所涵括的主要诗学内涵；另一方面则基于与人文主义和反人文主义话语的对比参照，厘清后人文主义话语立场所倾向的诗学主张，挖掘其思想资源中所蕴藏的可能诗学启发。由此两相结合，本书致力于系统性地展开后人文主义诗学的语境考察与脉络梳理、理论研究与话语建构。

本书也在两个层面的意义上使用“诗学”此一概念：既在大写的“理论”之后，充分考量其在“后现代”等语境中的话语实践，以开放的体系来吸纳文学之外的资源和“理论”之外的因素；同时也在大写的“理论”之前，在其“现代”层面来使用，将其视为聚焦文学基本范畴与核心问题的“文学理论”，使理论回归文学。正如J.希利斯·米勒(J. Hillis Miller)指出的文学与理论的悖论关系：“文学理论的繁荣标志着文学的死亡……理论不仅记录了文学即将死亡(文学当然不会死亡)，同时又促成了这一‘不死之死’。”[①]——遮天盖日的理论遮蔽了文学，然而物极必反，这种情况却也预示着“文学”将重新焕发光芒。但也正如伊格尔顿指出的，“理论之后”的文学研究无法简单地回到“前理论”的朴素状态，因为“理论”提供了我们无法绕开的洞见。

因此，本书的目标在于梳理后人文主义批评实践中所指涉的基本诗学问题，其理论探索中所包括的主要诗学内涵，其话语立场中所倾向的独特诗学主张，其思想资源中所蕴藏的可能诗学启发，将这四个层面纳入“诗学”这一既聚焦又开放的范畴，因此可以说，这种“关于后人文主义的诗学”(the poetics of posthumanism)乃是一种“后人文主义式的诗学”(posthumanist poetics)。

正如贝明顿、沃尔夫所强调的，后人文主义与人文主义关系密切，后人文主义不是对人文主义的简单拒绝和直线反对，而是从人

---

① [美]J.希利斯·米勒：《文学死了吗》，秦立彦译，广西师范大学出版社2007年版，第54页。

文主义内部蜕变而出并反过来从基础层面消解之；后人文主义与反人文主义有相近的主题指向，但是路径方向却迥然有别。因此，本书的“后人文主义诗学”作为一种立足于21世纪的诗学范式可能，既是历史现象层面的研究，也是逻辑层面的建构；其可能性需要既从人文主义诗学与反人文主义诗学各自“之中”汲取资源从而生成自身，又在两种诗学范式“之间”进行双重的、交互的反思和考量并最终超越之。如此一来，“后人文主义诗学”并不意味着拒绝或取代人文主义诗学范式和反人文主义诗学范式，而是基于新的历史和文化语境，展开另一个需要被系统地考量的层面，在交互之间进行参照和补益，从而开启一个具有“元—”之“生产性”的“后—人文”诗学话语空间。

第一章 “后人类”语境与“后人文主义”之缘起

20世纪下半叶尤其是21世纪初以来，信息网络、生物医药、数字科技的迅猛发展，在推动人类社会发生剧烈变革的同时，也使得人与技术的本体关系被重构。人因技术化而“赛博格化”的境况，引发了“后人类”思潮的勃兴，后者尤其与科幻文化表征及其全球传播互文而共生，逐渐形成新的社会文化语境。后人文主义作为一个理论内涵复杂、理论外延杂多的范畴，其历史性出场并成为理论“热词”，即源自“后人类”的时代语境。

作为一种新的致力于“解构”传统人文主义的思想方式和话语范式，后人文主义的运思路径体现在有别于“反—人文主义”(anti-Humanism)的“后—人文主义”(post-Humanism)方式。然而，作为嵌入后人类语境的理论话语，后人文主义的勃兴则缘起于“后人类—主义”(Posthuman-ism)的主题内容向度：后人文主义聚焦后人类议题，尤其围绕其中的关键因素——技术，从而作为一种话语实践而展开。由技术所引发的后人类语境，是后人文主义迥异于反人文主义话语的关键之处：技术对人的身体的侵入与重构所引发的存在论和本体论变迁，与反人文主义话语所揭示的语言结构、生产方式、意识形态等对人及其主体性的“生产”，迥然有别。

第一节　现代技术驱动：从“赛博格”到“后人类”的观念进阶

“后人类”作为一个概念，最早于 1888 年出现在流浪占星师海伦娜・彼得罗夫娜・勃拉瓦茨基夫人（H. P. Blavatsky）的《秘密教义》（*The Secret Doctrine*，1888）这一小册子中，这是一本有关人类迭代的预言书，其中充斥着东方宗教神秘色彩和西方预言论调。百年后，史蒂夫・尼克尔斯（Steve Nichols）在《后—人类宣言》（*Post-human Manifesto*，1988）中开始将其作为严肃的概念来阐述。而在后人类概念尚未流行之前，哈拉维在《赛博格宣言：20 世纪晚期的科学、技术与社会主义女性主义》中所建构的人与机器杂合、有机与无机混交的“赛博格”形象作为后人类的典型形态，与以美国好莱坞大片为典型的科幻图景共谋，在福柯《词与物：人文科学的考古学》（*The Order of Things：An Archaeology of the Human Sciences*，1966）中关于“人的终结”的论断之后，与弗朗西斯・福山（Francis Fukuyama）的《历史的终结与最后的人》（*The End of History and the Last Man*，1992）等一道，引领着新的关于人类未来的启示录论调。20 世纪末以来，随着海尔斯《我们何以成为后人类：文学、信息论和控制论中的虚拟身体》、福山《我们的后人类未来：生物技术革命的后果》（*Our Posthuman Future：Consequences of the Biotechnology Revolution*，2002）以及布拉伊多蒂《后人类》（*The Posthuman*，2013）等著述的流行，以及科技哲学领域贝尔纳・斯蒂格勒（Bernard Stiegler）等人的推波助澜，后人类思潮持续涌起。

在一定程度上，“赛博格”乃是后人类的一种典型形态，“赛博格”是在后人类概念流行之前，有关人与科技关系的理论话语生产的热门概念。从“赛博格”到“后人类”，不仅是内涵的进阶和外延的超越,也是整体社会变迁中人与科技关系进一步演变的观念表征。其中宏观的社会文化语境,是20世纪末以来"后人类"与人工智能、机器人等迅猛发展的时代境况共生,并与当代文化工业科幻景观生产及其全球媒介化形成互文与张力;其缘起的话语机制则是以本体(being)替代过程(becoming)的"人类/后人类"二元逻辑,其中所潜藏的指向人类未来的启示录论调,将大量的社会能量和人文议题裹挟其中,或遮蔽之或启发之,逐渐涵盖并取代"赛博格"概念。

一、"人类/后人类"辩证:技术作为"原初假肢"

后人类思潮的核心问题和论争焦点在于技术,其中的主线是技术与人的本体关系,其背后则是千年之交的技术新境况。布拉伊多蒂将纳米技术、生物技术、信息技术和认知科学视为"后人类福音的四大骑士",强调存在一个"后人类的共识","即当代科学和生物技术影响了生物的纤维和结构,并改变了我们对于什么才是今天人类基本参照系的理解"[①]。正如布拉伊多蒂所总结指出的,后人类"提出一种思维方式的质变",要在当今经济全球化、技术中介化的社会中,对一直以来被视为当然的"人"的本质构成属性提出质疑:一方面是科技与现实领域内"从机器人学、假体技术、神经科学和生物遗传资本蔓延到更模糊的超人文主义及技术超验主义,其核心是人类的进步";另一方面是在学术文化群内的"后—"学时尚,既令人兴奋,也令人生厌和焦虑。[②] 从话语生产的角度来看,后者是由前者驱动的,并且后人类思潮之于其他"后—"学的区别之处,在于技术从传统到现代的断裂所引发的"本体"替代"过程"的

---

① [意]罗西·布拉伊多蒂:《后人类》,宋根成译,河南大学出版社2016年版,第57页。

② [意]罗西·布拉伊多蒂:《后人类》,宋根成译,河南大学出版社2016年版,第2页。

机制；这种断裂和替代直接作用并挑战“人类”这一根本范畴，这也是“后人类”与“后现代”在本体论层面的区分。

从人类进化的历史进程来看，“前/后”是一个基于时间维度的衍变过程，是一个在不断发生/超越、建构/解构的过程。人的本质总是处在生成之中，以某个阶段为标准界定“人类”的话，此后的新阶段都称得上是“后人类”。“后人类”因此在时间—历史维度上，就是一种像“未来”般的悖论式流动；从程度上看，它总是从“人类”之中走出来，并不断地被“扬弃”的进阶过程。

这样的历史进程作为人类文明与文化的发展进程，作为“自然人化”和“人自然化”双向一体的实践进程，总是通过广义的“技术”加以实现的。人类在走出自然、超越动物范畴的历史进程中，在生存、生产和生活实践中，生命“外化”出各种自然性与人工性兼具的技术，“对于人类来说，没有技术的生存只是一种抽象的可能性”①。然而，人与技术的传统关系往往被从人类中心的角度进行界定，技术作为生命的外化，被视为人的延伸与拓展。海德格尔对此进行了批判性概括，认为“工具性的”和“人类学的”技术规定，都把技术作为合目的的手段，看作是人的行动。而恰如马歇尔·麦克卢汉（Marshall McLuhan）指出的，所有的技术作为广义的“媒介”，都是“人的延伸”——身体的延伸或者是意识和神经系统的延伸。

实际上，技术作为人与自然之间的实践性中介，反过来构成了社会历史的基础，也逐步参与了人的本质之构成。与人类中心主义的、人类学的、工具论的关于“技术”的设定相反，深受海德格尔存在论与雅克·德里达（Jacques Derrida）“解构”思想影响的斯蒂格勒认为，技术作为“假肢”不是一种后天的弥补，而是原初地构成了人的本质，因为人只有依靠技术性的“假肢”来弥补身体的不足才能够生存；人在历史实践中不断地将工具或物质转化为技能、经

① ［美］唐·伊德：《技术与生活世界——从伊甸园到尘世》，韩连庆译，北京大学出版社 2012 年版，第 14 页。

验,转化为内在的记忆、意识和精神,假肢原本就是构成人之所以为人的基础要素。斯蒂格勒援引古生物学等学科的研究指出,人本身就是一种有缺陷的存在,这恰恰是人性的真正起源而非对人性的否定,人生存下来的首要条件就是对缺陷的超越;生命的悖论即在于此——它必须借助“非生命”的痕迹来确定自己的生命形式,原始性的缺陷与原始的技术密切相连,人只能依靠技术“假肢”来弥补身体的不足。

斯蒂格勒这般借助古生物学来展开的“前人类”哲思,成为了后人文主义理论家批判性地推动后人类理论的思想资源。在沃尔夫看来,“人”就其本体构成而言,从一开始就在不断地“后人”化,正如“忒修斯之船”一样,人是一个不断地像鱼鳞般、瓦片般层层“叠盖”(imbrication)的过程,本来就没有清晰的、原初的人性,“人类动物(human animal)的假肢性共同进化(prosthetic coevolution)是与工具的技术性以及外在的档案机制(archival mechanisms)一体的”①。因此,虽然与“后现代”在本体论上有着根本的区别,但二者异曲同工之处在于,“后人类”的“后—”作为一种悖论,实际上也意味着“前—”,恰如“后现代”的悖论一样(它既在“现代”之中,也是“前现代的”)。因此可以说,从本体论的角度来看,“人类”从其出现的那一刻起,就一直处在“后人类”的实际过程中;人类与后人类作为一种辩证的存在,如“赛博格”一般,都是一种杂交嵌合而非纯然自足的本体存在。

二、现代裂变:技术座架与技术自主

技术具有人工性,但传统技术更多是在“技能”层面表现出一种自然性,因此人类与技术的一体进化,更多是一种自然而然的进化;本质上作为一种如“未来”般流动的悖论式表述,“后人类”的杂

① Cary Wolfe, *What Is Posthumanism*, Minneapolis: University of Minnesota Press, 2010, xv.

合本体是与“人类”辩证一体的动态过程。但什么样的力量驱动着“后人类”以“本体”替代“过程”、以“质变”扬弃“量变”、以人工进化取代自然进化呢？答案是现代技术。

布拉伊多蒂指出，当代人与技术的杂合发生了突变：“人类和技术他者之间的关系在当代语境下发生了改变，朝着前所未有的亲密和侵扰发展。到了如此地步的后人类困境迫使我们在结构差异或者本体论范畴之间努力消除区分线，比如在有机和无机、生育的和制造的、肉体和金属、电路和神经系统之间。”①传统技术作为“原始假肢”，实际上一直将人建构成为“杂合”的存在；而布拉伊多蒂所指出的前所未有的“困境”，乃是新近技术的征候，实际上表征的是西方“现代”以来技术裂变的深远影响：技术已然成为侵扰人的存在——这与后人类思想在科幻文化中的滥觞［以1818年玛丽·雪莱（Mary Shelley）的《弗兰肯斯坦：或现代的普罗米修斯》（*Frankenstein*：*Or*, *the Modern Prometheus*，1818）诞生为标志］也几乎是同时发生的。

技术到了现代阶段，已然不再是人类实践经验的总结，不再仅是人们自然而然地生活的熟悉方式；相反，现代技术在对自然世界进行宰制的同时，也将人裹挟其中。对这一问题，从存在论层面对现代技术进行深层考察与深刻批判的代表性人物是海德格尔。根据海德格尔的考察，现代技术之本质与现代形而上学之本质是同一的，它不能理解为数学、自然科学的应用；现代科学作为一种“研究”（Forschung），其本质在于“认识把自身建立为在某个存在者领域（自然或历史）中的程式（Vorgehen）”，“程式”不是简单的方法或程序，而是敞开一个领域的基本过程，“凭籍对基本轮廓的筹划和

---

① ［意］罗西·布拉伊多蒂：《后人类》，宋根成译，河南大学出版社2016年版，第130页。

对严格性的规定，程式就在存在领域内为自己确保了对象区域”。[①]在他看来，现代技术作为一种“解蔽”方式，在其中起支配作用的是一种“促逼”(Herausfordern)，是一种摆置自然的订造(Bestellen)、开采(Fördern)、持存(Bestand)，在其中人与技术的关系发生了反转：“人通过从事技术而参与作为一种解蔽方式的订造。不过，订造得以在其中展开自己的那种无蔽状态从来不是人的制品，同样也不是作为主体的人与某个客体发生关系时随时穿行于其中的那个领域。”[②]海德格尔指出，就像山脉(Gebirg)之于群山(Berge)、性情(Gemut)之于情绪(Mut)一样，现代技术作为一种“促逼”的原初聚集(Ge-)，其本质乃是“座架”(Ge-stell)，它“意味着对那种摆置(Stellen)的聚集，这种摆置摆置着人，也即促逼着人，使人以订造方式把现实当作持存物来解蔽”[③]。

因此，正如海德格尔的忧思，现代以来的技术已然不是人遵循自然与社会规律进化的“假肢”，人反倒成为技术进化的催化剂、中介物、加速器，成为技术进化中的一个因素，而非主导者和控制者。正如兰登·温纳(Langdon Winner)指出：“从真正意义上来说，技术如今掌控着其自身的进程、速度和目的，人类想达到的理性目的远远没有控制住它。”[④]这样的关于“技术自足/自主”的论断，在当代屡见不鲜，并且持续发酵为时代显声。技术自身的发展逻辑将人类裹挟入不可逆转的进程之中，尤其重要的是，不仅人类社会进化进程与自然的关联在现代技术的促逼中被严重割裂，人类自身也像

---

① 孙周兴选编：《海德格尔选集》下册，生活·读书·新知上海三联书店1996年版，第887页。

② 孙周兴选编：《海德格尔选集》下册，生活·读书·新知上海三联书店1996年版，第936页。

③ 孙周兴选编：《海德格尔选集》下册，生活·读书·新知上海三联书店1996年版，第938页。

④ [美]兰登·温纳：《自主性技术：作为政治思想主题的失控技术》，杨海燕译，北京大学出版社2014年版，第12—13页。

自然事物一样，成为现代技术促逼、摆置和筹划的对象。现代技术不仅以机械机器技术促逼人类去解蔽世界，同时也通过生化医药技术等促逼和解蔽着“人”本身——这是驱动后人类以“本体”替代“过程”，从而悖论式出场的核心驱动力。

三、当代转型：从技术异化到后人类杂合

总体而言，人以技术的方式生存、生产和生活，人类生活在一个由技术构造的世界中；生命（有机）在技术（无机）中，同时技术（无机）也进入了生命（有机），这可以看作一种赛博格式的异化。而随着当代科技的迅猛发展，技术问题开始超越“异化”的视域，开始从人类“外在”走向人类自身，从技术主宰“物”到技术具身于“人”。从技术改造自然、技术压制人性，到技术嵌入身体，尤其是当代技术日益自主化的趋势，使得问题已经超越了技术异化的范畴；而从技术构造“杂合本体”走向“技术主体”的倾向和可能，也推动关于技术“反人性”和“非人道”的论争，走向技术“后人类”的新的问题域。

因此，从广义角度来看技术的话，后人类实际上即是人类进化发展史的悖论表述，但是这一概念被抛到历史的前台，成为文化表征、理论探讨和话语议程设置的核心，则是拜现代技术所赐——从概念史的角度来说，“后人类”也大致是与现代技术同步的。本质上作为一种如“未来”般流动的悖论式表述，“后人类”杂合本体是与“人类”辩证一体的动态过程，但现代技术威力，特别是演变到20世纪末，技术开始入侵“身体”并杂合“主体”，终于推动了“后人类”以“本体”替代“过程”，以“质变”扬弃“量变”，这是“后—”此一前缀的关键指涉所在；而从传统技术到现代技术之间的裂变，可以看作是“后人类”与“人类”之间隐藏的线性演进裂变为悖论张力的核心环节。

第二节 生活世界张力与科幻景观生产：后人类语境之扩展

恰如斯蒂格勒所指出的，海德格尔在技术的现代性中确认了这样的矛盾，即“技术从表面看是人类的力量，而实际上它似乎对它的力量（也可以是它的行为）自治，以至妨碍了人的行为，即妨碍传播、决策和个体化”①。现代技术的“座架”本质，作为一种如海德格尔所言的人类现代之“天命”，并非一种形而上的忧思或虚幻的启示录，它指向的是现代技术自主倾向；而这种倾向的关键问题，不仅在于现代技术自身，更在于现代技术与人类生活世界的整体关系。

技术作为人类的实践产物与生产中介，从来都与生活世界密切相关。从更历史性的具体境况来看，现代技术发展的当前阶段即一种全球的技术“中介化”，它由资本主义生产机制所推动，具体表现为其以数字和媒介技术为代表的新近形态对人类“生活世界”的殖民。因此，现代技术发展到千年之交所推动的后人类以“本体”替代“过程”激进裂变，需要从现代技术与生活世界的关联来进一步展开：现代技术自主进阶所引发的与生活世界的张力关系，所关涉的现实生活世界中的身体、意识、精神、政治、法律、道德、伦理等问题，是后人类从现实症候到激进话语的聚合缘起和脉动生成所在；而这种张力关系及其所表征的问题，在以科幻为典型的文化现实中得到系统的表征，最后构成了后人文主义历史性缘起的复合社会文化语境。

---

① ［法］贝尔纳·斯蒂格勒：《技术与时间：爱比米修斯的过失》，裴程译，译林出版社2000年版，第16页。

一、现代技术与生活世界的紧张关系

人类的生活世界是作为系统性的存在，它既与自然—物质的生态环境一体共生，又延展为不同的子系统，相互之间互动衍生，保持着系统性平衡。在具体的某个历史阶段，系统中的某个子系统或某种结构、功能、要素和事件，往往会突破系统的生态平衡，引发新的调节和适应机制。现代以来人类社会影响巨大而深远的系统性事件之一，便是现代科技的高扬引发了与生活世界的紧张关系——关于现代技术的“座架”本质、技术的自主倾向及其在当代的转型，都需要置于这样的系统性视野中加以考察。

（一）技术失衡与技术失控

根据海德格尔从哲学角度对“技术”的希腊词源考察，传统上的技术包括广泛的人的手工行为和技能，也包括技艺和艺术创作（etwas Poietisches），乃至广义的认识（Erkennen）。与海德格尔异曲同工，刘易斯·芒福德（Lewis Mumford）更历史性地指出，古希腊词语“tekhne”的特点，就是同时涵摄了工艺生产与“高雅”和“象征性”艺术；并且在现代之前，技术都是在以日常生活为中心的整体的文化架构中的，传统技术作为经验性、生活化的日常技艺、技能，源于生活而奠基于日常世界之中。而埃德蒙德·胡塞尔（Edmund Husserl）则提出了前科学、前技术的“生活世界”，为我们探索这一问题进一步提供了重要的视域。在胡塞尔这里，“所谓生活世界，即在一切科学之前总是已经能够达到的世界，以至科学本身只有从生活世界的变化（在理念化的意义上）才能理解”[①]。据胡塞尔的研究，以伽利略为代表的近代科学家以自然科学方法将世界课题化、对象化，从而以用数学方式构成的理念事物的世界，暗中替代

① ［德］埃德蒙德·胡塞尔：《欧洲科学的危机与超越论的现象学》，毕迈尔编，王炳文译，商务印书馆2001年版，编者导言第6—7页。

了现实的、经验的日常生活世界。对此，唐·伊德（Don Ihde）根据莫里斯·梅洛-庞蒂（Maurice Merleau-Ponty）关于技术人工物在身体感知世界中的现象学层面的“具身关系”，进一步分析指出了生活世界的“技术性”，认为胡塞尔恰恰错失了这一关键性维度：“现代科学从一开始就有的真实实践——现代科学在技术上的具身和现代科学的工具化。因为借助工具，现代形式的科学从来没有失去它的知觉。”①

虽然伊德的现象学路径在生活世界的基础层面建构了“人—技术—世界”的关联，但实际上忽视了现代技术裂变的力量；虽然他也借助海德格尔《存在与时间》（*Sein und Zeit*，1927）中的论述来阐发技术“具身”问题，但显然对海德格尔后期关于现代技术“座架”的论述不够重视。对这一问题，尼尔·波兹曼（Neil Postman）广为人知的宏观历史分析具有重要的综合参考价值。波兹曼将技术与人类社会文化进行关联考察：第一是制造工具的文化阶段，技术服务和从属于社会和文化；第二是技术统治（technocracy）阶段，在这一阶段，技术工具高度发达从而试图成为文化本身，而不是被整合进文化，技术与文化之间产生了对立；第三阶段便是技术垄断（technopoly）阶段，这是技术统治的失控阶段，作为一种极权主义的技术统治，机器和技术成为人类生命的意义坐标，技术的“王权”逐步主宰人类的文化生活。

概而观之，伊德对于技术与生活世界的现象学考察，更多是在简单的、一般的技术物层面展开的；而正如波兹曼的分析，现代技术的自主倾向及其可能的失衡、失范、失控，对于人类社会的挑战是系统性的——这实际上也是“后人类”更多地引发社会、伦理、政治、法律的广泛讨论并形成不同的话语立场，而不仅仅局限在技术、生物、医药、生理等领域的道理所在。

---

① ［美］唐·伊德：《技术与生活世界——从伊甸园到尘世》，韩连庆译，北京大学出版社2012年版，第41页。

福山的《我们的后人类未来：生物技术革命的后果》便是这种现代技术话语的典型。在福山看来，当前的政治社会结构是与现阶段人类的“人性”相适应，并以后者为基础的，而当代生物技术剧变的结果将会改变人性，进而将会改变现代政治社会的基础。但实际上，福山所言之技术的后果，不仅限于在政治领域的关键性影响，而且是广泛地关涉生活世界的方方面面，或者说需要以生活世界为“隐而不显”的中介层面——但也正因如此，其潜在的影响总是被有意或无意地忽视或消解。生活世界已然在实践中与技术互构，但也因“日常化”而消解了对技术的敏感度，即使面对变革性技术之时，也难以充分察觉。正如布拉伊多蒂所指出的，“我们这个时代最尖锐的一个悖论就是紧迫性与惯性之间的紧张关系——紧迫性是为我们这个技术中介世界找到新的可行的政治和伦理主体模式，而惯性是约定俗成的思维。唐娜·哈拉维说话一向睿智：机器如此富有生命，而人类如此充满惰性！”①对此，需要更细致地从生活世界的“日常性”来展开分析，以窥探其中的悖论与张力。

（二）“技术物”亲近与“技术”疏离

宏观而言，技术失衡或失控作为不同程度的现实征候或潜在的可能风险，总是被纳入人类社会生态的再平衡之中；而微观来看，人类的生活世界展开为日常化的生活境遇，技术所引发的广泛的紧张状态或焦虑情绪，在很大程度上则在于现代科技在日常中与生活世界之间的“亲/疏”悖论。

首先是现代科学与生活世界的“亲近/疏离”。一方面，现代科学越来越深入到人及其所生活的世界，人和世界万物作为科学筹划的对象和客体，被无微不至、无所不包、无孔不入地对象化。另一方面则是科学越来越疏离人及其生活，学科分工、领域分化与专业

① ［意］罗西·布拉伊多蒂：《后人类》，宋根成译，河南大学出版社 2016 年版，第 83—84 页。

研究使得现代科学越来越远离非专业的普通人的认知，也将人的视野“辖域化”。

其次，更具日常生活意义的是现代技术（物）与生活世界的“亲近/疏离”悖论。一方面，技术物所构成的人工环境，技术物作为日常生活事物，已经全面构造了我们的生活世界，日常生活正在全面而持续地“技术（物）化”，人的意识、感知、情绪等都被技术物直接地构造着，技术物与生活世界交互生成，亲密无间。另一方面，技术不断地自主化和专业化，人无法阻挡技术（物）的更新换代，只能主动迎接、欣然接受或无能为力地被动卷入其中，并且都对技术的运作原理无法掌控，甚至一无所知；即使能借助技术运营商提供的产品使用说明书，熟练地展开技术化操作，绝大部分的日常使用者也都无法一窥技术内在之“黑箱”。

可以说，与现代科学一道，现代技术所带来的技术“物”亲近与“技术”本身疏离的悖论，造成了一种社会性的隔阂，现代生活面对技术专业化的时候，存在一种普遍的“无力感”，正如温纳指出的，“在技术社会中，你的日常经历只有一小部分可被科学化地理解。至于其余的部分，每个人都被迫依赖于或相信一些事物，对于它们他几乎没有任何信息或者理智层面的掌握。正是这一状况被埃吕尔描述为现代版的神秘、魔力和圣教的源泉”①。这中间存在着人与技术之间的“距离”，这种距离是我们可以借助技术物“展开”日常生活的空间，但同时也是一个被技术“遮蔽”的地带；技术的内在复杂性隐藏在技术装置的外表之下，远离了公众的视线和日常生活，“曾经属于日常生活经历组成部分的关系和联系（从每个步骤都必须有人亲自处理这个意义上来说），现在转而由工具来进行处理。大量难以理解的社会技术方面的相互联系，被掩藏在抽象的概

① ［美］兰登·温纳：《自主性技术：作为政治思想主题的失控技术》，杨海燕译，北京大学出版社2014年版，第243页。

念之中”①。其日常化的直接结果，是我们只能够按照技术操作手册来操作技术物；而当技术失效或者出现故障的时候，我们往往都是束手无策的。

日益专业化、高深化的当代科学，正如胡塞尔所言，越来越远离人的生活世界；而科学与技术的合谋，又以技术物的形式全面而深刻地渗入生活世界，参与了对生活世界的构造，正如布拉伊多蒂所言，这是一个“全球化技术中介时代”。科学技术高度专业化的内在本质造成了一种“伪日常生活化”——除了技术生产商和运营者提供给我们的简易操作手册，我们对于技术一无所知、无能为力；技术功能越来越强大、性能越来越先进的同时，人反而越来越“无用”，任何一个对技术进行评判的人，都会被技术专家要求：你必须了解技术。因此，专业化造成了跨领域的合法性危机，这实际上也是生活世界的危机，因为生活世界作为一个融贯的世界，其中各个领域是“解辖域化”的。这种由现代科技与生活世界之间“亲近/疏离”所造成的“辖域”与“解域”之间的悖论，是当代社会的现实症候；而科技内容始终无法被整合并纳入日常生活之中，由此所产生的焦虑情绪及其文化表现，则是这种症候的重要表征——这也推动着“人类”始终在朝向“后人类”生成的张力之中。

（三）技术“嵌身”与技术“离心”

人类的生活世界是以生物生命的生存为根据的。从生命与技术的关系来看，作为人与自然实践关系的中介，早期的技术都是为了人类的生存而被发明出来的，与生活世界是一体的。从长时间段来看，恰如斯蒂格勒所言，技术作为“原始假肢”参与了人的身体构造和存在构成；人类肢体功能和大脑结构的发育和进化，在很大程度上取决于运用工具进行世界改造的过程，自然的“人化”与人的

① ［美］兰登·温纳：《自主性技术：作为政治思想主题的失控技术》，杨海燕译，北京大学出版社2014年版，第243页。

“技术化”实际上是同时进行的。生产工具、语言符号作为早期的技术，在很大程度上决定着人类与动物在进化链条上的地位和等级，也实质上构成了生活世界的关键要素，并且这种构成是人在日常生活中所熟悉的，正如海德格尔所言，技术乃是“上手”的。这样的一种生命与技术的关系，实际上是一种“自然的”而非“人工的”关系，人类大体处于“自然”地进化的阶段；在这个阶段，人类的精神、意识是与技术实践内在地相适应的。

所有在当前看来具有划时代意义的历史性的技术物，作为斯蒂格勒所言之“原始假肢”，都已经参与了人类形态和人性内涵的建构，因此我们可以在最宽泛的意义上说“前现代”的人就已经是“后人类”。但这只能作为一种批判性的立场来重新思考关于“人”的本质设定和界限划分；若更进一步，必须把“后人类”看作一种无限延宕的、正在到来的未来图景。这种无限延宕是与生活世界参照形成的：任何一种在当前并未介入生活世界、尚未形成稳定形态和价值意义的技术之可能，都是“后—”；而已然成为人们所熟识的技术物，则不能再是“后—”。当人工心脏作为假肢已经像眼镜一样普遍，从而就像眼镜扩展人的视力一样延伸人的寿命之时，人类的生活世界已然重新定义。因此，技术内嵌于身体并不总能引发剧烈的文化反应，其中存在着复杂的动态“再平衡”的社会、文化和心理调节机制。

此处问题的关键在于技术的“离心”。一方面是技术杂合使得从技术物对人类身体的嵌入，变成技术对人类精神、意识、心理的侵入和重构，使得人类之“心”在不同程度上脱离其“具身”的躯体而被改造，这方面以“赛博格”最为典型。另一方面则是技术物获得自我意识，从而脱离人的掌控而成为自主存在的倾向。布拉伊多蒂指出，智能机器所代表的机器自动化的程度，使得其复杂性成为“后人类中心主义转向”的核心问题，“所有的机器人有个共同的重要特征：他们已经让技术合理化，从而在操作和道德层面绕过了人类决策……人类将在越来越多的情况下处在'决策圈上方'而非处在'决策圈内'操作机器人，监管军事和工作机器人而不是全面控制它们……这些自动化机器，随着智能化程度越来越高和更加普及，注定要承担一些生死攸关的决策，从而获得主体地位"①。

不管是技术媒介化的赛博格，还是人工智能化的机器人，技术与人类"离心"而获得自身的"生活世界"，是后人类从现实症候到激进话语的关键环节。人类与后人类之间没有截然的时间界限，具体的、历史的、活态的、过程性的生活世界，不断地与技术在协商、适应和调和。因此，"后人类"作为一个无限延宕的空间，实际上是对技术自主的未来想象和心理情感症候，是对技术自主的程度、速度及其与生活世界产生错位和脱节的焦虑表征——技术会不会反过来控制我们呢？这样的问题在科幻中已然成为显声，并形成了新的社会文化图景，也逐渐成为具有话语生产力的复合语境。

二、科幻景观："后人类"生活世界的全球文化空间生产

那雅尔指出，自文艺复兴以来，文学文本总是为我们展示了人们如何行动、反应和互动，因此"事实上可以说文学'发明'了人，现在则为我们展示了已经包含着'非人'的人是什么"；而在当下的科幻小说和其他大众的表达形式中，更进一步意味着"人类的新的文化历史需要解决这个问题：当下人类以哪些形式拓展和存在着？"②技术失衡、失范、失控的极端后人类场景，技术过度"亲近"与"疏离"极限程度的紧张爆发，技术"嵌身"与技术"离心"的现实可能——现代"技术世界"持续制造与人类"生活世界"的悖论与张力，使得"后人类"在现实症候与激进话语表征之间展开生产，也是推动后人文主义生成的重要语境。

---

① ［意］罗西·布拉伊多蒂：《后人类》，宋根成译，河南大学出版社 2016 年版，第 63 页。

② Pramod K. Nayar, *Posthumanism*, Cambridge: Polity Press, 2014, p.12.

现代技术与生活世界的悖论和张力,乃是作为症候而存在的,它可能引发剧烈的变化,但也有可能被重新纳入人类生活世界的系统再平衡之中。但是在科幻中,这一问题以文艺的方式得到想象性解决,由此形成了生动鲜活、丰富多彩的后人类文化表征,也构成了复合的社会文化语境。从后人类的典型话语表征来看,赛博格、人工智能、机器人等“准主体”的“自我意识”问题作为抽象范畴,总是需要在生活世界中“具身”而呈现出来,我们只能通过其日常反应、行为和实践来确认其真实的自我意识是否有效;换言之,人工智能、机器人能否成为主体,问题在于其是否拥有生活世界。在科幻中,大量的人工智能和机器人获得了主体性和自我意识,并且通过文艺表征的方式想象性地拥有了其生活世界。

(一)科幻内容生产:技术(物)生活世界的想象性建构

技术失范、失衡、失控的未来叙事,是后人类文化的重要表征;而对人工智能技术失控的恐惧,在相当程度上来自于人工智能科幻叙事的潜在影响,“科幻叙事树立了一个未来的影像,我们将技术发展与这未来影像相联结,产生了各种焦虑或乐观的版本。这一影响遍及整个社会叙事,引发脱离实际的焦虑或乐观情绪”①。在科幻中,一方面是赛博格、人工智能、机器人等作为后人类的典型形态,是作为技术失范、失衡、失控的结果被设想出来的,是将其本体存在视为现代技术与生活世界裂变的结果,其中以想象的方式彰显了更大的亲密、纠缠或疏远、背离;另一方面则是将赛博格、人工智能、机器人的主体性和自我意识可能,奠基于其生活世界中,展示其在存在论层面成为“人”的可能图景。

因此,如果说技术嵌身的“非现代”式杂合是后人文主义思潮的现实来源和历史指向,那么文艺表征则是其最主要的操练场;甚

① 王峰:《人工智能科幻叙事的三种时间想象与当代社会焦虑》,《社会科学战线》2019年第3期。

至可以反过来说，科幻小说、科幻电影打造了后人类的历史现实本身，并蕴生了后人文主义观念。具体而言，当代关于人/物关系的核心的后人类概念，往往源自文艺表征，“弗兰肯斯坦”“机器人”“仿生人”等观念都首先是一种文艺表征，而后转变为跨领域、跨学科的概念演绎与话语流通，成为一种隐喻式或转喻式的指涉。

1818 年，英国作家玛丽·雪莱的小说《弗兰肯斯坦：或现代的普罗米修斯》表达了技术自主并脱离人类控制的主题，小说主人公弗兰肯斯坦是一名科学家，他所创造出来的人工生命却变成了一个怪物，最终脱离了他的掌控，弗兰肯斯坦也在追逐怪物的过程中与怪物（他？它？）同归于尽。这部小说被视为科幻小说的开山之作，也多次被改编为戏剧影视作品。“弗兰肯斯坦”也成为用以指代脱离人类控制的人造物的概念，成为后人类文艺表征和后人文主义的关键词之一。

1886 年，法国作家维里耶·德·利尔-亚当（Villiers de L'Isle-Adam）在小说《未来的夏娃》（*L'Eve Future*，1886）中将一个外形酷似女性的人形机器人命名为“安卓”（Android），安卓与名字和发明家爱迪生一样的主人公相恋，该小说开始提出了“人—机”恋问题。“安卓”如今已成为一种普遍的智能操作系统，广泛运用在手机、平板电脑、电视、数码相机、游戏机等，成为全球份额排名第一的智能系统，全面影响着人们的日常生活。

1920 年，捷克作家卡雷尔·恰佩克（Karel Čapek）在其剧作《罗素姆的万能机器人》（*Rossum's Universal Robots*，1920）中首次提出了“机器人”一词，其词源为波兰语“Robota”（意为“强迫工作”）和“Robotnik”（意为“工人”）。剧中科学家小罗素姆以赚钱为目的制造机器人，这些机器人外表和人类一样，也能够像人类一样劳动。但结局却是人性好逸恶劳的弱点在资本的驱动下，使得机器人最终将全人类毁灭。而在这部小说完成近百年之后的今天，不同性能和用途的“机器人”已经广泛应用于生产和生活的方方面面。

1932年,英国作家阿道司·赫胥黎(Aldous Huxley)在《美丽新世界》(*Brave New World*,1932)这部小说中,描述了一个600年后科技尤其是生物技术高度发达的世界:一种“波坎诺夫斯基程序”(Bokanovskification)能够在试管中而不用借助子宫来孵化婴儿;药物“索玛”(Soma)能给人即刻的高潮;感官器里能够植入电极来模拟人的情感;潜意识能够不断修复,即使失灵也能够通过人工荷尔蒙改正——这些对于600年后的预言,实际上60多年后已经部分成为现实,或者以其他方式转化实现。

赛博朋克(Cyberpunk)小说作为科幻小说的一个分支,也是后人类文化的操演场。乔治·奥威尔(George Orwell)在《1984》(*Nineteen Eighty-four*,1949)中预言式地展示了电脑成为交互监视者为集权国家服务的场景,因此“在一定程度上,奥威尔笔下的大哥可以被视为网络崩克”。[①] 而布鲁斯·贝斯克(Bruce Bethke)则在1983年的《奇异故事》(*Amazing Stories*)杂志发表了短篇小说《赛博朋克》(*Cyberpunk*),将“控制论”(Cybernetics)和20世纪七八十年代的音乐运动“朋克”(Punk)糅合在一起。在赛博朋克文学中,故事大多发生在网络空间中,其间现实/虚拟之间的界限被消解,由此“可以引发人们对哲学人类学关于人类与机器之间的分界线问题进行深刻思考”[②]。而加拿大作家威廉·吉布森(William Gibson)在其科幻小说《神经漫游者》(*Neuromancer*,1984)中创造了一个“赛博空间”(Cyberspace),不久之后,该词就超出了科幻小说的领域,在计算机和信息技术的相关领域中流行起来,并进一步被文化理论吸收,尤其在有关后人文主义和后人类探讨中成为高频热词。

---

① [英]朱利安·沃尔弗雷斯编著:《21世纪批评述介》,张琼、张冲译,南京大学出版社2009年版,第278页。

② [荷兰]约斯·德·穆尔:《赛博空间的奥德赛——走向虚拟本体论与人类学》,麦永雄译,广西师范大学出版社2007年版,第2页。

在菲利普·K. 迪克(Philip K. Dick)的《仿生人会梦见电子羊吗?》(*Do Androids Dream of Electric Sheep*?,1968)这部小说中,主人公是一个靠捕杀"仿生人"(Androids)为生的赏金猎人,在追捕的过程中,他陷入了两难,失去了辨别"真实/人造"的能力,并且发现自己喜欢的"女子"是一个仿生人,这些都引发了他对自己人类身份的怀疑。作者在小说中提出了一种鉴别的方式,即以"记忆"来辨别人类与仿生人,但是这种方式最后也失效,使得主人公最后也怀疑自己到底是仿生人还是人类,其中的疑难,有如庄周梦蝶般恍惚难言。该小说中的"仿生人"即是《未来的夏娃》中提出的"安卓"。

综上代表性作品而言,科幻作为表征人与技术关系的重要社会文化文本,从《弗兰肯斯坦》到《未来的夏娃》再到当前海量的科幻影像,在某种程度上构成了关于人与技术关系的最重要的后人类文化语境。

当然,机器能否成为人、会不会取代人这样的问题或假设,需要在一种存在论的层面来探讨;而宽泛来说,现代技术作为"座架","后人类"关于技术(物)嵌入和杂合对人的主体性存在的挑战,乃至技术(物)自主性的探讨,都须以海德格尔意义上作为"此在"的人作为最终的衡量标准,相关的焦虑和假设,也都潜在地以此为参照。对此,科幻作为一种双重(文学/科幻)的"可能世界"提供了很好的视角。

从内容上来看,"后人类"作为社会想象和文化表征,在很大程度上是与科幻互文的,后人类话语首先是关于人类自身的想象和叙事,"所谓的后人类其实是一种混杂着事实性的未来期待、叙事套路与阅读期待的结合体,其中展现的是一种超越一般人性限度的超限人性"①。科幻作为文学形式,往往通过想象、虚构、叙事来

① 王峰:《后人类的超限人性——〈西部世界〉的叙事"套路"与价值系统》,《学术论坛》2018 年第 2 期。

给后人类事物建构一个可以嵌在和寓居的“生活世界”;其中除了展示人工智能、机器人等技术物的性能、功能和超能力,更重要的是对它们的“世界”进行建构,尤其是展示它们与人类之间的悲欢离合与戏剧冲突,以及因此而产生的情感、法律、伦理、道德、政治等关系。其中,人与技术物在叙事中从激烈冲突到互相适应,技术物最后有了自己的“世界”。由此,这样的“生活世界”便与人类社会现实的生活世界产生错位、参照与张力,不断制造着后人类社会文化语境并形成话语“生产力”。

(二)科幻形式生产:数字媒介作为科幻想象技术

肇始于19世纪初期的科幻小说,很大程度上因科技的现实发展尚未能呼应或激活小说中的激进话题,未能催生后人类观念;与此同时,也因文类形式与语言传播的局限,科幻小说中的后人类想象并未能形成有影响力的宏大叙事。而从20世纪20年代的《大都会》(*Megalopolis*, 1927)等开始,往后半个世纪的科幻电影以新的媒介手段生动展示了科幻的奇观本质;但基于摄影本体论的制作,以及前工业化的生产与传播,也并未能催生后人类文化。到了20世纪后期,以美国好莱坞为代表的西方文化工业所生产的科幻“大片”,成为表征和传播后人类文化的主要媒介场,也极大地激发了理论家们的探索灵感。在这一时期的工业化生产与全球传播中,突出的媒介技术已然不再是瓦尔特·本雅明(Walter Benjamin)所言之现代的“机械复制”乃至后现代式的电子媒介,而是数字化媒介。

雪莱的《弗兰肯斯坦》和迪克的《仿生人会梦见电子羊吗?》两部小说后来都被改编成影视剧作。《弗兰肯斯坦》首先在1910年以默片的形式被改编成电影,后来又多次被翻拍;此外还于2011年被改编成舞台剧,于2014年在韩国被改编成音乐剧,形成了最具持久性和影响力的跨媒介科幻系列文艺作品。根据《仿生人会梦见电子羊吗?》改编的电影《银翼杀手》(*Blade Runner*,1982)于1982年在美国上映,该部影片被视为科幻史上不可多得的经典作品,先后获得美国奥斯卡金像奖“最佳艺术指导”和“最佳视觉效果”两项提名，以及英国电影学院奖“最佳摄影”“最佳制作设计/艺术指导”和“最佳服装设计”三个奖项，乃至其他包括音效、剪辑、视觉、化妆在内的几乎所有艺术形式方面的提名。由此，电影作为新的文艺媒介形式，对后人类的表征呈现出全新的形态；而随着数字技术等电影制作技术的迅猛发展，科幻影像对于后人类的文艺表征，被以美国好莱坞为代表的文化工业裹挟着席卷全球，已然成为人们想象后人类的主要载体。

这其中关键的环节，是电影技术在当代也发生了“裂变”，这种变化在本体论层面引发了电影媒介的转变。当前，数字媒介技术使得作为电影“再现”手法基础的摄影方法受到了极大的挑战，数字技术作为支配性的美学力量，以“无中生有”式的虚拟再现，完全改变了科幻景观。从媒介原理上看，“类比”和“再现”是以原始影像向物质同构的转换为基础的，而虚拟再现则是通过数字操控来获得力量，由此，电影已经不再是“摄影本体论”，而是“数字本体论”。

首先是演员变成了赛博格。数字技术使得传统通过物理性化妆等来塑造身体的方式让位于数字技术，演员的身体被完全重塑，“由计算机生成的影像逐渐替换演员被记录下来的身体存在”①；不仅如此，“在再现技术的层面上，事实上数字已经取代了类比……计算机生成的影像不再局限于孤立的特效；它们由许多片段组成，总体调度达到了这样一种程度，甚至主要演员全部或者部分地是由计算机生成的……电影‘演员’已成为弗兰肯斯坦式的混血儿：一部分是人，一部分是合成的”②。并且在总体上，正如D.N.罗德维克（D. N. Rodowick）指出的，“在当今技术飞速发展的氛围中，电

① ［美］D.N.罗德维克：《电影的虚拟生命》，华明、华伦译，南京大学出版社2019年版，第7页。

② ［美］D.N.罗德维克：《电影的虚拟生命》，华明、华伦译，南京大学出版社2019年版，第6—7页。

影制作中的每个元素都被数字技术所替代,使得‘电影’作为摄影媒体正在消亡”①。在机械复制的时代,摄影技术要求物质性的原型对象的存在,我们仅能通过传统影视技术——化妆、服饰、道具来模仿机器人,或展示我们对外星人的想象。而从机械复制时代到数字媒介技术建构的时代,数字技术重构了电影媒介的物质基础,电影获得了“虚拟生命”(the virtual life of film):“用数字技术创造出来的仿真可以不知不觉和天衣无缝地替代我们日常生活中的那个坚实、杂乱和类比的世界。技术有效地变成了自然,完全替代了我们复杂和纷乱的世界……类比世界被一种数字仿真功能所替代。”②

这样的转换具有普遍的范式论意义,这在电影《金刚》(*King Kong*,2005)中以“内容/形式”融合的方式得到了极为生动的展示。《金刚》实际上是一部讲述如何拍摄电影的“元电影”:20 世纪 30 年代,为了“再现”传说中的异域和怪物,拍摄团队必须历尽艰险,去实地取景和实物拍摄;而实际上到 21 世纪初我们观看《金刚》这部电影本身的时候,数字技术已经能够“生产”传说中作为异域的岛屿和作为怪物的金刚——借助数字媒介,人类可以立体地建构“他者”的世界,生动地想象并“在场”地呈现任何“非人类”事物,并通过叙事来建构后人类社会的可能形态。

因此,罗德维克以 1999 年狂热的《黑客帝国》(*The Matrix*,1999)为例,从内容角度分析了一种具有“元电影”意味的形式问题:在《黑客帝国》中,现实的世界与虚拟的世界在争斗,“数字与类比的对抗是叙事冲突的核心,好像是电影正在为自身的美学存在而战斗”;由此引发的进一步的结果便是“新技术在再现技术和叙

---

① [美]D.N.罗德维克:《电影的虚拟生命》,华明、华伦译,南京大学出版社 2019 年版,前言第 1 页。

② [美]D.N.罗德维克:《电影的虚拟生命》,华明、华伦译,南京大学出版社 2019 年版,第 3—4 页。

事结构这两个层面都被吸收到电影之中，它同时被妖魔化与神圣化”。①

这其中内容与形式的悖论结合，可称为“技术的表征”与“表征的技术”之间的张力，或者说“表征/技术”的张力：科幻电影的表征“内容”中，进行着大量的关于未来可能技术与生活世界的建构；但同时这种技术建构活动，在“形式”层面又需要借助于电影媒介技术本身，作为物质性技术基础的媒介、表演、化妆、特效技术，保证了科幻内容的逼真程度。“逼真”作为一个历时性概念是相对的，它与技术的时代发展内在关联；逼真乃是一种具有时代性的审美效果，当我们观看 20 世纪 60 年代数字技术尚未出现之前的电影，会觉得不管是身体、造型还是场景，都是“漏洞百出”，都显得那么“假”，尤其是以现代技术手段所塑造的关于“逼真”的标准去衡量当时的“五毛特效”和“山寨场景”的时候。然而，这些科幻在当时所引起的震撼效果，并不亚于当代科幻景观的时代效果。当然，同样的“震撼”和“奇观”，虽然都具有历史性和相对性，但又存在着绝对的质的差异，这种差异的产生和演进是一个渐进的过程，是一个与包括数字媒介在内的技术演进及其与人类生活世界之间互嵌、互构的过程——这样的过程同时也是后人类观念发生的过程。

从《终结者》（*The Terminator*, 1984—2019）系列到《机器夏娃》（*Ex Machina*, 2015），不到半个世纪，关于人工智能、机器人获得人形具身的想象，借助于数字技术媒介获得了生动而多维的立体展示；具身的原理、方法、细节，已经成为科幻叙事的形象基础——“非人类”在科幻影像中已经不再需要借助于“人”（演员）的表演来呈现，其生命形态及其与人类生活世界之间互动共生的表征，成为后人类的典型内涵的鲜活展演。

① ［美］D.N.罗德维克：《电影的虚拟生命》，华明、华伦译，南京大学出版社 2019 年版，第 4—5 页。

数字技术使得科幻电影可以充分地“无中生有”，由此可以“再生产”而非逼真地“再现”现实中或小说中的事物。科幻借助数字特效，能够对各种动物、怪物、外星生物等进行真正的“非人化”表征，而不再局限于人类演员通过化、服、道的表演，以及借助僵硬、机械的模型制作的物理特效，非人类事物似乎能够真正地与人类完全不同。由此，大量的非人类“他者”，包括机器人、人工智能、外星人的形象及其生活世界，以及它们与人类的关系，在科幻影像中得到仿真生产和想象建构。在这样的科幻景观中，理论家们隐而不显的关于人类物种或整体命运的宏大叙事，也得到丰富的表征；人类与非人类事物的关系得以在叙事关联中，获得一种“外位性”的审照视角。

（三）景观生产：“科幻性”文化空间与“全球性”景观消费

后人类社会文化语境最典型的特征，便是科幻景观与科技—艺术的杂合，由此不断地拓展具有“科幻性”特征的文化空间。首先是当前科技的迅猛发展与科幻文化相裹挟，“生物学又一次站在了科学的前沿，新的非人类的生命形式举目皆是，一部新的物质客体的历史似乎正在孕育。克隆羊，自动繁殖的机器人，以及西伯利亚猛犸冷冻的DNA，都成为头条新闻，从死者身上复苏的绝种怪物的形象占据了电影的影像世界”①。

这种科幻性的社会文化空间，更重要的是呈现了一种全球性的文化空间和消费场景，其中的主要方式是拜科幻景观的西方生产（以好莱坞“大片”为典型）与全球流通所赐。后人类通过科幻景观生产，想象性地消解了现代技术与生活世界之间的紧张关系；而现代技术通过科幻景观，获得了一种具有欺骗性的文化接受，在很大程度上又重新将这种文化接受纳入现代技术本身的筹划之中——科幻中对于技术生活世界的表征，既通过现代数字媒介技

① 孟悦、罗钢主编：《物质文化读本》，北京大学出版社2008年版，第535页。

术进行建构，也借由全球媒介文化工业的生产与传播而展开流通。

好莱坞科幻大片遵循消费的全球化市场逻辑，全球多地取景、演员背景多元化、环球发行上映，本身就是其生产与传播的主要策略，这种策略在一种可称为“后人类共同体”的表征中，表现得尤为突出——毕竟以“人类/后人类”之名，全球运作理所当然。典型如《环太平洋》(*Pacific Rim*,2013)，不仅“机甲战士”是结合不同文化元素而设计出来的多国部队，影片中最重要的场景也设置在中国香港——这也是《哥斯拉大战金刚》(*King Kong vs. Godzilla*,2021)中决斗的地方。这些被纳入想象视野中的真实地方，实际上被景观化了；“地方”在提升全球票房的市场策略中，被西方文化工业的视觉机器所捕捉，被再生产为媒介化的景观“空间”。从更广的视角来看，现如今奥特曼已成为伴随从“80 后”到“10 后”不同年代儿童成长的流行文化符号；而其消费的载体，则覆盖了从影像、图书到玩偶、卡片等全系列，一种日本式的“宇宙英雄”，成为包括中国在内的世界各地青少年的消费对象和流行偶像，成为景观意义上的“人间体”。《变形金刚》(*Transformers*,2007—2023)等在包括中国在内的世界各地，都取得了惊人的票房成绩；好莱坞流水线的系列产品，成为望梅止渴的流行文化大餐。《黑客帝国》《阿凡达》(*Avatar*, 2009, 2022)、《头号玩家》(*Ready Player One*,2018)等在“豆瓣网”等被视为精英化的评分网站上，都获得了高分好评，做到了雅俗共赏。西方文化工业数字科幻所生产的后人类景观，已然引发了全球性的消费认同。

正如居伊·德波(Guy Debord)所指出的，在以影像为中介的景观消费中，重要的是媒介所建构出来的幻象而非真实的事物本身；景观作为一种新的统治工具，不仅制造需求、引导消费，更重要的是它遮蔽和再生产现实。以哥斯拉为例，作为最著名的全球流行文化符号之一，日本东京新宿区为其颁发了“特别住民票”和“新宿旅游大使任命书”，实现了从远古怪兽、核能幽灵到东京“居民”和

“旅游大使”的身份转换，一种后人类想象被消费式地投射到现实中。在这样的数字化媒介景观生产中，真实/想象、现实/未来等难解难分，后人类社会被多维、立体地“生产”出来并获得了全球性内涵，形塑了将全人类裹挟在内的后人类语境。

第三节 后人文主义之缘起：在后人类语境中重审“人/物”关系

1983年《时代》(*Times*)杂志一反传统惯例，以电脑作为年度封面“人物”，贝明顿将此视为后人文主义的典型“事件”；在他看来，“年度人物”被“年度机器”所取代意味深长，正如该期杂志封面上的吸引人眼球的话——“电脑入侵”所赫然显示的，是人文主义的“墓志铭”。[①] 另一位后人文主义代表人物沃尔夫也在其著作《什么是后人文主义》(*What Is Posthumanism*，2010)的开端，便展示了一种可以称为“后人文主义”的动作——借由互联网搜索引擎“谷歌”来展示人文主义与后人文主义两者的“生存状况”。[②] 计算机的诞生和发展在人类历史上无疑具有划时代意义，人们依此将历史划分为“前计算机时代”和“后计算机时代”(“BC” and “AC”)，“这就像人们对‘公元前’和‘公元后’(‘Before Christ’ and ‘After Christ’)的区分一样”。[③] 因此，正如哈桑所指出的，“后人文主义”的新构想乃是基于正在发生着的人类形态的可能性剧变，这种新变的形态甚为复杂，其中人与以电脑为代表的机器、技术之间的关

① Neil Badmington (ed.), *Posthumanism*, New York: Palgrave, 2000, p.1.

② Cary Wolfe, *What Is Posthumanism*, Minneapolis: University of Minnesota Press, 2010, xi.

③ [法]布鲁诺·拉图尔：《我们从未现代过——对称性人类学论集》，刘鹏、安涅思译，苏州大学出版社2010年版，第81页。

系，是后人文主义思想的重要触发点。

这实际上也揭示了后人文主义在后人类语境中的缘起生成机制：后人文主义立足后人类语境，技术张力与科幻文化的媾和所展示的各种现实症候和未来图景，缘起了后人文主义关于其中核心问题的探讨。但与此同时，诸多后人文主义理论家也明确反对将后人文主义等同于一种技术进化立场的后人类观念，即反对等同于一种时间性"之后"的后人类；而所要重点阐述的领域，是一种空间性的"之间"——"人"与包括技术在内的"物"之间的关系——其核心是海尔斯所阐述的诸多后人类观念所关涉的共同主题，即人与智能机器的关联："后人类的观点通过这样或那样的方法来安排和塑造人类，以便能够与智能机器严丝合缝地链接起来。在后人类看来，身体性存在与计算机仿真之间、人机关系结构与生物组织之间、机器人科技与人类目标之间，并没有本质的不同或者绝对的界限。"①

因此，后人类语境中后人文主义的缘起所由，便是从赛博格和技术作为"原始假肢"等思想线索，导向普遍性的人与技术物乃至人与更广泛的"物"之间的杂合关系，从而引发了对于传统人文主义及其主体性哲学的批判。

海尔斯分析了后人类语境的核心观点指出："人的身体原来都是我们要学会操控的假体，因此，利用另外的假体来扩展或代替身体就变成了一个连续不断的过程，并且，这个过程早在我们出生之前就开始了。"②与此相通，沃尔夫从更宽广的视野指出，后人文主义是与利奥塔有关于"后现代"的悖论类似的，它既在人文主义"之前"，同时也在人文主义"之后"，"之前"意味着人类的具身性和嵌

① ［美］凯瑟琳·海尔斯：《我们何以成为后人类：文学、信息科学和控制论中的虚拟身体》，刘宇清译，北京大学出版社2017年版，第4页。

② ［美］凯瑟琳·海尔斯：《我们何以成为后人类：文学、信息科学和控制论中的虚拟身体》，刘宇清译，北京大学出版社2017年版，第4页。

在性不仅是生物意义上的，而且也是技术的，“人类动物的假肢性共同进化是与工具的技术性以及外在的档案机制一体的”①。沃尔夫和海尔斯都共同强调一种构成人类进化历史的技术性“假肢”，正如斯蒂格勒所言，这种假肢并非一种对缺失的补充，而是历史性地、原装性地构成了人类的本质，只不过在当下语境中超脱人类身体而凸显了出来。

这其中彰显的是传统人文主义关于“人性”设定所必然具有的混杂性，这种混杂性尤其在于其技术性和工具性，也在于包括福柯“反人文主义”式立场所强调的权力、话语、档案机制等层面。“人”从其本体构成上来看，从一开始就在不断地“后人”化，人文主义一开始就隐含着后人文主义生成的裂隙。正如“忒修斯之船”一样，沃尔夫强调人是一个不断地像鱼鳞般、瓦片般的层层“叠盖”过程，本来就没有清晰的、原初的人性，也没有明确的人类/非人类的二元划分与对立；只不过这种“叠盖”与杂合，在当下的技术、医药、信息、经济网络中空前地凸显，人类与物质环境和技术“他者”之间的亲密关系和相互入侵，达到了一种前所未有的程度。如此这般的历史语境，孕育并不断吁求一种新的理论范式、一种新的思维方式，后人文主义因此得以历史性地出场。

这样的语境共鸣和话语缘起，在哈桑有关普罗米修斯作为后人文主义“操演者”的剧场中已经唱响。柏拉图在《普罗泰戈拉篇》(*Protagoras*)中谈论了有关普罗米修斯与爱比米修斯的神话：诸神准备创造凡间生物的时候，指派普罗米修斯和爱比米修斯来分配力量与设置装备，当爱比米修斯赋予动物以力量、能力、装备、食物等，使它们能够生存和保存之后，竟然把人给忘了，于是便有了普罗米修斯偷窃技艺和火赠予人类的起源故事，这便是早期的技术神话。哈桑借之阐明“后人文主义”此一概念，而爱比米修斯神话

① Cary Wolfe, *What Is Posthumanism*, Minneapolis: University of Minnesota Press, 2010, xv.

事实上正是科技“叠盖”的最好历史注脚——也正因此，如前文所述，斯蒂格勒借助古生物学、人类学等学科的研究成果，对此进行了一种后人文主义式的解读。

如果说普罗米修斯与爱比米修斯中有关技术“假肢”与人性“叠盖”，主要是基于神话和哲学层面的解读；那么到了20世纪，这种境况则被推到了生命和科学层面。尤其是20世纪下半叶以来，神经科学、生物医药、人工智能、信息技术等的迅猛发展，在很大程度上改变了作为人之基础范畴的“生命”概念，对什么是“人”提出了挑战，也动摇了传统人文主义关于“人性”的设定以及启蒙运动、理性哲学关于人之主体性的设定。

医药科技的发达能够延长人的寿命，但也让人变成了“药人”，伴随着寿命延长的是思维的衰退、创造力的枯竭、心灵的空泛；生命只能依赖于药物和医疗技术来维持，人体机能与药物作用之间的界限，已经无法分割。与此同时，医药“加强/增势”（enhancement）及其伦理的问题，也迅速成为热点问题，因为我们很难去界定医药是在拯救“病人”还是在制造“超人”，是在“雪中送炭”还是“锦上添花”。当前火热的整形行业及其所引发的讨论尤其具有代表性，因为“美容手术和整形术构成了电子人的部分话语，重塑、移动、再生了身体”①，但其中的问题在于，为何人通过运用自身的意志品质和理性计算能力，进行自我控制饮食和运动锻炼来改变身体形态，被高度赞扬；而通过医学技术的捷径来改变身体特性，往往让人背负上道德和伦理的指责？健身是通过精确地调节日常饮食、运动和控制身体中的成分和热量的“科学”手段，而整形则是直接通过先进的“技术”进行“削骨去脂”——二者之间的界限在哪里？

而从生命源头上看，当前的基因和遗传技术已经能够通过剪

① ［英］朱利安·沃尔弗雷斯编著：《21世纪批评述介》，张琼、张冲译，南京大学出版社2009年版，第285页。

切和复制基因来制造新的物种，“基因编辑”和“转基因”等技术表明了生物的可操作性和生物之间的可通约性，意味着人类是可以复制的，同时也意味着突破人/动物之间的界限。这也进一步表现在人造器官和器官移植上，人可以移植动物甚至是事物的器官来实现延展。此外，新的医学技术在源头上决定着人的生/死，通过胚胎着床前的基因诊断和筛选，可以控制下一代的基因；而试管婴儿等先进技术使得人类具有了操控生命质量的能力，人类在植入胚胎前，便可以甄别胚胎质量以保证婴儿的先天质量，因此正如福山指出的，优生学“让人产生所有的道德联想，意味着人类最终有能力改变人性”①。

更进一步来看，生命是具有新陈代谢能力的有机生物统一体，是处于物质进化高级阶段的存在物，但是当代科技的发展使得生命超出了有机物的范围，成为一切系统所固有的活动模式。得益于信息论、系统论、控制论，当代视域中“智能体”在不同程度上具有自身的自律性，可以自行运作，从而作为一种独立的统一生命体进行“自我生产”。这种趋势在当前的生成式人工智能发展中，早已超越了战胜人类智力的超级计算机“深蓝”（Deep Blue）和“阿尔法狗”（AlphaGo）。并且，这样的超级“智能体”实际上已然与人类在日常生活和社会空间上一体化。广而观之，与控制论、信息论密切相关的数字、信息、通信技术所控制的社会活动，已经成为一个赛博空间；从中孕生了“赛博公民”，被赋予了人的虚拟身份，动摇了人类/机器、空间/时间、自我/他人的传统关系，严重地挑战了西方启蒙运动以来的主体观念，“自由人文主义关于意识形态与物质体现之间具有血缘关系的理论被摧毁了。传统的主体性与体现观点，

① ［美］弗朗西斯·福山：《我们的后人类未来：生物技术革命的后果》，黄立志译，广西师范大学出版社 2017 年版，第 73 页。

在人类/机器界面，也被潜在地放弃了”[①]。

总而言之，现代技术的迅猛发展剧烈地改变了人与技术之间的关系，这种关系的可能图景，存在于人类现实的生活世界与以科幻为典型的可能的文化表征之间。由此，既形成了聚焦人类“历史性”技术进化的激进后人类话语，也形成了基于“人/技术（物）”空间性关系的对传统人文主义的反思；不仅动摇了人与技术之间基于人文主义范式的主/客关系和工具主义定位，也更广泛地指向了人与包括动植物、环境物、外星生物等之间的本体论、存在论关系，从而缘起了具有现实批判性的后人文主义话语。

① [英]朱利安·沃尔弗雷斯编著：《21 世纪批评述介》，张琼、张冲译，南京大学出版社 2009 年版，第 284 页。

第二章　后人文主义的理论路径与话语定位

立足于人/物杂合的后人类语境，后人文主义展开了对传统人文主义的反思与批判；但这种反思与批判并非始于后人文主义，而是广泛地存在于西方晚期现代以来广阔的“后—人文主义”（post-Humanism）思潮中。换言之，后人文主义首先乃是在人文主义“之后”反思人文主义的众多思潮之一，这其中包括：新人文主义（Neo-humanism）、（理论上的）反人文主义（Antihumanism），以及存在主义的人文主义（人道主义）、马克思主义的人文主义、后现代的人文主义等组成的“话语丛”；乃至在关于“超人”（super-；trans-）、“非人”（non-）、“后人”（post-）、“反人”（anti-）的思索演绎中，方向不同、路径各异的观照视角，都启明了关于“人”的历史际遇。本书所研究的狭义的后人文主义乃是诸多“后—人文主义”思潮中的典型话语之一，它在新的历史语境下与诸多话语之间存在着复杂的关联和区分，从而彰显出独特的理论路径。因此，在考察后人文主义缘起的社会文化语境之后，需要进一步展开话语辨析，在话语语境中为之定位。

第一节　从人文主义到复数的“反—人文主义”

大致而言，西方思想史呈现出一条清晰的“人”的发现之路：古希腊德尔斐神庙即有“认识你自己”的箴言，而后从普罗泰戈拉(Protagoras)设定“人是万物的尺度”，到弗朗西斯·培根(Francis Bacon)宣称“知识就是力量”，再到康德洞见“人为自然立法”，一路演进。“人”的发现在文艺复兴时期为破除中世纪神学藩篱与封建蒙昧立下了汗马功劳，并逐渐形成了一种西方的“人文主义传统”。因此，广义的人文主义不是一种思想流派或哲学学说，而是“一种宽泛的倾向，一个思想和信仰的维度，一场持续不断的辩论”；[①]其间存在诸多不同乃至对立的观点，但总的来说，可以把人文主义看作是一种看待人和宇宙的思想模式，它的聚焦点在于“人”，并以人的经验作为人对自己、对上帝、对自然了解的出发点。人文主义思想模式不同于超越自然宇宙、聚焦上帝从而将人视为神创造的一部分的“神学模式”，也不同于聚焦自然、将人看成同其他有机体一样是自然秩序一部分的“科学模式”。[②]

早期现代以来，西方哲学的“认识论转向”则为这一传统构建了理性机制和主体模式，在张扬和发挥人的能动性与创造性、认识和改造自然、提高生产力水平等方面发挥了极大的作用。此后，包括启蒙运动在内的历史事件，将这一传统和模式裹挟入澎湃的社会历史革新进程中，将关于“人”及其主体性的历史使命全面推向

① ［英］阿伦·布洛克：《西方人文主义传统》，董乐山译，生活·读书·新知三联书店 1997 年版，绪论第 3 页。

② ［英］阿伦·布洛克：《西方人文主义传统》，董乐山译，生活·读书·新知三联书店 1997 年版，第 12 页。

晚期现代,并暴露了其中潜藏的弊病;也由此在新的历史语境下,引发了对于人文主义的反思、批判与超越。

一、新人文主义:对人文主义的强化

进入20世纪,欧文·白璧德(Irving Babbitt)首先面对西方社会和文明的新境况,倡导一种"新人文主义"。白璧德通过对他所认为的"人道主义"(Humanitarianism)的"事物法则"(law for thing)的批判来阐述自己的人文主义的"人类法则"(law for man)。他分析道:"相对于人道主义者而言,人文主义者感兴趣的是个体的完善,而不是全人类都得到提高那种伟大蓝图;虽然人文主义者在很大程度上考虑到了同情,但他坚持同情必须用判断来加以节制和调节。"[①]白璧德在对以人道主义为代表的近代文明的批判中,区分了"事物法则"与"人类法则",强调两种法则并不是程度上的区分,而是性质的不同:近代以来"事物法则"凌驾于"人类法则"之上,导致了物质主义的泛滥,这种以"事物法则"为特征的自然主义终会将西方文明引入死胡同;而"人类法则"之所以不同,主要体现在白璧德的二元论的人性思想,即一种"更高自我"对"一般自我"的内在克制,由此相较而言,人道主义与人文主义最主要的区别在于人道主义缺乏约束和规训,即缺乏"更高意志"(higher will)。

在白璧德看来,人文主义并不是自然主义式的"事物法则"之扩张,而是"人类法则"所蕴含的克制力量。在某种程度上,他试图使"更高意志"从神学事实中脱离出来,使之成为人的内心体验的事实:"今天的人如果不像过去的人那样给自己套上确定信条或纪律的枷锁,至少也必须内在地服从于某种高于一般自我(the ordinary self)的东西,不管他把这东西叫作'上帝'还是像远东地区的人那样称为'更高的自我'(his higher self),或者干脆就叫'法'

① [美]欧文·白璧德:《文学与美国的大学》,张沛、张源译,北京大学出版社2004年版,第7页。

(the law)。"①

究其要旨，白璧德的新人文主义首先假定"人类法则"与"事物法则"之间的质的区别和基本界限，进而通过设定一个高于"一般自我"的"更高自我"，以"更高意志"对"人类法则"实施制导、调解和克制作用，最终必然走向"人类法则"对"事物法则"的驾驭。这种逻辑实际上与传统人文主义通过设定人之"宇宙之精华，万物之灵长"的地位，并将人类凌驾于物类之上的路径是完全一致的。并且，这种新人文主义在人的自由意志之上，设想出一个"更高意志"，试图通过对人的自主性、能动性和主体性的进一步提升，来论证人文主义的理论主张。这种新人文主义无疑是对人文主义基本观念的强化。

白璧德看到了现代西方人类/事物之间关系的失衡，看到了"事物法则"凌驾于"人类法则"之上而导致的种种社会问题和教育问题。然而，从方法论的角度看，他解决这一问题的根本方案，并不是直接落在人/物关系的系统性调试上；而是立足"人"这个在他看来无比重要的"要素"上，他试图通过设想出一个高于"一般自我"的"更高自我"或"更高意志"，来提升和完善"人类法则"，从而实现对已然失衡的人/物关系结构的"线性"翻转，达到"人类法则"对"事物法则"的自上而下的驾驭。这种思想方式实际上与西方近代以来的传统人文主义是一脉相承的。

二、复数的"反—人文主义"

西方晚期现代以来最重要的反思与批判人文主义的思潮，便是几乎贯穿整个20世纪的反人文主义话语。关于何为"反人文主义"，英国学者凯蒂·索珀(Kate Soper)明确区分了其中的两种形

① ［美］欧文·白璧德：《文学与美国的大学》，张沛、张源译，北京大学出版社2004年版，第40—41页。

态:对英美传统的人文主义者来说,反人文主义是难以想象的,"是与清教徒式的厌世、粗陋的不可知论以及俗不可耐的无知与平庸类同的"①;因为人文主义在英美语境中大致指向一种无神论的世俗主义伦理学,是与有神论对立的,因此整体上缺少对这个概念及其哲学意义的历史感,反人文主义容易被理解为是事实上的"反人道"或"非人道"。而在欧洲大陆尤其是法国思想传统中,反人文主义是对人文主义的神学式迷信的打破,是一种"新启蒙";因为人文主义具有其习惯用法和独特的哲学传统,具有浓厚的思辨哲学传统,而非仅限于伦理学,因此这种反人文主义主要是一种"理论上的反人文主义"。

首先要注意的是,反人文主义作为现代、后现代语境中复杂而多元的话语实践,在反思和批判人文主义上,立场大致接近,但路径各不相同,表现出的形态也复杂各异(甚至是互不相容的);其中主要包括了马克思主义、结构主义、精神分析、存在主义、后结构主义等形态的"理论上的反人文主义"。

"理论上的反人文主义"之出场,源于阿尔都塞对马克思的解读。在阿尔都塞看来,马克思著作前后存在着"认识论断裂",青年马克思持一种人文主义的立场,虽然这时他在路德维希·费尔巴哈(Ludwig Andreas Feuerbach)的影响下已经是唯物论的,但仍停留在包含了弗雷德里希·黑格尔(Friedrich Hegel)"思辨的主体主义"和费尔巴哈"人类的主体主义"的近代理论人文主义的范围内;而成熟期即1845年之后的马克思才"同一切把历史和政治归结为人的本质的理论彻底决裂"②,持一种历史唯物主义的科学立场,并以之来反对先验的主体论,认为人的主体性不是外在于历史、政治和社会关系的,主体性是个人存在的物质条件的结果而不是原因,

① [英]凯蒂·索珀:《人道主义与反人道主义》,廖申白、杨清荣译,华夏出版社1999年版,第6页。

② [法]路易·阿尔都塞:《保卫马克思》,顾良译,商务印书馆2010年版,第222页。

“人的本质不是单个人所固有的抽象物，在其现实性上，它是一切社会关系的总和”①。根据阿尔都塞对马克思的解读，人文主义错误地颠倒了人与物质条件的因果关系，因此是一种主体的经验主义、一种本质的唯心主义、一种非科学的意识形态，“人”是资产阶级意识形态的一种“神话”。

结构主义批判人文主义的路径与马克思主义接近，“科学”也成为结构主义攻击人文主义“神话”的武器。结构主义之发端深受“语言论转向”的影响，它以费迪南·德·索绪尔（Ferdinand de Saussure）围绕“言语/语言”的“表层/深层”划分为基础，认为支配人的有意识经验活动的，是其背后的无意识深层结构，因此任何从意识层面上解释它的尝试，都必定会导致一种“不科学”的进化论和种族中心论观点。因此，结构主义倡导以社会文化表象的“深层结构”研究的客观性和科学性，取代人文主义强调的创造性、自由与目的主观主义。克洛德· 列维-斯特劳斯（Claude Levi-Strauss）提出，人类学应该建立在作为严密科学的语言学的基础上，而语言学并不是研究有意识的、自由的和历史的个体，而是探讨无意识的、确定的和匿名的语言结构，“人文科学的最终目的不是去构成人，而是去分解人”②。在结构主义这里，人文主义所设定的能动自主的人，被置于“结构之网”中，被“物化”为结构的承担者而存在。对此，弗莱德·R.多迈尔（Fred R. Dallmayr）的概述具有代表性：“结构主义是一种广泛的、彼此约束的运动，主要是由于共同反对主体性和作为自我中心与自我设计之动力的人的概念，所以结构主义把人的各种不同成分结合到一起……在我们的时代，在许多不同的领域均可看到反主观主义和反人道主义（即反人文主

---

① 《马克思恩格斯文集》第一卷，人民出版社 2009 年版，第 501 页。

② ［法］列维-斯特劳斯：《野性的思维》，李幼蒸译，商务印书馆 1987 年版，第 281 页。

义——作者注）的倾向，如宗教编年史、语言分析、系统论以及结构主义。”①

马克思主义和结构主义（阿尔都塞尤其被视为“结构主义的马克思主义”）都是以“科学”为名来考察“人”之下的基础性、根本性、决定性的大“他者”——“物质基础”或“深层结构”；而精神分析则是以“科学”的追求，探索貌似统一的“人”之内部所隐藏的差异化“他者”因素。在弗洛伊德看来，人并非统一、稳定、意识主导的“理性人”，而是由无意识主导的多层次、不稳定、非理性的人；理性意识背后有极为复杂难解的运作机制，“无意识”才是其根本驱动力。这种立场无疑是对“笛卡尔主义式”（Cartesianist）主体理性哲学的反动，包含着对人文主义的深刻批判。但到了艾瑞克·弗洛姆（Erich Fromm）那里，精神分析学说却有被推向人文主义的倾向。拉康对此即认为，后弗洛伊德精神分析的这种倾向是对弗洛伊德的误读。拉康以结构主义的语言学来重新阐释弗洛伊德的心理结构理论（拉康被视为“结构主义的精神分析学家”），提出无意识具有“语言的结构”，认为结构化的语言对主体具有构造功能，它先行存在并决定主体；主体总是在话语中现身并与自我和他者相互对立、相互依存，因此主体是分裂的、矛盾的欲望主体，而不是人文主义意义上的那种与自然对立的、带有人类学本体论性质的、能够驾驭语言的认知主体，不是一个笛卡尔式“我思”的理性机器；无意识作为“他者”的语言，从本质上决定了主体的“他者性”。因此，拉康坚持认为笛卡尔所声称的“我”是有问题的，“我思故我在”并不能建构人的主体性；“我”并不是独立自主的、理性透明的，主体的同一性并不存在。因此，正如贝明顿的解读，笛卡尔的“我思故我在”命题应该修正为“我于我不在处思，我于我不思处方在……我并非

---

① ［美］弗莱德·R.多迈尔：《主体性的黄昏》，万俊人译，广西师范大学出版社2013年版，第21页。

处处存在的我思的玩物，我于我未意识到自己在思之处思我之所是”①。

作为西方“现代”与“后现代”的一个主要思想源头，尼采在对西方哲学传统的激进反叛中，展开了对形而上学人文主义的猛烈抨击。在尼采看来，形而上学人文主义是“反人性的”，它将人性道德化、理性化和逻辑化，剔除了人的一切血肉、情感和欲望，人由此成了知识和真理体系的附属，并丧失了审美能力；人性也同自然相脱离并与之对立，活生生的人变成基督教文化和道德的牺牲品，成为理性主义和逻辑中心主义的工具。因此，尼采高扬非理性的酒神精神以对抗理性的日神精神，并宣称使人变得“非人”、将人变成奴隶的“上帝”已死，主张要以“超人”来取代“人”。

由尼采所开创的批判形而上学人文主义的路径，在海德格尔的哲思中暗潜延续。在海德格尔看来，哲学将“思”变成逻辑和形而上学，使得对于人之本质的存在之思，逐渐变成一种从最高原因来推演的技术化处理，由此囿于形而上学而不得要领，而这也是一切“主义”包括人文主义的弊病。海德格尔认为，对人之本质的一切最高度的人文主义都是一种形而上学，都不了解、甚至阻止追问人之本质，都不知人的本真的尊严——人的本质是“生存”，需要借由“思”的路径去获得。海德格尔从“思”的原始意义出发，反对哲学将“思”技术化：“这个思既不是理论的也不是实践的。这种思发生在有此区别之前。”②“思”也不是理论与实践的结合，“思”是一种源头，是对“存在之家”的建立——由对“存在”之“思”建立起来的人文主义，才是“真正的人文主义”。因此，海德格尔提出，《存在与时间》中的运思事实上是反对人文主义的，但这并不意味着走向人道的反面而赞成和维护贬低人的尊严的“非人道”，而是因为形

① Neil Badmington (ed.), *Posthumanism*, New York: Palgrave, 2000, p. 6.

② 孙周兴选编：《海德格尔选集》上册，生活·读书·新知上海三联书店 1996 年版，第 400 页。

而上学人文主义将人的人道放得不够高。

尼采有关“上帝之死”的启示录论调在后结构主义、后现代语境中得到响应与共鸣。在福柯看来，尼采批判了形而上学人文主义的基础，开始摧毁哲学人类学的主体；尼采以“上帝之死”为前提的价值重估，事实上也预示着“人之死”，两者是共谋关系。福柯运用“话语考古学”方法研究指出，每个历史阶段都有一套异于前期的知识形构规则，即“认识型”；而现代认识型的特征是以“人”为研究中心的，“人”作为“物之序”中的一条裂隙而首次进入西方知识领域，人文科学的研究空间从此被打开。因此，根据福柯的分析，“人”只不过是现代知识建构的产物，是知识排列变化的结果；随着“认识型”的转变，“人”最终无法避免其“死亡”结局：“人是我们的思想考古学能轻易表明其最近日期的一个发明。并且也许该考古学还能轻易表明其迫近的终点……人将被抹去，如同大海边沙滩上的一张脸。”①

在更具体层面上，福柯批判了西方文化中以“人”为中心的人文主义。他的批判不是从存在不存在“普遍人性”这个形而上学命题出发，而是将“人”及“人文主义”作为一种西方文化的历史现象展开的。在西方，从人文主义中萌生并在浪漫主义中强化的“人”观念，把文本的“作者”和“大写的人”视为最根本的动因和意义之源，把人的自我摆在了超验的、不受质询的、先于历史的位置上。这种人文主义“哲学化”而形成各种理性主体观念，很大程度上支配了自启蒙运动以来的西方思想的运行机制。福柯试图打破西方思想深处这种自我反思的、统一的和理性的主体的统治，他认为，人把人自身看成是占据着思想中心地位的意义之源，这本身就是一种意识形态的结果；主体根本就不是意义之源，主体事实上只是话语构成的次级后果或副产品。按照福柯的观点，不存在任何能被确

① ［法］米歇尔·福柯：《词与物——人文科学的考古学》（修订译本），莫伟民译，上海三联书店2016年版，第392页。

定为意义起源的“前话语”主体；相反，统一的主体观念只是一个产生于控制话语形成的结构规则的幻想。因此，没有某种抽象的、普遍的关于“人”的知识，而只有具体的、特殊的话语实践；话语实践作为知识并非由个人意愿或“外在”社会结构所决定，而是知识“内部”控制的产物。如此一来，主体便是话语的产物。

巴特“作者之死”的激进论断与福柯所宣称的“人之死”同气连枝，是典型的后结构主义式的反人文主义话语。巴特指出，“作者”作为近代的产物，源于人文主义对“人性的人”的发现，社会的、历史的、具体的“作者”被理所当然视为作品的源泉；然而到了现代，作品与个人、社会之间的关系被割裂，受现代语言学“无主体运作”观念的影响，作者不再被视为先于作品而存在的“父亲”，也不是意义的源头和权威。由此，巴特指出，文本写作变成了重点，写作通过一种先决的“非人格”来返回语言自身，使得主体和身份销匿，写作的开始意味着作者的“死亡”，但并不以此为代价带来读者的诞生。巴特进一步指出，“读者”不是人文主义意义上有深度的个人，读者“没有历史、传记、心理”，因此“这就是为什么说以维护读者权利的斗士的人道主义的名义谴责新写作，那是幼稚可笑的”。[①]“作者之死”事实上并未导致“读者”的真正新生，两者本质上都是功能性的存在，人文主义意义上的作者与读者，在巴特这里已经被永无止境的“互文性”所取消了。

概而观之，反人文主义作为一种激进地批判人文主义的话语，往往表现出一种直线式的“颠覆”和“置换”；它常以其他的范畴来取代人文主义传统中“人”的位置，将人视为某种被动结果而不是主动原因——人是语言系统、符号结构、意识形态、权力关系、社会历史等的产物。同时需要注意的是，反人文主义作为一种主要是哲学上、理论上的反人文主义，并非是伦理学实践意义上的反人道、

① 赵毅衡编选：《符号学文学论文集》，百花文艺出版社2004年版，第512页。

反人性、反人类；而毋宁说是反过来，它往往是在批判的基础上，以或隐或显的方式提出了一种更“高”、更“科学”、更“本真”的关于人的追求。正如海德格尔所指出的，反对人文主义并非要防护非人的东西而美化野蛮的残酷现象，因为从“逻辑”的角度看，人文主义是合乎逻辑的，反对它会被视为一种对不合逻辑的防护；从“价值”的角度看，一种敢于藐视人类至善的哲学往往会令人谈虎色变。[①]因此海德格尔指出，与人文主义的对立不能仅仅从逻辑上将之视为一种简单的否定，与人文主义的对立“绝不包含防护非人道的东西之意，而是打开了另外一些眼界”。[②]

因此，从整体上看，反人文主义是对人文主义进行“因果置换”，强调人是被动性之“果”而不是主动性之“因”，人也不是最终的目的和旨归；人的意志、理性和主体性、创造性都是历史性的，都深陷在多个层面和维度的权力关系的网络之中。这样的反思、批判与超越“大写的人”的话语，实际上作为后人文主义的重要谱系和主要先声，奠定了后者解构和重构传统人文主义的重要思想基础。

第二节　后人文主义的生成路径：“后人类/人之死”启示录论调的解构/重构

作为肇始于文学和文化批评领域的思潮，后人文主义与20世纪下半叶以来西方“（文化）理论”的发展密切相关。正如沃尔夫、贝明顿等人所强调的，后人文主义在主题上与福柯等宣称大写的“人”之死的后结构主义、后现代思潮密切相关，其路径则更接近于

---

① 孙周兴选编：《海德格尔选集》上册，生活·读书·新知上海三联书店1996年版，第389页。

② 孙周兴选编：《海德格尔选集》上册，生活·读书·新知上海三联书店1996年版，第391页。

德里达的“解构”思路。而作为流行于21世纪初的思潮，后人文主义又以其激进的理论内涵、独特的话语姿态、带有根本性的问题意识参与了“后理论”(after-Theory)的理论建构。这种理论建构在对20世纪下半叶的“人之死”论调和21世纪初的“后人类”论调的双重超越中，尤其在基于后者的问题域对前者论域的超越中，彰显了其主要的话语生成路径。

一、后人文主义并非“超人文主义”

如前文所述，后人类语境下话语纷纭，喧议竞起。其中，流行文化中的后人文主义借由丰富的科幻文化表征，不断地凸显一种后人类科技进化的图景；而“工具性的后人文主义”则更多地结合科技现实设想人类未来。这样的“后人类—主义”(Posthuman-ism)话语向度实际上是不断地将“人”推向新的历史神话；如此一来，也将走向与“人之死”论调截然相反的境地，由此也引发了具有理论反思和话语建构意识的思想家们的警惕。其中最显著的一种话语区分之路，便是对于作为极端、激进的“后人类—主义”的超人文主义话语的批判。

“超人文主义”(Transhumanism)这一概念由朱利安·赫胥黎(Sir Julian Sorell Huxley)于1927年在《没有启示录的宗教》(*Religion without Revelation*,1927)一书中首次提出；而时至当下，它已经被清晰地界定为对“后人类”的技术进化追求，超人文主义已经成为“一个国际化的文化和智力运动”。根据维基百科“Transhumanism”条目的解释，超人文主义“主张通过技术的发展和广泛运用来极大地增强人的智能、身体和心理能力，最终从根本上改善人类的处境”①。超人文主义思想的代表人物、英国学者尼克·博斯特罗姆(Nick Bostrom)将超人文主义解释为：“它坚信当下人类的

① http://en.wikipedia.org/wiki/Transhumanism

本质是可以通过科学实践和其他理性方法的运用而得到改进的，增强人类健康程度、拓展我们的智力和身体机能是可能的，（科学和理性的运用）能让我们更好地控制我们自己的精神状况和情绪。”①

超人文主义视人的现存形式为到达高级形式之前的中间过渡阶段，而到了高级阶段，人的身体和智力将得到极大的提升，由此进化到后人类阶段。超人文主义思考的中心是科学技术，认为借助科技手段，一方面可以使人自身的能力和品质得到提升，乃至获得新的能力；另一方面则可以克服和消解人类的缺陷与不足，如残疾、疾病、痛苦、老化乃至死亡。这种思想的现实基础在于当代与人的意识和身体有关的科学技术的迅猛发展：基因工程、纳米技术乃至再生医药、生命延展、意识上传、人体冷冻等种种可能性，这些都是“人类增强”（human enhancement）即“一种被意想不到的能够帮助人类改进特性、增强品质、提升能力的塑造人的介入活动”②的有效方式。

归根溯源，超人文主义的思想滥觞，是一种历史悠久的人类关于自身的欲望，它指向的不仅是“后人类”的当下与未来，也是“人类”从神话阶段开始的早期历史。在生物进化和历史发展进程中，人总是努力地想拥有新的能力和品质，总是试图突破和拓展既有的存在形态和生命界限；永葆青春和长生不老，不仅在神话传说中演绎，更被人类所笃信而探索实践着。人类的这种欲望是与生俱来的，虽然历史以来有关“来世”的信仰很普遍，但是这并不排斥突破和拓展“今生”的努力。到了西方启蒙运动时期，认为可以通过科学技术手段提升与突破人自身和改善人类处境的观念逐步显现。培根在《新工具》（*Novum Organum*, 1620）一书中，即提倡一种基于经验观察而非先验推理的科学方法，提倡运用科学以达到掌控自

① Pramod K. Nayar, *Posthumanism*, Cambridge: Polity Press, 2014, pp. 16-17.

② Pramod K. Nayar, *Posthumanism*, Cambridge: Polity Press, 2014, p. 17.

然并改善人类处境的目的。法国哲学家马奎斯·孔多塞(Marquis De Condorcet)在18世纪就思考通过医药科学来延展人类生命跨度的可能,认为人无法不朽,但是生命跨度的延长是可能的。拉·梅特里(Julien La Mettrie)在《人是机器》(*L' Homme-Machine*, 1747)中提出,人不仅是动物,而且是机器,认为如果人是由物质构成的,并且遵循外在于我们而运作的物理法则,那么,原则上我们可以依照操纵外在客体的方式来操纵自身。

而真正具有超人文主义内涵的观念则产生在20世纪初。英国生物化学家J. B. S.霍尔丹(J. B. S. Haldane)在1923年发表了名为《代达罗斯:科学与未来》(*Daedalus*: *Science and the Future*, 1923)的论文,探讨科学技术研究如何影响社会和改善人们的生活,认为遗传学可以用来使人变得更高、更健康、更聪明;在未来社会,体外生殖即在人造子宫中孕育胎儿将会变得普遍。J. D.贝尔纳(J. D. Bernal)在1929年出版的《世界、众生和恶魔》(*The World*, *the Flesh and the Devil*, 1929)一书中,推测在未来先进社会可以通过科学和心理学,进行大量的太空殖民、仿生移植和精神改良。

因此可以说,从神话、哲学到现代科技语境,通过技术等"外在"方式来驱动人类"内在"进化的观念,或隐或显地普遍存在,并且成为人建构自身超然地位的一种历史方式。

在理论层面,作为以"人"为出发点和归宿的思想运动,超人文主义与人文主义在内涵和路径上密切相关。博斯特罗姆认为,文艺复兴人文主义与牛顿(Isaac Newton)、霍布斯(Thomas Hobbes)、洛克(John Locke)、康德、孔多塞等人的思想结合,形成了理性人文主义的基础,理性人文主义反对神启和宗教权威,强调以经验科学和批判理性作为我们认识世界和自身的方式,并以之为道德的基础;正如康德在1784年的《答复这个问题:"什么是启蒙运动?"》(*An Answer to the Question*: *What is Enlightenment*?, 1784)中将"启蒙"阐述为一种“Sapere aude”,即“要有勇气运用你自己的理智”①,这实际上是对理性人文主义的概括论述,而“超人文主义的根基即在于理性人文主义”。②

因此,基于一种话语反思,沃尔夫将超人文主义界定为一种“对人文主义的强化”③,费伦多则将超人文主义视为“过激的人文主义”④。与人文主义一样,超人文主义设定了人具有“超越性”,但不止于人文主义所强调的人对外在世界的超越,超人文主义还认为人能够超越自身身体和能力的界限和形式,达到一种更高的层次。因此,超人文主义的目的始终是人,它相信人类的完满性;但不同于传统人文主义,这种完满性指向未来,它认为现有的人类形式只是到达人类先进形式之前的中间阶段,尚未达到身体和智力的增强,人还能具备更大的功用和效果。但超人文主义并不将人类视为另外的构成,它仍然坚持人类的关键属性:感觉、情感和理性,但认为这些特征可以通过技术介入得到增强,而人类身体的局限也可以通过技术得到超越。如此一来,超人文主义实际上是以“技术”功用,取代了传统人文主义中“教育”和“自我修养”的地位,即认为通过技术可以达到完满的人性,技术能够塑造理想的人——这无疑是一种技术决定论和技术乌托邦。

更进一步来看,超人文主义相信人有能力创造出有效地改进和提升自身品质的科学技术,也有能力控制和把握这些创造物,并最终以人为目的;而技术则被视为基于人类理性的,从而也是进步

---

① [德]伊曼努尔·康德:《历史理性批判文集》,何兆武译,天津人民出版社2014年版,第22页。

② Nick Bostrom, “A History of Transhumanist Thought”, *Journal of Evolution and Technology*, Vol.14, 2005, pp.1-25.

③ Cary Wolfe, *What Is Posthumanism*, Minneapolis: University of Minnesota Press, 2010, xv.

④ Francesca Ferrando, “Posthumanism, Transhumanism, Antihumanism, Metahumanism, and New Materialisms: Differences and Relations”, *Existenz*, Vol.8, No.2, 2013, p.27.

的。这种人与科学技术之间的简单的、美好的、乌托邦式的关系想象，事实上不仅仅是一种技术决定论或技术乌托邦，在更深层次上，超人文主义是一种新的"神学"——人能够根据自己的意愿、想象来改进和创造自身，也能创造并掌握其创造物，人由此成为新的上帝。超人文主义事实上是对人类命运的喜剧叙事：人类/技术、当下/未来、肉身/灵魂等之间的矛盾最终可以"调和化解"；神学模式、科学模式和人文主义模式，三种模式已经以新的面貌包含在超人文主义的乌托邦建构之中。作为超人文主义一支的"外熵主义"（Extropianism，"超越主义"），主张追求一种在人文主义基本原则如理性、进步基础上的人的无限进化，则更是如此。

二、后人文主义对"人之死"话语的重审

20世纪下半叶的反人文主义思潮虽然是指向传统人文主义的，但它无疑为反思"大写的人"提供了系统性的洞见；当然，"人之死"的激进命题也有流于启示录论调的危险。而到了21世纪初，当面对以超人文主义为典型、以科技逻辑为主导的后人类进化话语时，后人文主义理论家们逐渐发觉，一种同时超越"人之死/后人类"的理论建构和话语立场，显得日益迫切。而这种超越能够直接拒斥后人类进化论的乌托邦论调，但实际上无法绕开反人文主义的思想洞见。

作为后人文主义、后人类思潮的经典文献，哈拉维的《赛博格宣言：20世纪晚期的科学、技术与社会主义女性主义》生动地展示了一种作为"事件"的"后人文主义操演"，其中虚构/现实、理论/实践以反讽的、悖论的方式融合在一起，预示着一种无法简单"理论化"的状况——这也正是后人文主义理论建构所面临的困境。而事实上，对这种困境的突破，也成为后人文主义不同于新人文主义、反人文主义和超人文主义的话语路径之所在。

沃尔夫指出，"后人文主义"这一术语在20世纪90年代从人

文和社会科学领域进入当代批评话语，而其主要的思想源头和话语谱系之一，可以追溯到20世纪60年代福柯在《词与物：人文科学的考古学》结尾有关“人之死”的著名论断，即在福柯看来，人仅是近代知识的“发明”而已；另一个谱系则是20世纪中期出现的控制论和系统论，为生物的、机械的和通信的过程提供了新的理论模式，将人类和智人从与意义、信息和认知事实相关联的特权位置上驱逐。①

因此，在沃尔夫看来，一方面后人文主义与“后人类”密切相关，但并不等同于追求后人类技术进化的超人文主义；相对于超人文主义的技术乌托邦，后人文主义对技术的态度恰如哈拉维的“赛博格”，乃是一种反讽的、悖论的态度。另一方面，虽然后人文主义与以福柯为代表的反人文主义在去人类中心化、反对主体能动性等在主题上有一致的地方，但是后人文主义也不是简单地“反—”人文主义，其路径更接近德里达的“解构”策略。

沃尔夫进一步将德里达的“解构”思想与尼可拉斯·鲁曼(Niklas Luhmann)社会系统论的“建构”内涵相结合，在人/物之间进行一种系统性的、悖论式的沟通。在沃尔夫看来，后人文主义的“后—”应该有两个层面，或者两个步骤：首先是反对有关人的人类学的、政治的、科学的教条，这些教条在福柯看来是和启蒙相对立的(启蒙即在于打破权威教条)；其次是涉及思想的转变问题，人文主义是不能简单地反对的，要考量面对人文主义的这些主题时，我们的思想应该如何应对，而不是简单地反对，因为人文主义事实上有很多可取之处，只是在概念化过程中被哲学或者伦理学的框架暗中破坏了，如哲学关于标准主体的构建排斥了非人类动物和不

① Cary Wolfe, *What Is Posthumanism*, Minneapolis: University of Minnesota Press, 2010, xii.

健全的残疾人，这些并不是人文主义的主题。① 因此，沃尔夫主张一种突变的、病毒式的、寄生性的思想形式，一种解构的“结构性断裂”和“原生性破裂或自我分化”，一种对现状的扰乱、移置、瓦解——在他看来，这种思想的形式将从根本上极大地对抗任何自证的话语霸权或实践，因为它将其所寄生的结构、特权术语和权力符码“感染”和“转变”，这种病毒式的寄生性将破坏所有界限。②

贝明顿也主要借助福柯与德里达的路径区别，来表达自己将后人文主义“理论化”的初衷。在他看来，后人文主义需要理论化，这种理论化是反思一种“人的终结”的启示录论调之需要，但这种反思并非要维护人文主义，而是因为（人文主义的）“人”是难以简单地将其“杀死”的；“人”就像希腊神话中杀不死的妖魔“勒那九头蛇”（Lernaean hydra），新的头颅会在颈部伤口上重生，而且变得更强，“大写的人终结的启示录论调，在我看来，忽略了人文主义的再生（regeneration）能力，更确切地说是重演（recapitulation）的能力。对后人文主义的考察我所要坚持的是，赫拉克勒斯（希腊神话中用火烧死九头蛇的英雄——作者注）胜利的伟大时刻并未到来，人文主义仍然高昂着头颅”③。

贝明顿认为后人文主义不同于福柯等人宣称“人之死”的反人文主义立场，相反，他很看重德里达在1968年发表的《人之终结》（*The Ends of Man*，1968）一文中的观点。德里达质疑和他同时代一些质疑人文主义的思想家的方式，他们声称完全突破了已有的人类中心主义思想，德里达指出，这种“越轨行为”（transgressions）很容易变成错误的出路，传统的力量和作用将会促使一种基于最古

① Cary Wolfe, *What Is Posthumanism*, Minneapolis: University of Minnesota Press, 2010, xvi.

② Cary Wolfe, *What Is Posthumanism*, *Minneapolis*: University of Minnesota Press, 2010, xix.

③ Neil Badmington, “Theorizing Posthumanism”, *Cultural Critique*, Vol.53 (Winter 2003), pp.10–27.

老基础的新领域的产生，这种新领域事实上是更保守、更幼稚的复原；如此一来，新的"现在"重新分泌着老的"过去"，人文主义仍然顽固存在。因此，贝明顿认为，后人文主义既要强调其对人文主义的超越，也要强调其"后—"是如何运作的；尤其不能忽略或者简单处理其与人文主义复杂的内在关联，后人文主义既是"后—"的，但同时也在一定程度上是"人文主义的"。贝明顿认为这不是一种倒退或者保守的姿态。他援引德里达的"重复"概念，认为在考察后人文主义时重复人文主义，是一种类似于"解构"的策略，即通过特定的方式重复其基础概念和原始问题；但"重申"(restate)并不意味着"复原"(reinstate)，"反叛"(insurrection)也不同于"复活"(resurrection)，而是去发现表面明显的确定话语中潜藏的巨大的不确定性，因为任何从纯然外部进行的解构，都是一种神话。因此，贝明顿深刻地指出，后人文主义需要寄身于人文主义，去揭露其内在的不稳定性和关键矛盾，揭露人文主义是如何始终将自身重写为后人文主义的，这样才能真正"摧毁之"。

由此，贝明顿总结有关后人文主义之"后—"道："人文主义永远无法建构自身；它不停地将自身重写为后人文主义。这种重写总是在发生着，人文主义无法逃离其'后—'"①，"人"自己呼吸着走向死亡，上升着走向毁灭。进而，他以笛卡尔为例来阐述一种区别于反人文主义的"后—"的策略。笛卡尔认为"理性"是区分人与野兽的唯一因素，在他看来，一只猴子和一个像猴子的机器人本质上是一样的，因为它们都无法理性地思考，所以没有本质的区别；而机器人无法言说，无法根据现实生活的各种实际场合做出临场反应，只能根据人的指令或者部分机能进行活动，因此其与人之间界限分明。贝明顿从笛卡尔的论述中解读出了一种蕴藏在人文主义思路之下的后人文主义因素：笛卡尔的假设本身潜藏着裂隙，因为

① Neil Badmington (ed.), *Posthumanism*, New York: Palgrave, 2000, p. 9.

只要赋予机器人足够的机能，使之足够应付各种生活场景，那么机器人将不断地接近人类，人与机器之间的区分将不再是决然清晰的。因此在贝明顿的解读下，笛卡尔《谈谈方法》（*Discours de la Méthode*, 1637）如此力图清晰界定人类/非人类界限的著作，实际上与哈拉维的《类人猿、赛博格和女人：自然的重塑》（*Simians, Cyborgs, and Women: The Reinvention of Nature*, 1991）这样的后人文主义著作，并无二致；人文主义往往自行滑入后人文主义的立场，人类中心主义总是包含着超越自身的状况。

第三节 定位后人文主义："四重式"人文坐标系中的讽喻话语

从历史语境上看，后人文主义一方面正如本书前面所引述的贝明顿、沃尔夫的观点，是与后现代主义、后结构主义等"后—"学密切相关的；另一方面，后人文主义作为一种人文主义"之后"的人文话语，它与其他人文话语之间存在着复杂的语义关联：与传统的人文主义相比，它可被视为一种后人类语境中"新的"人文主义，但是又迥然不同于白璧德的新人文主义；它以福柯为代表的反人文主义为理论渊源之一，但同时又拒绝一种"反—"的路径；而在后人类语境中，它往往被与"超人文主义"相混淆而引发误读。因此，如何在诸多话语中进行区分和关联，关涉到后人文主义的话语定位和理论价值问题。

我们在这里可以通过改造运用A.J.格雷马斯（A.J. Greimas）有关"意义"之基本结构的"符号矩阵"图式，对诸人文话语之间的语义进行关联；同时结合"四重式"话语模式来系统解读，以期最终清晰地把握后人文主义话语的向度、坐标和位置。

按照格雷马斯的观点，意义的基本结构是纯形式的、先于具体的语义内容的,能够从整体上把各个"语义域"组织成系统,因此"由这一基本结构所定义的每一项内容便通过语义轴暗含了其他各项";而意义的析取分为两类:"反义析取"和"矛盾析取",反义关系和矛盾关系"应该被看作是一个关联体,相关联的两项互为前提",对于任何语义项,"我们都可以通过取其反义项和取其矛盾项而获得其他三项"。[①] 根据格雷马斯的考察,反义性(contrariety)、矛盾性(contradiction)、蕴涵性(implication)诸内涵维度及其相互关系,所构成的符号矩阵具有普遍性,几乎可以穷尽无论是单个的、还是集体的符号的基本维度,由此构成了分析语义世界的出发点。

而有关"四重式"的话语模式,则源于加姆巴蒂斯塔·维柯(Giambattista Vico)最早确立的四种基本的转义(trope)模式:基于相似原则的"隐喻",基于邻接原则的"换喻",基于部分从属于整体关系的"提喻",以及基于对立性的"讽喻"(反讽)。维柯将这四种转义模式对应于人类文化史的各个阶段,以之来发掘语言与现实、意识与社会之间的辩证关系,以及文化史深层之普遍的"诗性"。[②] 诺思罗普·弗莱(Northrop Frye)明确将四种转义模式,与情节编排和叙事结构的四种模式即浪漫剧、悲剧、喜剧和讽刺剧关联起来,并视为文学循环的基本原型。[③] 海登·怀特(Hayden White)将维柯和弗莱等人的研究引向历史叙述层面,与四种论证解释模式即形式型、机械型、有机型和语境型,以及四种意识形态含义即无政府主义、激进主义、保守主义和自由主义(包括虚无主义)对应关联起来,考察历史的"诗性"。[④] 而史笛文·邦尼卡斯尔(Stephern

---

① [法]A.J.格雷马斯:《论意义——符号学论文集》上册,吴泓缈、冯学俊译,百花文艺出版社2005年版,第143页。

② [意]维柯:《新科学》,朱光潜译,人民文学出版社2008年版,第172—223页。

③ [加拿大]诺思罗普·弗莱:《批评的解剖》,陈慧、袁宪军、吴伟仁译,百花文艺出版社2006年版,第225—350页。

④ [美]海登·怀特:《话语的转义——文化批评文集》,董立河译,大象出版社2011年版,第81页。

Bonnycastle)则将这种模式引入文学接受过程,与“情人”“分析家”“领导者”“解构者”四种接受心理过程结合起来。[①] 至此,四重式话语模式发展成为一个体大虑周、整饬简明的理论体系。就话语模式而言,隐喻的运作机制是“再现”,换喻是“还原”,提喻是“综合”,而反讽则是“否定”;隐喻对应着情节编排中的“浪漫剧”(罗曼司),具体表现为“如愿以偿”,在论证解释上是“形式型”的——即通过对事件进行客观再现和精确描述而解释论证;换喻对应着情节编排中的“悲剧”,表现为“法则启示”,在论证模式上是“机械型”的——即通过将某种局部的法则确定为“因”来解释作为“果”的其他部分;提喻对应着情节编排中的“喜剧”,表现为“调和化解”,在论证解释模式上是“有机型”的——即通过将各种条件联系起来的方式来解释它们作为部分在整体历史中的地位;讽喻对应着情节编排中的“讽刺剧”,表现为“反复无常”,在论证解释上是“语境型”的——即通过对事件得以发生的环境和条件的描述而进行具体的、相对的解释。[②]

结合以上两方面的洞见,我们将“后人文主义”(Posthumanism)与其相关联的“后—人文主义”(post-Humanism)之间的语义矩阵与话语模式,改造融合如下:

① [加拿大]史笛文·邦尼卡斯尔:《寻找权威——文学理论概论》,王晓群、王晓莉译,吉林大学出版社2003年版,第108页。

② 关于“四重式”模式的综合考察,详细参见张进:《文学理论通论》,人民出版社2014年版,“导论”。

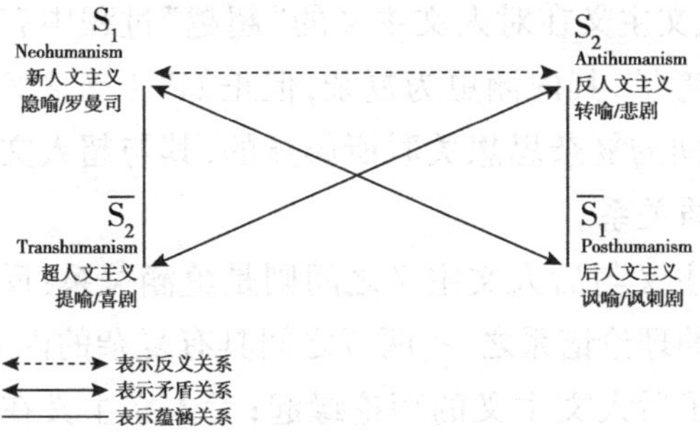

就语义关系而言，狭义的新人文主义、反人文主义、超人文主义、后人文主义四者，都可以通过“人文主义”这一中介来进行关联与区别，由此确定自身的话语坐标：

新人文主义与反人文主义是反义关系：新人文主义是对人文主义的强化，是对“人类法则”的高扬；而反人文主义作为对人文主义的反思与批判，将人的能动主体性（subject）颠倒为被动屈从性（subject to），是对人文主义的“负模仿”，因此反人文主义是“反—”新人文主义的。

新人文主义与超人文主义是蕴涵关系：超人文主义的话语取向乃是基于人文主义的基本设定，超人文主义作为对理性人文主义的强化，与白璧德等人所倡导的新人文主义同在人文主义的向度上，都是对人文主义的继承、强化和超越，因此是“非—”传统人文主义的，但也与新人文主义之间存在着蕴涵的关系。

新人文主义与后人文主义是矛盾关系：后人文主义既不是对人文主义的强化，也不是简单的、颠覆式的“反—”人文主义，而是一种从内部进行的解构与重构，两者之间存在着反讽式、悖论式的关联，它既否定人文主义教条，但又肯定其中的价值，从而避免自身的自封僵化，后人文主义是“非反—”人文主义，因此与新人文主义是矛盾关系。

反人文主义与超人文主义之间是矛盾关系：超人文主义虽然于内在路径上与人文主义一脉相承，但并不是与反人文主义决然对立的；反人文主义在对人文主义的“超越”过程中有着对历史的“人”的辩证考量，其内涵更为复杂，但正如“上帝之死”“人之死”与“超人”之间的复杂思想关联所彰显的，其与超人文主义之间具有复杂的矛盾关系。

反人文主义与后人文主义之间则是蕴涵关系：反人文主义是后人文主义的理论谱系之一，两者之间具有复杂的内涵缠绕，反人文主义蕴生了后人文主义的理论缘起；后人文主义在汲取反人文主义思想资源之余，又在批判路径上表现出明显的不同，因此两者之间是蕴涵关系。

从话语模式上看：

白璧德等人倡导的新人文主义，试图通过将“更高意志”注入“人类法则”而达到“人类法则”对于“事物法则”的驾驭，通过提升“人类”的地位而达到“人类”对于“事物”的居高临下的统摄和控制。这是人文主义的罗曼司/浪漫剧，其最终的结果是将“人类”崇高化，遵循着崇高叙事的“如愿以偿”法则；它所采用的基本叙述话语是隐喻式的，认定人类的意识、意志、主体性、能动性和创造性等，就是人的本质的说明，甚至直接就是人的本质。

反人文主义则对哲学化、理论化、形而上学僵化的人文主义持一种线性反动的颠覆立场，强调的是“人”受制于“物”的维度，人是“社会关系的总和”或“结构的承担者”，人总是陷身于物质性的实践网络中而失去自主性；关于人的神话因此应被打破，人是世界之“果”而非万事之“因”，这在话语模式上是一种机械式、转喻式的悲剧。但是，反人文主义打倒“大写的人”的神话的同时，无意中却以同样具有“全能者”或“终极因”等神性超越色彩的“生产方式”“结构”“无意识”“存在”等作为决定性的“神”，这种悖论使得反人文主义往往陷入人文主义的逻辑圈套，这也是后人文主义者所批判和力求超越的地方。

超人文主义作为“理性人文主义的强化”，事实上是对人、神、物三者的综合提升。首先,超人文主义激进地高扬人的能力,将理性的人"神化";其次,它将作为人类产物的"技术"神化,技术物被视为一种具有超越性力量的、能够引发人类整体质变的存在,如此是为一种技术乌托邦,一种神化的技术"拜物教";另外,超人文主义也是将技术物"人化",技术物的作用和价值被急剧提升,取代了传统人文主义中有关人的"自我修养"和"教化"的地位,这实际上是将物"人化"。因此,超人文主义在话语模式上是一种典型的综合式、理想化、提喻式的喜剧叙事。

以上三种话语模式,如米勒所言,是"机敏型"(canny)的,大致都认为最终能找到理性秩序,坚信运用逻辑线索可洞察存在之渊,洞悉人类根本问题。而后人文主义则以一种悖论的、反讽的姿态,致力于消解人/物/神之间的界限,正如哈拉维"赛博格"所倡,它坚持"以偏心、讽刺、亲密和刚愎为己任"①;它强调人的"具身"与"嵌入",将"人"下降到"物"的位置,重新考察人与物之间的同源互构关系,强调两者相互之间的亲密性既是令人不安、又是令人愉快的。后人文主义以一种亵渎(blasphemy)的姿态对事物进行"祛魅",以一种"亵渎/忠诚"的双重游戏态度来解构一切神圣性、超越性的范畴。因此,后人文主义属于米勒所言之"盲乱型"(uncanny),它从教条主义的梦中惊醒,始觉其沉醉于其中的信仰和诺言,原本是一场空话。②

后人文主义作为一种"讽喻式"的"后理论",正是在这样的"盲乱"中解构"人"和人类历史的本质主义和宏大叙事,并力图重构新的关于人的形象,由此凸显其独特的理论魅力和具有生产性的话语张力,从而缘起了一种诗学范式之可能的生成。

---

① [美]唐娜·哈拉维:《类人猿、赛博格和女人:自然的重塑》,陈静译,河南大学出版社2016年版,第318页。

② [美]乔纳森·卡勒:《论解构》,陆扬译,中国社会科学出版社1998年版,第13页。

第三章 写作:“作者之死”之后的主体性诗学延异

后人文主义作为一种后人类语境下激进地“去人类中心化”的理论话语,其诗学向度是系统而多维度的:从批评实践来看,后人文主义肇始于以科幻为主阵地的文学和文化批评领域,其核心议题涉及“后—人类中心主义”的人/物关系的文化表征;从语义模式来看,后人文主义呈现自身为一种关于“人”的讽喻的、悖论的诗性话语机制;从话语谱系来看,它是对“人之死”启示录论调的反思与重构。由此,究其要旨,后人文主义诗学主要彰显为一种关于“人”及其主体性的诗学向度,而这种向度的核心诗学所指和具体理论缘起,则在于后人文主义对反人文主义主体性话语的诗学超越中,在于作为诗性生产主体性机制的“作者”此一枢纽。

文学作为与人类生命、生存、生产、生活密切相关的领域,人及其主体性问题历来都是诗学的基础范畴和核心问题,其重要性尤其在作家、作者作为文艺创作主体的问题维度中体现出来;而这一问题在现代文论史上的演绎主线,便是有关权威性“作者”(author)的地位、功能及其“生死存亡”问题。安托万·孔帕尼翁(Antoine Compagnon)指出:“文学研究中争议最大的一点,就是给予作者何种地位的问题。”①这种争议尤其在巴特、福柯关于“作者之死”“作者—功能”等论述之后,达到顶峰。作为从结构主义到后结构主义

① [法]安托万·孔帕尼翁:《理论的幽灵——文学与常识》,吴泓缈、汪捷宇译,南京大学出版社2011年版,第39页。

并且实际上不囿于其间的理论家,巴特、福柯等人关于“作者”与“写作”的理论和实践,都凸显了当代文论的重要形态,正如约翰·考菲(John Caughie)指出的,“对作者作为文本来源和中心观念的挑战……在当代批评和美学理论中一直占据着决定性的地位”①。

事实上,“作者”观念的演变是与人文话语的范式转换一体关联的,在西方晚期现代以来的反人文主义话语中,从“上帝之死”到“人之死”再到“作者之死”,不同层面的反思批判,都直指传统关于“人”的观念设定。而在后人类语境下,传统视野中关于人与动物(环境)、人与机器(技术)的关系设置都受到严重挑战,人的主体性问题获得了新的视域,“作者—主体”问题也面临着新的境况。正如哈拉维所指出的,后结构主义、后现代主义理论等都将一切“文本化”,其策略和“赛博格神话”是一样的,它们颠覆了多种多样的“有机整体”;但是,对于主体认识及其本体基础来说,这种破坏不能是愤世嫉俗和没有信仰的摧毁,因为通过“文本”摧毁“有意义的政治行动”和通过“机器”摧毁“人”一样,都是一种简单的技术决定论,人(主体)会变成什么、“电子人”会变成谁,这才是更为根本的问题。

第一节　反人文主义范式的主体性诗学:从“人之死”到“作者之死”

在《理想国》中,柏拉图一方面将诗人塑造为“影像制作者”,认为他们只是“摹仿”而远离真理,诗人只是从事技艺活动的技术工匠;同时,他又将诗人视为“神之代言人”,认为创作史诗的杰出的、令人佩服的才能,绝不是来自某门技艺,而是来自神圣的“灵感”,

---

① John Caughie (ed.), *Theories of Authorship: A Reader*, London: Routledge and Kegan Paul, 1981, p.1.

并且只有神灵附体，诗人才能作诗预言，神剥夺诗人的正常理智而将之作为自己的代言人，因此“真正说话的是神，通过诗人，我们能够清晰地聆听神的话语。……那些美好的诗歌不是人写的，不是人的作品，而是神写的，是神的作品，诗人只是神的代言人，神依附在诗人身上，支配着诗人”①。

“摹仿说”和“灵感说”看似截然相反，实际上却是一体两面的，本质上都是对作为创作主体的“人”之能动创造性的否定：一方面，虽然诗人是技艺的拥有者，但仍然是在“摹仿”，并且仅仅是真理的摹仿者，与真理隔着三层，单凭诗人有限的技艺是达不到真理的；因此，杰出的诗人需要借助另一方面——即作为神的代言人来进行创作，诗人的才能和灵感总是依赖于神之附身。总而言之，在柏拉图关于诗与诗人的论述中，作为“人”的诗人并未取得独立的地位，而仅仅是诗歌活动发生的中介、通道和技艺载体。这种定位在柏拉图关于诗与哲学之争的表述中，得到有力的证明——在柏拉图看来，由于诗迎合的是人性中低劣的部分而不是善的部分，因此仅拥有“意见”的诗人，理所当然远逊于掌握着“真理”的哲人。

亚里士多德在《诗学》中发挥了柏拉图关于诗人技艺方面的论述，“诗学”直译即为“作诗的技艺”。但与柏拉图不同，亚里士多德不再将“摹仿”作为低级的活动，而是视作人的天性，视为一种区别于动物的人性本能。同时，与柏拉图通过诗与哲学之争来贬低诗人不同，亚里士多德通过诗与哲学之争来抬高诗人：在他看来，诗描述“可能”之事而历史描述“已然”之事，因此诗比历史更具普遍性和真实性；悲剧诗人不仅是真理的言说者，更是真理的生产者。由此，从柏拉图到亚里士多德，古希腊时期“诗人的身份经历了从真

---

① ［古希腊］柏拉图：《柏拉图全集》第一卷，王晓朝译，人民出版社 2002 年版，第 305 页。

理的摹仿者、传递者到真理的拥有者、生产者的嬗变”①。

一、作者的“生/死”:从人文主义到反人文主义

现代西语 author 一词是由中世纪的 auctor 发展而来的,意指“图书制作者”,它在此基础上还可以细分为抄写员、辑者、评论者和作家四大类,其中只有最后一类与现代的作者观念相关;而在词源上,auctor 一词在中世纪被认为是与拉丁语动词 agere(表演)、augere(发展)、auieo(关联)以及希腊语名词 autentim(权威)相关,被赋予“可信赖”或者“有权威”之义。② 福柯的研究也表明,广义“作者”观念的产生,与欧洲 18 世纪末、19 世纪初所有权和严格的版权制的确立密切相关。面对这一复杂的历史概念,我们可以借助艾布拉姆斯的阐述来确定其“流行”的意涵:

> 作者是那些凭借自己的才学和想象力,以自身阅历和他们对一部文学作品特有的阅读经验为素材从事文学创作的个人。作品本身与例示其存在的单独的书写或印刷文本不同,它的所有权仍然仅属作者本人作为创始人所有,即使作者把作品的出版权转让给他人并由此从中获利。因此,只要文学作品是大手笔并且是原创的,那么其作者理应荣获崇高的文化地位并享有不朽的声誉。③

在艾布拉姆斯看来,现代作者观念的滥觞是朗吉努斯的“崇高说”:“朗吉努斯的突出倾向,是从作品的特性转到作品在作者的能

① 张永清:《历史进程中的作者(上)——西方作者理论的四种主导范式》,《学术月刊》2015 年第 11 期。

② Andrew Bennett, *The Author*, London and New York: Routledge, 2005, pp.38-39.

③ [美]M.H.艾布拉姆斯:《文学术语词典》(第 7 版),吴松江主译,北京大学出版社 2009 年版,第 29、31 页。

力、心境、思想和情感中形成的过程……归根结底，作品的最高性质就是从作者身上反映出来的性质。”①艾布拉姆斯指出，朗吉努斯的主张经约翰·邓尼斯（John Dennis）的表述后，变得与浪漫主义理论的显著成分极其相似；而就整体而言，由摹仿论到表现论的变化则是认识论转向的一个组成部分，这种转变并非由笛卡尔、康德等人在哲学领域首创，而是更早就存在于浪漫主义诗人和批评家关于心灵在感知过程中的作用的流行看法中，“如果我们在谈到认识论中哥白尼式的革命时，不仅仅指康德的特殊学说……那么，在英国这场革命尚未在经院哲学中萌发之前，就已在诗人和批评家当中产生了”②。

作为人文主义者，艾布拉姆斯对文学作者的概念界定也是人文主义式的，确立的是作者的个人特质、创造能力和权威地位。他对“人文主义”这一概念的历史演变也进行了梳理：“19 世纪，人们开始用人文主义这一新词来指代许多文艺复兴时期的人文主义者，以及许多继承了同样传统的后世作家在人类本性、普遍价值观以及教育理念上所持的共同观点。”③“人文主义者”在当代通常指代“那些把人类经验和理性作为真理的依据，以人性和文化作为价值观基础的思想家”④，因此，不管是从概念的历史形态考察还是理论内涵考辨，艾布拉姆斯都为我们审视人文主义话语范式的作者观念，提供了较为完整的视野。

从更广的思想视野来看，正如阿伦·布洛克（Alan Bullock）所

① ［美］M.H.艾布拉姆斯：《镜与灯：浪漫主义文论及批评传统》，郦稚牛、张照进、童庆生译，北京大学出版社 2015 年版，第 83—84 页。

② ［美］M.H.艾布拉姆斯：《镜与灯：浪漫主义文论及批评传统》，郦稚牛、张照进、童庆生译，北京大学出版社 2015 年版，第 62—63 页。

③ ［美］M.H.艾布拉姆斯：《文学术语词典》（第 7 版），吴松江主译，北京大学出版社 2009 年版，第 233 页。

④ ［美］M.H.艾布拉姆斯：《文学术语词典》（第 7 版），吴松江主译，北京大学出版社 2009 年版，第 235 页。

言，人文主义已经成为一种具有普遍意义的西方传统，它是不同于神学和科学的看待人和宇宙的思想模式。[①] 而在福柯看来，人文主义是在不同时代、不同地域反复出现的一系列主题，其中的内涵和价值判断也往往存在明显的差异，17 世纪以来它一直依赖于"从宗教、科学、政治学中借鉴来的有关人的某些观念为依据"，其作用则在于"美化和证明它不得不求助的人的概念"；因此福柯认为，有关人文主义的讨论，其主题本身"太灵活，太多样化，太不一贯"，并不适于作为反思批判的参考基础。[②] 然而，事实上福柯所提出的关于知识型转换所引发的"人之死"问题，却被视为具有反思批判性的反人文主义理论话语之显声。这种理论话语，实际上在西方晚期现代以来的思想潮流中蔚为壮观，并且呈现出范式转换的意义。尤其在诗学研究中，关于作者及文艺创作主体活动的理论探讨，可以明显窥见从人文主义理论话语向反人文主义理论话语的范式转换。

早期现代以来的人文主义诗学范式的作者观念，主要体现在但不局限于浪漫主义诗学中，其核心的理论是"表现说"和"创造说"。"表现说"主要倾向将艺术品视为艺术家的心灵属性，"如果以外部世界的某些方面作为诗的本质和主题，也必须先经诗人心灵的情感和心理活动由事实而变为诗"[③]。浪漫主义的代表人物都将诗人情感的表现作为其诗学的核心主题，在浪漫主义诗学里，写诗只涉及诗人固有的品质，诗歌是超越时空的人性本质和内在心灵的表现和外化，心灵及其创造力不仅是艺术的源泉，也是艺术的试金石。

而"创造说"中有关独创、自由、天才、想象等对作者能动性的

---

① ［英］阿伦·布洛克：《西方人文主义传统》，董乐山译，生活·读书·新知三联书店 1997 年版，第 12 页。

② 杜小真选编：《福柯集》，上海远东出版社 1998 年版，第 538 页。

③ ［美］M.H.艾布拉姆斯：《镜与灯：浪漫主义文论及批评传统》，郦稚牛、张照进、童庆生译，北京大学出版社 2015 年版，第 20 页。

强调，更凸显了一种人文主义范式的诗学内涵。爱德华·扬格(Edward Young)借由严格区分“摹仿”来凸显“独创”的价值，并以此来确立作者的地位。康德则为这种理论范式进行了哲学奠基，他将自由视为人的本质，认为艺术就是靠想象力创造一个可以自由支配的虚构世界，人基于理性的自由本质，使得艺术在区别于手工艺的同时，也区别于自然活动，这是艺术的本质规定；艺术的诸种能力之间的关系建立来源于“天才”，美的艺术必然要看作出自天才的艺术，“天才就是天生的内心素质(ingenium)，通过它自然给艺术提供规则”。[①] 黑格尔则认为，艺术美本质是自由，它离不开想象，艺术家进行艺术创造“最杰出的艺术本领就是想象”[②]，在他看来，想象作为一种创造性的能力，乃是艺术家天才大小的主要标志。

这种人文主义范式的作者观念，在西方晚期现代以来受到全面挑战，尤其是20世纪后期的批评和理论，正是“在这个挑战中建立起来的，恰如19—20世纪的诸多哲学是通过对上帝中心地位的挑战得以建立一样”[③]。这种挑战尤其是在受“语言论转向”影响下的结构主义及其后续的理论话语衍化中，成为一条鲜明的诗学主线，其中或隐或显贯穿着反人文主义的思想主脉。对此，艾布拉姆斯基于人文主义传统的立场展开了系统性的批判反思，认为“这些理论不仅试图颠覆传统人文主义提出的许多价值观，而且更为偏激的是，它们试图对人类‘非中心化’，或完全消除对人类或主体的关注，否认人类是研究的主要客体，否认人类在取得科学、文化

---

① [德]伊曼努尔·康德：《判断力批判》，邓晓芒译，人民出版社2002年版，第151页。

② [德]黑格尔：《美学》第一卷，朱光潜译，商务印书馆1996年版，第357页。

③ John Caughie (ed.), *Theories of Authorship: A Reader*, London: Routledge and Kegan Paul, 1981, p. 1.

及文学成就中起着主要作用”①。

艾布拉姆斯已经准确把握到了这些理论中所蕴含的反人文主义的作者观念:

> 一些结构主义者把人类作家简单地理解为一个语言、文化代码结合在一起以产生文本的“空间”;解构主义者则倾向于将人类主体降级到由于语言的差异游戏而产生的“效果”之一;一些马克思主义及新历史主义批评家把这一主体描述为一种由意识形态或文化的“论证组合”产生和定位的可变结构,作为主体的作者其自己的文学作品中包含并传达了这种论证组合。②

艾布拉姆斯指出,福柯、巴特等关于“作者”的论述并不否认,在构成语言或文本的一连串事件中,人类个体是其中的一个必要环节,但无疑是对作者主体性的消解:

> 他们否认的是迄今为止西方思想中赋予具有独特个性及目的性的作者的“功能”或“作用”的有效性——具有独特个体及目的性的作者被视为“我思”,或所有知识的源泉;被视为创始者、具有目的性的计划者及(通过他或她的意图成为)文本形式与意义的决定者;并且还被当作传统文学批评与文学史中所探讨的问题的“中心”,或组织原则。③

---

① [美]M.H.艾布拉姆斯:《文学术语词典》(第7版),吴松江主译,北京大学出版社2009年版,第237页。

② [美]M.H.艾布拉姆斯:《文学术语词典》(第7版),吴松江主译,北京大学出版社2009年版,第237页。

③ [美]M.H.艾布拉姆斯:《文学术语词典》(第7版),吴松江主译,北京大学出版社2009年版,第481页。

而在精神分析批评、马克思主义批评及新历史主义批评中，

> 也表现出对作为自我连贯、具有目的性、决定性人类主体的作者所具有的“施动性”消除中心……这些批评形式认为，人类是一种四分五裂的自我，是各种不同的性心理状态的产物，受无意识冲动不可控制的作用的支配。也可以这么说，主体是当代意识形态的“构建物”，或是“文化构成”与“推论结构”相互交叉的“地方”。这种“文化构成”与“推论结构”产生于特定时代的概念结构与权力结构。①

由此，借助艾布拉姆斯这样的人文主义者的视野可见，作者及其创作问题在晚期现代文论中急剧变化且日益复杂，并与有关人的主体性的反思批判密切关联，从而在整体上呈现出一种从人文主义向反人文主义的话语范式转变；而在具体的形态和内涵上，则是从作者“创作”到不同维度、不同层面的文学“生产”②之转换。

二、反人文主义范式的“作者”与文学“生产”

马克思在《1844 年经济学哲学手稿》中首次论述了关于“艺术生产”的思想，他指出：“宗教、家庭、国家、法、道德、科学、艺术等等，都不过是生产的一些特殊的方式，并且受生产的普遍规律的支配。”③马克思强调的是物质生产规律对艺术作为精神生产的最终

---

① ［美］M.H.艾布拉姆斯：《文学术语词典》（第 7 版），吴松江主译，北京大学出版社 2009 年版，第 481 页。

② “生产”这一概念首先是基于马克思主义的，但是却在现代西方思想中被广泛使用，并且获得了极为复杂微妙的内涵，汪民安等人的研究指出：“文化领域是知识生产，精神领域是欲望生产，政治领域是权力生产，社会变成一个巨大的生产机器”，而生产（producing）的内在语义“就是生成，流变，活力”，详见汪民安主编：《生产》（第一辑至第六辑），广西师范大学出版社，2004—2008 年。关于文学“生产论”的详细论述，可参阅张进：《文学理论通论》，人民出版社 2014 年版。

③ 《马克思恩格斯文集》第一卷，人民出版社 2009 年版，第 186 页。

支配,而这也是社会对人的最终支配;但在此基础上,艺术生产又具有独立性和能动性。随后,在贝托尔特·布莱希特(Bertolt Brecht)、本雅明等人的思想中,文艺“生产论”得到不同程度的丰富和拓展,而皮埃尔·马舍雷(Pierre Macherey)则实际上集中阐述了其中的反人文主义内涵。

马舍雷指出,文学不是一种创造,而是一种生产;作家不是独创者,而是生产者。受阿尔都塞的影响,他认为那些把作家视为“创造者”的主张,本质上是一种人文主义的意识形态;而人文主义将人置于从“无”到“有”的创造主体的地位,是一种关于人的“神学”。在马舍雷看来,人文主义就是“一切为人所创造,一切创造为了人”,也就是“人创造了人”,这就陷入了一种极为简单和无聊的循环,“人文主义思想(人创造了一切,一切都是为了人)是一种逻辑循环和同义反复,完全致力于单个形象的重复”①。主体“创造论”作为人文主义思想在文学领域的表现,它赋予了创造主体神秘的力量,认为创造者可以超脱一切外界的束缚和制约而获得绝对的内心自由。马舍雷批判了这种具有神学色彩的人文主义创造论,指出艺术不是创造,而是一种人类生产实践活动,同物质生产一样,它要通过人力劳动并使用一定的生产资料来加工和制作产品;在文学“生产”中,生产者首先是社会的人,其次才是作为个体的人,他总是存在于特定的、具体的社会历史境况中,不可能超越既定社会现实,其独特性总是相对而言的。因此,正如马克思所指出的,人的本质是全部现存社会关系的产物,不仅作家是社会的组成部分而具有社会性,作家创作所采用的语言也是社会给予的,作家的创作已被社会生产所浸染,作家“创作”最终为社会“生产”所决定和制约。

我们可以在更宽泛的意义上,考察一种文学“生产”话语所具

① Pierre Macherey, *A Theory of Literary Production*, Geoffery Wall (trans.), London: Routledge & Kegan Paul, 1978, p. 66.

有的反人文主义内涵及其与“作者”问题的直接关联。

“新批评”的代表人物W.K.维姆萨特(W. K. Wimsatt)和M.比尔兹利(M. Beardsley)基于对传统的实证批评、印象批评、传记批评的批判,提出了“意图谬误”问题,将作家与作品的联系割裂开,并将前者驱离文学研究的中心。但在“新批评”这里,仅仅是将作家“存而不论”,并未表现出一种反人文主义的内涵。在他们看来,诗的语言是具有高度涵括性的,艺术作品的最终意义总是超越任何原初的意图,文学作品远不是作家个人生活的再现或模仿、表达。这样的作者观念,在“新批评”的先驱T.S.艾略特(T.S. Eliot)关于“非个人化”的表述中就已滥觞,“非个人化”在艾略特关于“传统”对个人制约的论述中,获得了消解作者主体性的内涵。艾略特反对浪漫主义的文学观念和印象主义的批评观念,在他看来,文学作品是客观的、有机的、独立自主的象征物,而并非诗人用来表现自己情感和个性的工具;艺术的情感是非个人的,诗人的任务需要将个人乃至全人类的情感转化为艺术的情感,因此诗不是诗人情感的放纵,而是诗人情感的逃避。艾略特认为,对作家个人来说,他需要服从和尊重传统,历代文学所形成的传统是个独立的系统,所有的作品构成了一个共时的秩序,因此作家的成长是“不断地牺牲自己,不断地消灭自己的个性”。① 换言之,诗不是表现个性,而是消灭个性,因此作者总是处在传统中并受其制约的,“诗人,任何艺术的艺术家,谁也不能单独地具有他完全的意义。他的重要性以及我们对他的鉴赏就是鉴赏对他和已往诗人以及艺术家的关系”②。

明确消解作者主体性的反人文主义“作者”观念的出场,是与“语言论转向”之后结构主义、后结构主义对人的主体性反思联袂而行的。“语言论转向”或者如拉图尔所言之“符号学转向”之后,“语言”和“文本”结构居于首要地位,“它所表达的或者传递的意

① 赵毅衡编选:《“新批评”文集》,中国社会科学出版社1988年版,第28页。

② 赵毅衡编选:《“新批评”文集》,中国社会科学出版社1988年版,第26页。

思则是次要的。说话主体被转变为了由意义效应所产生的诸多虚构物,对作者而言,它也仅仅是其著作的一个产物”①。就具体脉络而言,源于索绪尔语言学的结构主义思潮,将“能指/所指”的语言系统模式推广到文化社会领域,“在括起真实客体的同时也括起了人类主体”;②在结构主义看来,(语言)作品既不涉及一个对象,也不是个别主体的表现,而是一个有独立生命的“规则系统”,它不受制于个人主体(作者)的主观意图,并且主体也“被化约为一个非个人性的结构的功能了。换言之,新的主体实际上是系统本身,它似乎配备了传统意义上的个人的一切特点(自律、自我修正、统一性,等等)”③。因此,伊格尔顿明确指出,结构主义是“反人本主义的”(anti-humanist),因为“对于人本主义传统来说,意义是我创造的或者我们共同创造的某种东西;但是,支配着意义之创造的种种规则若非已经存在,我们又怎么能够创造意义?”④

由以结构/系统来反对和消解人的主体性而来的,是作者能动性的消解和受动性的建立,因此正如艾布拉姆斯指出的,“结构主义的激进方式与传统人文主义批评的假说和主导观念分道扬镳”,结构主义总体上认为:

> 作者个人或主体并不具有主动性、表现的意图或作为作品的“本源”或生产者的任何构思。相反,意识“自身”被视为一个抽象概念,其本身是语言系统作用的产物;作者的头脑被

① [法]布鲁诺·拉图尔:《我们从未现代过——对称性人类学论集》,刘鹏、安涅思译,苏州大学出版社2010年版,第72页。

② [英]特里·伊格尔顿:《二十世纪西方文学理论》,伍晓明译,北京大学出版社2007年版,第110页。

③ [英]特里·伊格尔顿:《二十世纪西方文学理论》,伍晓明译,北京大学出版社2007年版,第110页。

④ [英]特里·伊格尔顿:《二十世纪西方文学理论》,伍晓明译,北京大学出版社2007年版,第110页。

描述成一个归纳的“空间”；在这个空间里，由文学语言、惯例、代码和组合规则组成的客观的、“始终已经”存在着的系统凝结成某一特定的文本。[①]

根据艾布拉姆斯的概括，实际上结构主义所强调的是语言结构本身的“生产”机制，在这里，作者“创作”的能动性消失了，作者本身也成了语言结构的“产物”。这种文学“生产”的机制，由“内在”心理而及“外在”文本，系统地消解了作者主体性。

弗洛伊德在有关“作家与白日梦”的命题以及有关“梦的解析”的工作中，突出了文学类似于内在“无意识”的生产机制。一般而言，文学被视为现实的“反映”、人类心灵的“表达”或作者意图的“体现”，而正如伊格尔顿指出的，“弗洛伊德对于梦的解释却使我们能够把文学作品看作一种生产而非一个‘反映’”[②]。在精神分析看来，文学的“生产”机制跟梦的工作机制类似，文学作品和梦都是由原材料根据一定的诗学机制加工而成的产品——在这种生产机制中，最终的决定性动力并非人的理性意识，而是无意识欲望。

在后结构主义从“作品”向“文本”的诗学焦点转换中，巴特提出“作者之死”命题，是迄今对人文主义作者主体性观念最为激烈的反叛与消解。巴特指出，“在相信作者的时代……作者在书之前存在，为书而构思，心力交瘁，为书而活着。作者先于其作品，其关系犹如父与子”[③]。巴特所要激烈反对的就是这种先后式的、本源式的“父子关系”，他指出，现代以来的见解恰好相反，“现在的撰稿人跟文本同时诞生，没有资格说先于或超于写作；他不是书这个谓

① [美]M.H.艾布拉姆斯：《文学术语词典》（第 7 版），吴松江主译，北京大学出版社 2009 年版，第 603 页。

② [英]特里·伊格尔顿：《二十世纪西方文学理论》，伍晓明译，北京大学出版社 2007 年版，第 181 页。

③ 赵毅衡编选：《符号学文学论文集》，百花文艺出版社 2004 年版，第 509 页。

语的主语”①。现代写作不再是像古典主义者所说的那样,是记录、标示、表达、描写的操作,而是“一个表演性的罕见的语言形式”,它是一种“施行性”的言语行为“表演”,“它永远使用第一人称和现在时,在这里解说除了言语行为本身之外,别无其他内容(不包含其他命题)——这有点像国王说的‘我宣布’,古代诗人所说的‘我赞美’”②。巴特指出,与古典不同,现代撰稿人是在作品“之后”的,作者“不再有激情、幽默、感情和印象,只有这部巨大的词典。从词典中他得出写作,不停止的写作。生命只不过是对书的模仿,书本身只是符号的交织物,只是对丢失的、无限延期的事物的模仿”③。巴特尤其指出,这种写作是反神学的、革命的、反意义起源的:“写作不停地安放意义,又不停地使意义蒸发,对意义实行系统的免除。文学(最好以后叫作写作)拒绝对文本(对作为文本的世界)指派‘秘密’的最终意义。”④如此一来,在这样的“写作”中,“作者唯一的力量是以某种方式混合各种写作,用一些写作对抗另一些写作,以致完全不依靠哪一种写作”;总之,现代撰稿人“埋葬”了作者及其起源神话,“这个领域中除了语言本身以外,至少没有其他起源。语言不停地使一切起源受到怀疑”⑤。因此,随之而来的是“作者之死”和读者的“诞生”:

> 写作的全部存在就这样揭露出来了:文本由多重写作构成,来自许多文化,进入会话、模仿、争执等相互关系。这种多重性集中于一个地方,这个地方就是读者,而不是像迄今所说的,是作者。读者是构成写作的所有引文刻在其上而未失去任

① 赵毅衡编选:《符号学文学论文集》,百花文艺出版社 2004 年版,第 509 页。
② 赵毅衡编选:《符号学文学论文集》,百花文艺出版社 2004 年版,第 509 页。
③ 赵毅衡编选:《符号学文学论文集》,百花文艺出版社 2004 年版,第 510 页。
④ 赵毅衡编选:《符号学文学论文集》,百花文艺出版社 2004 年版,第 511 页。
⑤ 赵毅衡编选:《符号学文学论文集》,百花文艺出版社 2004 年版,第 510 页。

何引文的空间；文本的统一性不在于起源而在于其终点。①

基于一以贯之的、实际上是反人文主义的立场，巴特进一步“杀死”读者：“然而这种终点再也不能是个人的，读者没有历史、传记、心理，只不过是把在一个单一领域中书面的文本赖以构成的所有痕迹执在一起的那个人。”②他以“作者之死”为代价宣称了“读者的诞生”，但事实上，读者也无法取代作者成为父亲式的权威；在文学活动中起主导作用的依然是“文本”，文本作为对形式主义—结构主义的超越，它所强调的是自身对于作者和读者的“生产”。对此，艾布拉姆斯指出，许多后结构主义批评家的反对观点，体现在他们对所谓的“人文主义”的尖锐批评之上，在巴特等后结构主义者看来，

> 人类“主体”是不能成为一部作品的创作者和塑造者的，而是作为规则、符号以及通用的措辞等融合而成为一篇特殊文本的一个“空间”，或是作为一个融合并记录盛行于特定文化时期文化观念、无序组合及权力结构的“场所”。作者被视为文本的产品，而非文本的制作者，而且还往往被重新描述为由文本语言的内部游戏产生的“效果”或“功能”。③

而作为一种后结构主义的解构主义，如保罗·德·曼(Paul de Man)在《阅读的寓言：卢梭、尼采、里尔克和普鲁斯特的比喻语言》(*Allegories of Reading: Figural Language in Rousseau, Nietzsche, Rilke, and Proust*, 1979)中指出的，它将主体“降低到仅仅是语法

---

① 赵毅衡编选：《符号学文学论文集》，百花文艺出版社2004年版，第511—512页。

② 赵毅衡编选：《符号学文学论文集》，百花文艺出版社2004年版，第512页。

③ [美]M.H.艾布拉姆斯：《文学术语词典》(第7版)，吴松江主译，北京大学出版社2009年版，第31页。

代词的地位"；从巴特到德里达，文本变成了无远弗届的、游戏式的文本海洋，"文本的主体或作者或叙述者本身成了纯语言产物"。①

可以说，从结构主义到后结构主义的转变，是从强调封闭的"语言"机制的生产，到强调开放、游戏的"文本"机制的生产之转变。这种"生产"的形态继续演绎前进，到福柯那里演变为一种"话语"权力机制的生产，由此也进一步将"生产"向更为广阔的社会文本及其话语实践的历史机制延伸。

福柯在《何为作者？》（*Qu' est-ce qu' un auteur*？，1969）中提出了"作者"概念形成的历史性问题，并将"作者"转化为"作者身份"（authorship），强调的是"作者—功能"在文化话语中的发生和发展；进而探讨了诸如"作者何以个性化"和"作者享有何种地位"，关于作者的"评估系统"是什么，以及"'作者及其作品批评'这样的基本范畴是如何'开始'的"等具体问题。福柯明确反对将"作者"与"主体"之间画等号，而是将作者视为"功能体"，这样的功能体"毫无疑问只是主体可能的规格之一"。② 对此，福柯分析道："作为这种分析的合法扩展，难道不能重新探讨主体的特权吗？很清楚，在对作品（不管是文学文本，哲学系统，还是科技著作）进行内部结构分析时，在确定心理和传记内容时，对主体的绝对性和创造作用开始被人怀疑。但主体不应该完全抛弃，而应该重新考虑，不是恢复原始主体这题目，而是要抓住其功能，它在讲述中的干预作用，它的从属系统。"③福柯指出，我们应搁置主体如何渗入并赋予事物意义、主体如何使讲述获得生命的完成等典型的"人文主义"的问题；相反，我们应该深入追问："像主体这样的实体在什么条件

---

① ［美］M.H.艾布拉姆斯：《文学术语词典》（第7版），吴松江主译，北京大学出版社2009年版，第481页。

② 赵毅衡编选：《符号学文学论文集》，百花文艺出版社2004年版，第523页。

③ 赵毅衡编选：《符号学文学论文集》，百花文艺出版社2004年版，第522—523页。

下，通过什么形式在讲述的秩序中出现？它占有什么地位？它起什么作用？在每种讲述中它遵循什么规则？总之，必须剥夺主体(及类似主体)的创造作用，把它作为讲述的复杂而可变的功能体来分析。”①

以此为出发点，福柯对作者的“功能”演变进行了一种历史化的具体考察，指出它与欧洲 18 世纪末、19 世纪初所有权和严格的版权制的确立密切相关；“作者”被引进到支配西方文化的财产社会秩序中来，作者—功能与法律和社会制度一体相关。关于作者与文本这一“语言论转向”所激活的具有根本性的关系，福柯指出，“作者”不是通过把某一讲述归于个人而自发地形成的，而是一种复杂操作的结果；而关于作者与个人的关系，作者—功能能够“同时产生几个自我，同时产生一系列任何种类的个人都可以占领的主观地位的范围内，它并不纯粹而简单地指一个实在的个人”②。因此，就作者—功能的产生和作用而言，福柯指出，作者的“名字”不单纯是话语的成分，而是作为“分类的手段”在起作用的：“名字可以把若干文本归集在一起，从而把这些文本跟其他文本区别开。名字也建立起文本间不同形式的关系……最后，作者的名字说明了讲述以某种方式存在的特点”；③因此，作者实际上无他，其名字只是“一个变量，它只伴随着某些文本而排除另一些文本……在这种意义上说，作者的功能是说明某些讲述在社会中存在、流传和起作用的特点”④。在这里，我们能够明显地感觉到福柯对巴特关于“作者之死”的论断的不满足与暗中争鸣之处；而其另辟之新出路，则是在巴特所主张的“文本”之外，在更具历史性、实践性的层面，展开对“作者”形态、功能、作用的具体考察。

---

① 赵毅衡编选：《符号学文学论文集》，百花文艺出版社 2004 年版，第 523 页。

② 赵毅衡编选：《符号学文学论文集》，百花文艺出版社 2004 年版，第 522 页。

③ 赵毅衡编选：《符号学文学论文集》，百花文艺出版社 2004 年版，第 516 页。

④ 赵毅衡编选：《符号学文学论文集》，百花文艺出版社 2004 年版，第 517 页。

由此也可见,通过多维度的历史考察和理论分析,福柯所强调的是“话语实践”及其所蕴含的权力机制对“作者—功能”的生产和塑造作用,阐明的是包括文学在内的话语文本生产的经济环境、制度设置等之间存在着的持续的相互作用,以及这些话语实践和权力机制生产文本“作者身份”的具体方式。这样的考察视域若进一步与马舍雷关于文学生产的话语相结合,则最后导向了一种反人文主义作者观念的整体性视野的完成。

第二节　后人文主义的诗性“后—主体”重构

由从人文主义到反人文主义的诗学话语范式的宏观考察可见,作者的“生死存亡”问题,在根本上与“主体”密切相关,而主体问题事实上极为复杂。卡勒指出,关于主体性自我这个题目的现代思考,关涉到两个基本问题:“首先,这个自我是先天给定,还是后天所造;第二,应该从个人的,还是社会的角度去理解自我?”①这两个问题又引出了现代思想的四种选择:第一种选择先天给定和个人角度,把自我、“我”作为内在的、与众不同的事物对待,认为它先于它所从事的行为,一切都是对它的表达;第二种把先天给定与社会角度结合起来,强调自我是由出身和社会因素共同决定的,主体或自我的性别、种族和国别等都是被赋予的基本事实;第三种把个人和后天所造结合起来,强调自我的不断变化的本性,它通过独特的行为而成为自己;第四种是社会和后天所造的结合,强调自我通过所占据的各种主体地位而成为“我”。就具体概念范畴而言,英文词“主体”(subject)概括了主体性理论的关键:“主体是一个角色,或者是一种能动作用、一个自由的主观意志,它做事情,就像

① [美]乔纳森·卡勒:《当代学术入门:文学理论》,李平译,辽宁教育出版社1998年版,第113页。

'一句话里的主语'一样。但是一个主体同时也是一个'服从体'。"①从诗学角度而言，如果说人文主义范式的"主体—作者"观念强调的是主体的主观性和能动性(subject)，那么反人文主义范式的"反主体—作者"观念强调的则是主体的被动性和屈从性(subject to)。

在巴特"作者之死"论断和福柯关于"作者—功能"的倡导之后的理论探索中，如何重新思考"作者"问题，事实上一直不得要领。其中的原因，则在于如何同时反思和超越人文主义范式和反人文主义范式的主体观念。这种双重的反思和超越，在后人文主义思潮中被广泛讨论，并在很多理论家那里得到了重新建构；其中的核心路径，则是一种处理主体性问题的"非反—"的"后—"之道。

在福柯看来，现代哲学陷入了"人类学沉睡"，其根源则在于一种"主体迷信"，这种迷信使得现代哲学成为主体哲学，因此他以"考古学"为认识论、以"谱系学"为方法论进行话语分析和知识考古，提出一种"反主体"的历史批判，从观念层面将人"杀死"。而以福柯为出发点并返而重审之，后人文主义所强调的是，人没那么容易被"杀死"，主体性应该以新的、迥异于反人文主义的方式得到界定。正如拉图尔所指出的："难道我们就仅仅宣称人类的死亡，难道就仅仅是在一种语言游戏、在一种毫无可理解性的对非人类结构的瞬间反映中将之终结吗？不，因为我们既不是生活在话语之中，也不是生活在自然之中。不管在何种情况下，任何一种非人性的东西都无法终结人类，也无法宣称他们的死亡。他们的意愿、他们的行动、他们的话语太丰富了。"②

在布拉伊多蒂看来，后人类理论和后人文主义探讨的核心问

① ［美］乔纳森·卡勒：《当代学术入门：文学理论》，李平译，辽宁教育出版社 1998 年版，第 114—115 页。

② ［法］布鲁诺·拉图尔：《我们从未现代过——对称性人类学论集》，刘鹏、安涅思译，苏州大学出版社 2010 年版，第 156 页。

题之一,就是支持何种新形式的主体性,她明确指出:“我们确实需要一个新的主体理论,来评估后人类转向,并确认人文主义的衰落”;尤其在反人文主义的“人之死”之后,后人类主体性问题就具有了“优先性”。[①] 对此,她提出,一种后人文主义的“后人类中心主义主体”,一方面要吸收反人文主义的资源,与关于统一主体普世价值的人文主义保持距离;另一方面还要摒弃一种极端后人文主义形式即超人文主义的、依靠科技来驱动新的“超级主体”需求的立场。尤其是对于如何实现从反人文主义的主体性话语向后人文主义的主体性话语的更具建设性的转换,布拉伊多蒂的观点也具有鲜明的代表性。

布拉伊多蒂明确提出,她所捍卫的后人文主义立场建立在反人文主义遗产之上,更具体地说,是建立在“后结构主义那代思想家的目的论和政治学的基础之上,并走得更远。过去的三十年……主体性也出现了新的形构。这些变化并不是简单的反对人文主义,而是创造性地提出了关于自我的其他想象。性恋化、种族化和自然化的各种差异,远非担任人文主义主体的范畴性守界者角色,已经演变成人类主体新的成熟模式”[②]。同时,布拉伊多蒂也与后现代的主体保持距离,认为一种“后—人类中心主义”的主体性不是“反基础主义的”,“后人类主体性是唯物论的和活力论的,具身和嵌入的,牢牢地定位于某处……唯物论的、关系论的、‘自然—文化的’和自我管理的主体性理论对于开发适合解决当代复杂性和各种矛盾的批评工具是非常关键的……对于主体的深切关注有助于我们将创造性、想象力、欲望、希望和渴望等因素通盘考虑在内”[③]。

---

① ［意］罗西·布拉伊多蒂:《后人类》,宋根成译,河南大学出版社 2016 年版,第 73 页。

② ［意］罗西·布拉伊多蒂:《后人类》,宋根成译,河南大学出版社 2016 年版,第 54 页。

③ ［意］罗西·布拉伊多蒂:《后人类》,宋根成译,河南大学出版社 2016 年版,第 74 页。

总之，在布拉伊多蒂看来，需要提出非—反人文主义的“肯定性观点”①。对此，我们可以进一步参照沃尔夫、贝明顿等理论家的探索，将之命名为一种“后—主体”。在后人文主义思潮中，不同领域、不同立场的理论家们提出的关于主体的解构/重构的维度和方式当然不尽一致，但大体看来，可以归纳出三个方面的后人文主义的“后—主体”的内涵。这种“后—主体”内涵迥然不同于人文主义的理性主体，也不同于“语言论转向”和结构主义以来的“反—主体”诸形态；毋宁说，这是一种将“人”重新“具身”并“嵌在”于包括语言文化在内的世界之中的感性的、诗性的“后—主体”。

一、技术、非人与“原初杂合”的赛博格主体

哈拉维所宣扬的赛博格主体，无疑是后人文主义主体性的经典形态；在后人类语境下立足赛博格而反思传统人文主义，并以更具建构性的内涵超越其中的反讽气质，则是后人文主义重构主体性的鲜明理论追求。

哈拉维在《赛博格宣言：20世纪晚期的科学、技术与社会主义女性主义》中提出，我们都是“嵌合体”（chimeras），都是机器和有机体被理论化、被制造、被装嵌的混合体，简言之，我们都是“赛博格”；赛博格是科幻小说里的混合体生物，其一半是作为有机体的人，一半是无机的机器，因此也是“后人类/后性别”等诸可能性世界的一种存在物。②

这种有机/无机的杂合，在拉图尔那里获得了新的建构形态，并指向了涵括“非人类”而解构人文主义的内涵。在拉图尔看来，现代人所描述并且保存的一些与人文主义一体的特点如下：自由

---

① ［意］罗西·布拉伊多蒂：《后人类》，宋根成译，河南大学出版社2016年版，第65页。

② ［美］唐娜·哈拉维：《类人猿、赛博格和女人：自然的重塑》，陈静译，河南大学出版社2016年版，第314—319页。

行动者、利维坦的公民建造者、忧伤的人类面孔、与他者的关系、意识、我思、解释、内在自我、对话中的主格与宾格、自我呈现、主体间性如此等;因此,“只要人类主义(即人文主义——作者注)仍然以某种异于客体的方式被建构起来,而客体又以某种方式落入认识论之手,那么,其结果必然是,我们将难以理解人类和非人类”①。对此,拉图尔提出要“重新分配人文主义”,指出“如果人类没有拥有一种稳定结构,这并不就是说人类完全没有结构”,人类不是与非人类极相对立的制度性的一极,两者之间存在着“交叠状态”。②对此,他进一步提出了作为“中间地带”的杂合物,并以“拟主体”和“拟客体”来界定人与科技混淆所产生的本体领域,主张这是对人文主义范式的本体论重构:“现代性通常都是以人类主义(humanism)为基础进行界定的,当然,有的定义是为了庆祝‘人’的诞生,有的则是为了宣告‘人’的终结。但是,这一惯例本身就是现代式的,因为它保持了一种不对称性。它忽视了‘非人类’——物,或者客体,或者兽类——的同时诞生。”③因此,拉图尔所谓“人类—非人类”相联结的主体,作为一种“中间地带”的杂合体,乃是一种后人文主义的、非本质的“拟主体”。

这样的“拟主体”在当代语境下所指涉的核心问题,则是技术(物)与人之间的本体杂合关系。德里达在批判传统关于“理论”的“视觉中心”之界定时,提出了一种融合唯物论的关于人之技术历史的视野,也是一种更“历史化”而迥异于“存在论”的视野,一种与马克思主义的唯物主义有相似之处的话语,即倡导“某种关注物质性、关注人的动物性历史、尤其是关注技术历史的马克思主义之精

---

① [法]布鲁诺·拉图尔:《我们从未现代过——对称性人类学论集》,刘鹏、安涅思译,苏州大学出版社 2010 年版,第 156 页。

② [法]布鲁诺·拉图尔:《我们从未现代过——对称性人类学论集》,刘鹏、安涅思译,苏州大学出版社 2010 年版,第 157 页。

③ [法]布鲁诺·拉图尔:《我们从未现代过——对称性人类学论集》,刘鹏、安涅思译,苏州大学出版社 2010 年版,第 15 页。

神”，强调“所有这些问题都是与技术问题分不开的”，并且“对它的思考必须超越海德格尔”。①

德里达试图超越存在论的这种关于技术形成人的观念，在他的学生斯蒂格勒那里得到了具体的发挥。斯蒂格勒明确反对一种存在主义的技术观，而是依照一种德里达式的解构思路，从“人”的内部入手。斯蒂格勒指出：“海德格尔和哈贝马斯似乎都在技术的现代性中确认了同样的矛盾：技术从表面看是人类的力量，而实际上它似乎对它的力量（也可以是它的行为）自治，以至妨碍了人的行为，即妨碍传播、决策和个体化。”②

海德格尔和尤尔根·哈贝马斯（Jurgen Habermas）仍大致是从一种“反—”的路径，来反思现代技术对于“人”的制约乃至决定性作用。正如斯蒂格勒所言，两人的共同点在于都把“语言的技术化”视为非自然化现象，这样一来便“犹如一种‘人本’向另一种‘人本’堕落”。③ 与拉图尔力图超越“主体（人类）/客体（非人类）”的人文主义范式类似，斯蒂格勒也试图“提取”出一个中间的、杂合的地带，他指出，“技术的动力不能被归结于机械论、生物学或人类学的范畴……在物理学的无机物和生物学的有机物之间有第三类存在者，即属于技术物体一类的有机化的无机物。这些有机化的无机物体贯穿着特有的动力，它既和物理动力相关又和生物动力相关，但不能被归结为二者的‘总和’或‘产物’”④。斯蒂格勒的这种思路，无疑是不满足于辩证/综合的方式。

---

① ［法］雅克·德里达：《书写与差异》，张宁译，生活·读书·新知三联书店2001年版，访谈代序第19页。

② ［法］贝尔纳·斯蒂格勒：《技术与时间：爱比米修斯的过失》，裴程译，译林出版社2000年版，第16页。

③ ［法］贝尔纳·斯蒂格勒：《技术与时间：爱比米修斯的过失》，裴程译，译林出版社2000年版，第16页。

④ ［法］贝尔纳·斯蒂格勒：《技术与时间：爱比米修斯的过失》，裴程译，译林出版社2000年版，第20—21页。

因此,基于对人文主义范式的解构和超越,斯蒂格勒聚焦处在生命本源核心的“技术”问题:“技术作为一种‘外移的过程’,就是运用生命以外的方式来寻求生命……生命一旦成为技术,它也就成为滞留的有限性。正因为这个滞留是有限的,所以它取决于技术趋势确定的动力。”①进而,以技术(物)与生命的关系为轴,对于具有始源性而非综合式“产物”的“第三类存在者”领域,斯蒂格勒深刻地提出了作为后人文主义重要范畴的“原初假肢”(originary prosthesis)观念。

按照传统的理解,假肢是先天的身体器官无法正常运作时的外在的模仿、替代与辅助、修补——这种观念事实上是对完整的、原初的、自然的身体的反证和肯定。斯蒂格勒反对这种正常/异常、自然/人造、先天/后天、内在/外在的对立和等级制,其“原初假肢”观念视工具、技术为构造人之不可或缺的基础要素而非后天之物,由此否定人拥有固定的、完整纯粹的本质的观点;认为人在进化过程中,已然不断地将外在的工具、物质转化为内在的记忆、意识和精神,人类透过工具和技术才“发明”了自身。

斯蒂格勒的“原始假肢”观念融合了技术史、人类学、生物进化论等维度,阐明了人类/非人类杂合的原初性而非后天生成性,以一种深化了爱泼斯坦所言之“由后返初”的建构,超越了后天杂合的赛博格主体;也比拉图尔的“中间地带”更进一步,深刻彰显了一种后人文主义的内涵。正如沃尔夫援引斯蒂格勒的观念进一步指出的,后人文主义与利奥塔关于“后现代”悖论的表述相似,后人文主义同时在人文主义“之前/之后”:“之前”意指人类“具身”和“嵌在”于其生物和技术世界中,人类的肢体、机能是与自然环境以及技术工具、语言文化等档案机制共同进化形成的,然后才产生人文主义有关本质的、自主的“人”的观念;“之后”则是立足于人类历史

① [法]贝尔纳·斯蒂格勒:《技术与时间:爱比米修斯的过失》,裴程译,译林出版社 2000 年版,第 21 页。

发展的新节点，人日益受到技术、医药、信息、经济网络等的“叠盖”而非本质化、去中心化。①

由此，从斯蒂格勒到沃尔夫，这种“原初杂合”的观念深刻地指涉了当代语境，缘起了一种立足新的“人”之境况的主体性向度；同时也在对反人文主义的反思和解构之下，为“人”之以新的形态“再生”的可能，嵌入了更具建构性的唯物论和存在论根基。

二、具身、嵌在与生态式的关系性主体

后人文主义关于“人”的基本立场，是强调一种人在物质网络世界中的“具身”②和“嵌在”，这种立场首先是对后人类技术进化观念的批判，同时也导向了更具建设性的生态视野。

当前，信息科技中关于意识上传/下载等人之“离身化”（disembodiment）的观念甚嚣尘上，很多后人文主义理论家始终对此非常警醒。海尔斯抨击了传统人文主义关于主体性必须与意识主体相吻合的概念，认为该观点妄图以此方式来回避人文主义过去所犯的一些错误，特别是一个自主主体的自由观，即主体的“显而易见的命运就是去主导和控制自然”；但是她并不停留于此，而是从作为意识/信息共在基础的“具身性”角度，进一步更建设性地指出：“后人类并不意味着人类的终结。相反，它预示某种特定的人类概念要终结……后人类不需要被恢复到自由人本主义，也不需要被解释成反人类。定位于模式/随机的辩证关系中，以具身化的现实而非无形的信息为基础，后人类为反思人类与智能机器之间的

① Cary Wolfe, *What Is Posthumanism*, Minneapolis: University of Minnesota Press, 2010, xv.

② “embodiment”通常被汉译为“具身”“涉身”“寓身”或“体验”等，虽然名称各有不同，但其含义都是指身体在意识活动中的核心作用。在“后人类”语境中，常常用来指技术的肉身人体化。

关系提供了资源。”①“具身”视角也成为海尔斯的后人类理论迥异于科幻流行文化中关于人类技术进化的后人类话语的关键,其中始终蕴含着一种后人文主义的向度。

布拉伊多蒂也明确指出,我们既需要远离“离身化”和超人文主义的“逃跑”幻想,又要与再本质化和中心化的自由个体主义保持距离,因此她提议,“要将后人类身体重新注入激进关系性中,包括社会、心理、生态和微生物或者细胞层面的各种权力关系中”②。她进一步建议把“富有批判精神”的后人类主体放在“多重归属”的生态哲学内部进行定义,在她看来,这个主体是在多重性内得到建构的“关系主体”,它既是批判和解构的,又是肯定和建构的,“同时内部体现差异性,又脚踏实地和充满责任感。后人类主体性在集体性、关系性和因而社团建构的强烈意识基础上,表现了一个具身化与嵌入式的因而片面的负责形式”③。因此,在布拉伊多蒂的建构中,后人类主体并非一个历史的、纵向超越的人类主体,而是一个地理的、横向跨越的生态主体,它“完全沉没于并天生存在于一个非人类(动物、植物和病毒)的网络关系中。以普遍生命力为中心的具身化主体掺杂着大量污染/病毒性的关系链接,这些链接彼此同各种各样的他者联系起来,从环境或者生态他者开始,并将技术设施包括在内”④。

由此,如何为深具批判性的后人文主义寻找更有建构性的思想资源,布拉伊多蒂将目光转向生态学和环境主义,认为“二者取

① [美]凯瑟琳·海尔斯:《我们何以成为后人类:文学、信息科学和控制论中的虚拟身体》,刘宇清译,北京大学出版社2017年版,第388页。

② [意]罗西·布拉伊多蒂:《后人类》,宋根成译,河南大学出版社2016年版,第149页。

③ [意]罗西·布拉伊多蒂:《后人类》,宋根成译,河南大学出版社2016年版,第71页。

④ [意]罗西·布拉伊多蒂:《后人类》,宋根成译,河南大学出版社2016年版,第285页。

决于包括非人类或‘地球’他者在内的自我与他者之间的放大意义上的相互联系”，[①]因此能够摒弃自我中心主义，与“他者”实现平等交互。在布拉伊多蒂基于生态思想的立场看来，“后人类中心主义的后人类层面可能最终被视为一个解构主义走向。它解构的对象是物种的超然性。但是也打击了人性的恒久概念”；由此，这种生态式的“去中心化”，在一种跨物种的“普遍生命力”视野下审视人类/非人类关系，“它反而同普遍生命力的生产性和内在性力量或者自身非人类内容的生命联合起来”。[②] 如此一来，这种立足生态性的“普遍生命力”观念走向了“活力唯物论”，这也是布拉伊多蒂建设性主张的落脚点，因为后人文主义需要驱除人类中心论，并认识到跨物种的、基于环境的“集体性”，即具身化、嵌入式地处在与其他物种相互影响之中，因此“我们需要把‘物质现实主义’的活力论理论当作以‘生命’为核心的伦理价值体系的基础”。[③]

由此，布拉伊多蒂得以展开一种“后—主体”的建构。她强调，一种后人类的“后主体”的关键，是一种将包括人类在内的生命形态关联一体的“关系能力”，它并不局限于人类，而是包括了所有非拟人化的元素，它们并存共生；也正由此，生命远非被人编码定义为一个物种，而是一个“相互作用的、开放性的过程”。[④] 在布拉伊多蒂看来，我们事实上居住在以技术中介和全球运行的“自然—文化”连续统一体内；基于此，我们必然要坚持一种“自然主义基础论”的主体性理论，不能脱离了生态层面而从一种社会建构主义的

① ［意］罗西·布拉伊多蒂：《后人类》，宋根成译，河南大学出版社 2016 年版，第 68 页。

② ［意］罗西·布拉伊多蒂：《后人类》，宋根成译，河南大学出版社 2016 年版，第 96 页。

③ ［意］罗西·布拉伊多蒂：《后人类》，宋根成译，河南大学出版社 2016 年版，第 97 页。

④ ［意］罗西·布拉伊多蒂：《后人类》，宋根成译，河南大学出版社 2016 年版，第 87 页。

角度来确立二元论的主体理论,而应该以一种“陌生化”的方法来建立一元论主体:“它暗示通过和多重他者相互作用的一个开放的、相互关联的、多定‘性’的跨物种的生成流变。一个藉此构建的后人类主体超越了人类中心论和补偿性人文主义的界限,从而获得一个全球性的空间。”[①]这样的一元论主体,虽然主要是借助于一种生态学的系统性、建设性的思路,但它同时以开放、生成、跨越等为运思的枢纽,最终走向了一种“解构/重构”的自创生主体,从而实现了后人文主义主体性的完成。

三、解构、系统与一元论的自创生主体

作为后人文主义理论家异常重视并充分汲取的思想源头,德里达明确反对一种反人文主义式的对“人”的界定,他从哲学与人的关系来反思关于人的极端观点:“认为哲学已经到达了某种极限,是该转到别的东西上去的时候了……而它最常伴随的是对人、人的终结、人的概念的一些极端的质疑……我所尝试要做的是,在分享其中许多诠释的同时,与所有这些思想拉开距离。”[②]德里达所倡导和实践的是一种超越反人文主义的“解构”路径,他从哲学的角度指出,“解构”从某种角度上说正是“哲学的某种非哲学思想”,因此在这样的“是/非”之间,德里达对于大写的、主体化的理性之“人”的解构,便具有了不一样的路径形态和思想旨趣:“假如我们为了解构而去质疑某种关于人、人性或理性的构型时,即去思考人或理性时,问题就不再简单地是人性的或理性的,也不再是反人性的、非人性的或非理性的,如我所为,每一次都以解构的方法就理性之源,就人的观念的历史提出问题,有人指责我是反人道主义

---

① [意]罗西·布拉伊多蒂:《后人类》,宋根成译,河南大学出版社 2016 年版,第 129—130 页。

② [法]雅克·德里达:《书写与差异》,张宁译,生活·读书·新知三联书店 2001 年版,访谈代序第 3 页。

（即反人文主义——作者注）的、非理性主义的，但情况并非他们所指责的那样。我认为可以有一种思考理性、思考人、思考哲学的思想，它不能还原成其所思者，即不能还原成理性、哲学、人本身，因此它也不是检举、批判或拒绝。”①

由此可见，德里达以解构的方式对人的考察，与反人文主义迥然有别，正如沃尔夫所指出的，德里达是一种“后人文主义的”；其路径与福柯不同，虽然两人在对“人”和人文主义的批判主题上有相似之处。不止于德里达，沃尔夫据此进一步将鲁曼的社会系统理论与德里达的解构思想进行了沟通，并以此确立了一种后人文主义的关于人及其主体性的“解构/重构”路径。

沃尔夫指出，系统论在一定程度上具有“解构”的性质，这种解构思想与系统论之间的对比，并不值得大惊小怪，因为德里达在其早期的著作如《论文字学》（*De la Grammatologie*, 1967）中就有诸如“计划”“复杂性”等术语表述，尤其是“复杂性”的用法近于系统论。沃尔夫指出，解构以重构为其旨归，而“解构的重构”依赖于系统论非同寻常的严密性，以及对基础动力学和意义复杂性的详细考察，它需要将心理和社会系统的“重复生产”和“互相渗透”包含在内；并且，反而观之，系统论进一步将这种“动力学”与其发生和转变的生物、社会和历史状况相连接，这是解构所不能、也无法做到的。② 在沃尔夫看来，德里达后来虽然也将视角转向社会惯例及其形式问题，如法律、大学、权利财产等问题，以及支撑和保证它们再生产的背后逻辑方面，但他并没有详细阐述动力学的理论复杂性与它们产生的社会历史背景之间的关系——而这方面正是系统论，尤其是鲁曼极为严密和周全的社会系统论的优势所在。

---

① ［法］雅克·德里达：《书写与差异》，张宁译，生活·读书·新知三联书店 2001 年版，访谈代序第 12 页。

② Cary Wolfe, *What Is Posthumanism*, Minneapolis: University of Minnesota Press, 2010, p.8.

1972年,马图拉纳和瓦雷拉提出了“自创生”(autopoiesis)这一术语,用来描述生物和机器自主进行“自体形成”的状态。鲁曼将这种自创生理论运用于系统理论中,将心理系统、生理系统、社会系统等渗透关联。在鲁曼看来,任何系统都具有“自我生产”(self-production)、“自我参照”(self-reference)的特征,同时也都依赖于其环境中难以预见、不可控制的偶然性,因此,“系统/环境”之间的关系是根本性的;所有的自创生都是在“系统/环境”之间的“开放/闭合”的悖论中进行的,是“自我指涉”与“他异指涉”的悖论统一。鲁曼也强调意识本身的自我生产性和自律性,但这些特质并不是因为意识有一个“主体”及被作为主体的“人”所掌控;而是因为意识作为“系统”有其自身独立运作的规则,执行着“系统”与“环境”之间互相协调的简单化程序。由此,鲁曼以“系统/环境”之间的悖论式关系来取代传统的“个人/社会”二元对立的模式,不再认为个人行动的意愿和自由具有决定社会结构的优先意义,同时也反对视外在社会环境为决定性的存在。在鲁曼的理论中,系统是一种对于其所在的环境开放的系统,系统的开放性并不是以“行动者”主体为中心的行动网络的开放性,更不是以具有“完满人格”的主体为中心的“目的模式”或“支配模式”的结构;系统的开放性和复杂性,正是系统中行动者主体的不固定性和不稳定性,也表现为人格的非完满性,行动者本身人格的非完满性,是理解行动在系统中的不确定性的基础和出发点。① 换言之,就人文话语视角而言,任何封闭、自足、超然的主体,实际上都是无法作为系统在环境中生存的;任何已然在各种环境中事实上生存的行动者,包括人及其意识系统在内,都是时刻处于开放状态的系统,而非封闭的个人主体。

正因如此,沃尔夫指出,在鲁曼将“自创生”概念从有机体向社会系统转换后,社会系统的基础性要素不再是“人”,而是“沟通”和

---

① Niklas Luhmann, *The Differentiation of Society*, New York: Columbia University Press, 1982, p.43.

“事件”，因此鲁曼才提出人与人之间无法沟通，是“沟通”本身在沟通。沃尔夫认为，系统论将系统重复性的“自我指涉”和无法重复的“外来事件”之间的差异做了解构性的结合，这种“差异”是系统自创生的基础；在具体运作中，系统则是通过一种“自我指涉闭合”（self-referential closure）进行的，但对于人来说，这种封闭并不意味着一种唯我论或唯心主义，或孤立隔离，它不否认系统对环境的开放性，因此是一种“闭合的开放”（openness from closure）。换言之，在自我指涉中，“闭合”反而是一种广义的环境接触的可能形式，闭合增加了对于系统来说可能的环境的复杂性，所有的系统之外的环境因素，只有纳入“自我指涉闭合”中，才能进入系统运作，其原理就像生物学中的细胞膜一样。①

沃尔夫指出，对于鲁曼来说，重要的是当我们关注“自创生”和“自我指涉闭合”的时候，要判断“语言”在心理和社会系统的共同演化中的重要角色。从话语范式来看，沃尔夫所主张的是，语言不能再被视为人文主义式的、由人所掌控的“言语”，也不是反人文主义式的、掌控并“生产”人的“语言”“文本”和“话语”——语言是沟通社会系统和意识系统的桥梁，这种沟通作用必须借助系统化的精密运作才能实现：一方面，社会系统的演进只有在与意识状态的持续运作关联连接时，才是可能的，这种关联是由语言提供的；另一方面，语言将社会的复杂性转译为心理的复杂性，这是发生在与当代理论所谓的“主体化”（subjectification）或“主体形成”（subject formation）相关的过程中。概而言之，社会系统将其自身的复杂性（基于沟通可操作性）置于心理系统的处置之下，同时，语言（或者甚至是书写）保证了马图拉纳所谓的“适应保存”（the conservation

① Cary Wolfe, *What Is Posthumanism*, Minneapolis: University of Minnesota Press, 2010, p.15.

of adaptation)的沟通系统。[①]

如此一来,通过“解构/差异”的系统性操作,人的生物系统、意识系统与社会系统在一种自创生中被重新建构出来;作为自创生系统的“人”,其主体性不再是统一的“我思”主体,也不是拉康式的分裂的或者阿尔都塞式的被动的主体,而是一种系统性的“后—主体”。

对于这样的主体性重构,布拉伊多蒂则从斯宾诺莎“一元宇宙论”的角度,切入有关后人类主体的一元论自创生问题,她认为:“世界和人类并不是按照内在或外在对立原则建构起来的二元项……物质是一,由自我表达的欲望所驱动,在本体论上是自由的。”[②]布拉伊多蒂提出,当代生物科学、神经科学和认知科学、信息科学等的最新成果,全方位支持了物质是一种系统性的自创生观点;她将这些研究成果与斯宾诺莎强调物质统一性的“一元论”相关联,认为“这些洞见一起定义了作为力量的智慧生命力或者自组织能力,虽然这个力量并不局限于个体人类自我内在的反馈系统,但却存在于所有生命物质之中”[③]。布拉伊多蒂由此提出了“生成一元论哲学”,认为作为人类具身化之所在的物质,既是“精神的”也是“自我组织的”,这意味着“物质和文化之间,和技术中介之间都不是辩证的对立关系,而是相伴连续的关系”,因此,“主体性更是一个自创生或者自我成型的过程”。[④]

因此,从沃尔夫到布拉伊多蒂,一种后人文主义的自创生主

---

① Cary Wolfe, *What Is Posthumanism*, Minneapolis: University of Minnesota Press, 2010, pp.21-22.

② [意]罗西·布拉伊多蒂:《后人类》,宋根成译,河南大学出版社 2016 年版,第 80 页。

③ [意]罗西·布拉伊多蒂:《后人类》,宋根成译,河南大学出版社 2016 年版,第 86 页。

④ [意]罗西·布拉伊多蒂:《后人类》,宋根成译,河南大学出版社 2016 年版,第 50 页。

体，既借助以解构结合系统论的方式，从对反人文主义话语路径的超越中生成；也充分立足于当前科技所引发的后人类语境，以一种“一元论”方式建构生成。由此，后人文主义的主体性既呈现为对传统人文主义理性主体的反思和批判，也融合了原初杂合、讽喻气质的赛博格主体，由此走向一种更具建设性的诗性主体；也在“人之死/作者之死”的论调“之后”，进一步打开了主体性诗学的话语空间。

第三节　主体性延异与“写作”的系统动力学

在当代的诗学话语纷争中，伴随着“作者”之激进消解的，是对这种消解本身的质疑，如孔帕尼翁即指出为了“理论”而牺牲“作者”的“令人齿冷”之处：“为文本意义而对作者不闻不问，这在逻辑上是否有点过分，即为了陶醉于一个美丽的反论而牺牲理性呢？这样会不会弄错了靶子？再说，阐释一个文本，难道不是对行为中人的意图作出某种揣测吗？”[①]尤其与一种“作者终结论”相映成趣的是，在社会文化体制中“作者”仍然无所不在：文学传记、作家访谈、文本改编的冠名与版权、围绕作者设置文学课程等，在学院体制内外的文艺批评与研究中，“作者仍然处于概念化和理论化的批评实践的中心”。

“作者”问题的根本在于“人”及其主体性问题。林赛·沃特斯（Lindsay Waters）指出，“后结构主义解构自我的努力其实只是一枚硬币的一面，另一面所显示的却是探求主体性的本质的强烈愿望。

① [法]安托万·孔帕尼翁：《理论的幽灵——文学与常识》，吴泓缈、汪捷宇译，南京大学出版社2011年版，第41页。

主体理论构成了现代思想领域里最基本的东西”[①]。主体—作者的“生”与“死”,实际上是如影随形的。福柯因“人之死”的论断被视为反人文主义思潮的旗帜,他早期关注的是无所不在的权力话语网络是如何使得自我“客体化”,即关注的是“支配技术”;而到了20世纪80年代,他转向重视一种人文主义式“自我技术”的研究:“它使个体能够通过自己的力量,或者他人的帮助,进行一系列对他们自身的身体及灵魂、思想、行为、存在方式的操控,以此达成自我的转变,以求获得某种幸福、纯洁、智慧、完美或不朽的状态。”[②]在福柯看来,“写作”就是这样一种重要的自我技术。因此,福柯所要考察的是“现代”知识型之前的历史阶段是如何塑造主体的,但他也进而表明,不管是现代还是古代,权力支配技术和自我改造技术都是同时存在的,两者相互应用、互相配合。

类似的融合倾向,也在巴特思想的前后期之间发生。巴特在《写作的零度》中,试图通过一种属于“新人本主义的可能领域”[③]的“写作”,来弥合反人文主义式的社会性语言结构和人文主义式的创造性作家风格。在他看来,写作(writing;ecriture)是一种“形式性现实的空间”(realite formelle),它处在横向、中性、具有基础决定性和极限否定性的“语言结构”与纵向、形而下、发生学和生物学的个人“风格”之间;写作具有“形式”的同一性和“协同行为”的功能性,能够将社会性的“语言结构”(反人文主义的)和创造性的“风格”(人文主义的)关联起来,在其中凸显“写作方式”的技术工具性和“形式伦理”的反身性。

比照福柯前、后期的研究,再考察巴特后期的主张,可以发现

---

① [美]林赛·沃特斯:《美学权威主义批判》,昂智慧译,北京大学出版社2000年版,第15页。

② [法]米歇尔·福柯:《自我技术:福柯文选Ⅲ》,汪民安编,北京大学出版社2016年版,第54页。

③ [法]罗兰·巴尔特:《写作的零度》,李幼蒸译,中国人民大学出版社2008年版,第52页。

两人都或隐或显地试图弥合人文主义与反人文主义、人（主体—作者）的能动性与受动性等之间的裂隙；并都力图通过对“写作”“技术”等概念的演绎和阐发，来超越这两种不同的理论话语范式——这些概念实际上凸显的是一种新的运思路径，即先于主/客、内/外、人/物等二元对立范畴并且横贯其间——“写作”“技术”等范畴具有本源性意义，其与“人”之间的关系具有超越反人文主义的复杂形态和丰富内涵。

从“作者之死”的激进命题开始，巴特将“写作”不断地“秀出”。在1970年的《S/Z》中，他一方面提出要恢复阅读及其“身体性”，另一方面明确指出“阅读即书写”，高扬“能引人书写者”（le scriptible，“可写之文”），将身体、阅读、书写和“文”关联一体进行动态考察。① 而在《字之灵》（*L' Esprit de la lettre*, 1970）中，他明确将“写作”等于“文字”，认为文字不再是写作者的创造物，因此避开了人文主义式的“父子源流的恶法”。② 此后，巴特不断地将写作（文字）与身体相关联。在《艾骀，又名以字的样式》（*Erté, ou À la lettre*, 1971）中，他提出文字是“身体在符号的制度化的空间内的铭写”，是身体、色情、欲望；字是恋物，当偶然、随机的表音字变成表意字后，字就变成了自足的“书写行为”。③ 这种观念在《文之悦》（*Le Plaisir du texte*, 1973）中达到顶峰：写作是一种既非癫狂也非正常的“神经症”，是一种“交媾”行为，“文惟在作用、生产中，方被感知到”；在写作中主体既是“自我的坚一”（悦，满足的），又是“自我的迷失”（醉，销魂的），是“撕裂两次的主体，双重反常的主体”；写作作为动态变化运作的“意指实践”，写作主体不是笛卡尔意义

① ［法］罗兰·巴特：《S/Z》，屠友祥译，上海人民出版社2012年版，第2页。

② 参见［法］罗兰·巴特：《字之灵》，载《文之悦》，屠友祥译，上海人民出版社2016年版，第104—107页。

③ 参见［法］罗兰·巴特：《艾骀，又名以字的样式》，载《文之悦》，屠友祥译，上海人民出版社2016年版，第111—131页。

上的"我思"的完美统一体，而是精神分析意义上的复数主体，写作使得主体不是无意识的场所，而是更为本源式的、无意识生成的"根蘖"。[①]

因此，与其说巴特是"文本主义者"，不如说他一直是"写作主义者"，文本只有借由写作才能维持并体现其动态生产性；与其说文本是写作发生的场所，不如说写作是文本得以维生的生命机制。在巴特这里，写作不仅是理论对象，更是一种他本人切身投入的独特的实践方式。巴特的"写作"观念和实践，是对人文主义范式的作者主观"创造"和反人文主义范式的语言文本"生产"的双重融合和超越。

而"写作"真正获得后人文主义内涵，则是在德里达关于"写作即差异"[②]的命题中。在德里达看来，西方思想长期以来漫布着"语音中心主义"而将"写作"边缘化。柏拉图否定了作为"药"的文字之书写，因为它以外在的、人工性的符号代替内在心灵经验的在场；语音是内在心境的符号，而文字作为语音的符号是更次一级的派生物，因而也更远离心灵和真理。卢梭明确将文字书写视为一种"危险的替补"，认为它破坏了语音的自然优先性；作为后天技术的书写本身也破坏了人的自然本性，造成了人与人之间的差异并引发不平等。而在黑格尔看来，作为"符号的符号"的象形文字容易造成"名不符实"，因为它忽视了声音、在场和真理之间的先定关系。总之，书写/写作（与文字符号）总是一种远离人的自然本质和

---

① 参见［法］罗兰·巴特：《文之悦》，屠友祥译，上海人民出版社2016年版，第1—81页。

② 德里达所阐述之ecriture汉语中主要译为"书写"，可参阅［法］雅克·德里达：《书写与差异》，张宁译，生活·读书·新知三联书店2001年版；它与巴特所言之ecriture同一，即英文中的writing。在汉语中，"写作"更强调动态生成之"运作""动作"过程，"书写"则更亲近于文字及其符号性、物质性。因此，从概念内涵上看，"书写"无疑是更贴近德里达关于"文字学"的阐述，但本书从一种后人文主义诗学的视野来看，ecriture/writing乃是一个先于"主/客""人/物"的"解构/重构"的运作过程，因此，统一将巴特和德里达的表述都翻译和阐述为"写作"。

内在心灵的存在，它因外在性、人工性、物质性而远离、破坏、消解作为源头的“人”本身。

伊格尔顿明确指出，这种偏见背后隐藏着人文主义立场：“人可以自发地创造和表达他的意义，可以充分地占有自己，并可以将语言作为表达其最内在的本质(being)的透明媒介而加以支配”，并进一步直接点明了写作与声音的关系：“事实上，‘活的声音’就像印记一样，也是非常物质性的；而且，既然说出来的符号就像写下来的符号一样，也只能依靠区分和分割过程而发挥作用，那么说话完全可以被说成是一种形式的写作，正如写作可以被说成是一种第二手形式的说话一样。”①伊格尔顿的观点除了批判“语言中心主义”背后的“大写的人”，更重要的是通过消解“言说/写作”的等级制，展示了一种广义的写作机制；这种广义的写作在一定程度上既反向地呼应了巴特关于写作之“身体性”特征的论述，也预示着写作不囿于文字/符号/铭刻的超物质性、解构性的内涵——这种内涵在沃尔夫对德里达关于“写作即差异”的系统论解读中，导向了一种更具本源性、生成性的层面。

西方传统对书写/写作的否定，在德里达这里反而成为他解构逻各斯语音中心主义的切入口。在德里达看来，写作是具有本源式的可能性的先决条件，写作作为原初性、可重复的“踪迹”(trace)，能够在各类语境中“重现”甚至打破语境，不断地“延异”(制造差异)并产生意义；而延异(作为“原初写作”)是消解起源、中心和结构的，它对在场不断进行自我“涂抹”，以防止自身成为完满的在场与僵化的实体；“涂抹”使得新的写作得以进行覆盖和增补，同时被涂抹之物也会留下“踪迹”，因此写作本身就是对踪迹的铭刻。由此，在德里达这里，“写作即差异”意味着具有时间/空间双重动态性的“延异”，是先于并制造了包括在场/不在场等二元分立之可能

① [英]特里·伊格尔顿：《二十世纪西方文学理论》，伍晓明译，北京大学出版社2007年版，第128页。

性的;没有延异中的符号之差异,没有“写作”,言说和意指的主体就无法呈现自身并完成言说和意指行为。

沃尔夫指出,这就是“写作即差异”的后人文主义维度,主体只有遵循关于“差异”的严格区分,系统才能生成,即纯粹的差异构成了现存物的“自我呈现”;“现存在场”不是自足的,它需要从与自身的“非同一性”和保留的“踪迹”之可能性中跃出,它总是“踪迹”。“踪迹”是现存在场与其外部的亲密关系,是对外在性的普遍开放;而“主体”并非先验、自主的,它是物质的、身体的、外在的、惯例的、技术的和历史的,它们存在于德里达所谓的“重复”即多样性混杂和特殊性中。[①] 概而言之,从后人文主义的立场看来,主体并非反人文主义式的被动的、静态的、在场的产物,它总是悖论式地同时在场/不在场的“踪迹”。

沃尔夫进一步结合系统论、控制论来阐述写作之“去主体化”的后人文主义维度。他指出,德里达的“延异”“撒播”“踪迹”等范畴都与“沟通”相关,但写作不仅不能理解为一种传达意义的沟通,相反,只有在广义之写作的通常领域,语义沟通的效果才能确定,写作作为(原初)踪迹是一种“非起源的起源”。沃尔夫进一步认为,德里达这种对写作/沟通的考察是与系统论的“意义”动力学相关的,我们可以将“接收者”或“接收者/发送者”两者都逝去而留下的标志作为“写作”,换言之,由未知的“非语言代码”及其重复性构成的“踪迹”,在人作为经验性、决定性的主体缺席之情况下,都是可能的;代码中蕴藏的重复的可能性、“踪迹”的身份同一性,使得写作产生沟通而去神秘化,并且被第三者乃至其他可能的使用者所使用,“所有的写作通常都必须包含在人缺席的情况下的功能

① Cary Wolfe, *What Is Posthumanism*, Minneapolis: University of Minnesota Press, 2010, pp.11-12.

性”。①

由此，根据沃尔夫的解读，德里达解构了声音作为在场的“自动感发”（autoaffection）、语音作为人文主义式的“知觉对自身自我呈现的指示”；而写作则确立了一个可以“重复沟通的回归领域”，它从根本上“可以理解为非人类的或反人类的”。② 写作实际上是“去人类中心化”和“去主体化”的行为，这也正如鲁曼所言，人与人之间无法沟通，乃是“沟通”本身在沟通。

在如此这般后人文主义视野下，广义的“写作”（包括作为审美运行和文艺创作的基础动力层面）并非作者之封闭、内在、主观的活动，而是通过写作活动，作者才现身在场；写作也并非囿于语言系统或文本规则的被动的生产活动，人在写作，同时在写作过程中，人也在不断地从内部改写着自身；在人与语言、人与世界的互动中，写作过程和写作结果始终逃逸着作者的控制。正如巴特的写作理论和实践所展示的，写作既是建构的，它是“永久的生产”；同时它又是解构的，是超出权力界域的“永久的语言革命”。这种在动态生成中“解构/重构”一体运作的思路，正是后人文主义“后—主体”之生产的枢纽所在。

由此，我们在这里将进一步以前述的后人文主义赛博格主体、关系性主体、自创生主体的“后—主体”考察为基础，将“主体—作者”置于与“写作”一体生成的基础动力学之上，从三个层面递进阐述。

一、“写作”作为系统性“延异/沟通”的基础动力学

德里达将其思想的核心概念“解构”视为一种“事件到来”的思

① Cary Wolfe, *What Is Posthumanism*, Minneapolis: University of Minnesota Press, 2010, p.11.

② Cary Wolfe, *What Is Posthumanism*, Minneapolis: University of Minnesota Press, 2010, p.6.

考方式,他强调解构对“线性历史”或“结构化历史”的突围,“解构是一种认为历史不可能没有事件的方式”。[①] 同时,德里达将 J. L. 奥斯丁(J. L. Austin)有关言语的“行为”视为一种“事件”制造;在他看来,事件的经验是一种可能的经验,它近于“偶然”“事故”等范畴,是不可预见、不能计划的,也是没有方向、无理由的。沃尔夫则进一步指出,系统论在一定程度上即具有“解构”的性质,认为在鲁曼的系统论框架中,“事件”是系统性的而非本体论,它构成了心理和社会系统的基础要素,转瞬即逝、无法复制的“事件”即是“差异”。由此,沃尔夫基于后人文主义视野提出,系统论将系统重复性的“自我指涉”和无法重复的“外来事件”之间的“差异”作了解构性的结合,这种差异是系统自创生的基础。

从诗学角度来看,写作(“延异”)作为后人文主义的“系统事件”,所要弥合的就是系统结构性与偶然突变性之间的关系,即社会性的“语言”结构系统(反人文主义的)与个性化的“言语”能力(人文主义的)之间的悖论式关联。写作在解构语言系统的同时也在重构之——写作是系统性的,写作行为制造了身体—心理系统、自然—物质系统、语言—文化系统之间的差异和沟通;写作也是事件性的,诸系统之间的互动生成所引发的突破系统的偶然因素,又进一步参与了系统的运作。文学写作的力量无疑是可以延伸至文学之外的,但是需要基于语言此一“子系统”,然后方能进入包括社会历史环境在内的整个“大系统”而产生效果。这种“多元系统”之间的运作机制,可与巴特坚守文学语言而非直接介入之“零度”和“中性”的写作观念相呼应。

吉尔·德勒兹(Gilles Deleuze)指出,文学写作作为句法创造,勾勒了新的陌生语言,并在整个言语活动中揭示了语言活动的界限,“但作家清楚地知道,他远远没有达到为自己确定的界限,界限

① 杜小真、张宁主编:《德里达中国讲演录》,中央编译出版社 2003 年版,第68 页。

总是不停地闪躲，远远没有完成自身的生成”；因此，基于文学写作作为“生成”的立场，德勒兹认为写作“同样也是生成不同于作家的另一个东西”。[①] 实际上，更宏观地看，作为文艺审美发生和运行机制的“写作”，是一个感性运作、动态生成的过程，这样的过程将主体置于一个广阔的系统中，它以物质性的语言符号为媒介，通过体悟、感知、文思、叙述而不断制造差异，由此激活并动态地生成着“作者”。“物—意—言—文”的系统运作及其结果，不是作者的内在表征或文本体现，而是主体在世界中的感性之延异。作为写作实践者的作者，始终不断地解构/重构其与语言、世界、自我的关系，“文如其人”但终是“他物”，因此总是让人感叹“书不尽言，言不尽意”。由此观之，刘勰所谓“方其搦翰，气倍辞前，暨乎篇成，半折心始”，[②]原因即在于写作作为延异/事件，驱动文本不断解构/重构作者，因此“意翻空而易奇，言征实而难巧也”。刘勰指出：“是以意授于思，言授于意，密则无际，疏则千里”，[③]对“思—意—言”如此这般的一体化追求，事实上恰恰悖论地彰显着三者之间的裂隙。陆机也提出“恒患意不称物，文不逮意”，其中的原因“盖非知之难，能之难也”；[④]强调的是写作实践层面的困难，除了主观意识层面之“知”，更难的是文、意、物之间的系统性沟通，往往非人力所能为。这样的系统动力学，不断地将“人”推向“物”，并不断地展开系统性的运作和沟通；由此在“人性表征”与“物性操演”之间，“写作”得以嵌身其中。

二、“写作”作为“物性操演”的具身—嵌在性

鲁曼从“差异即沟通”的命题出发，强调只有写作才能强化“信

① ［法］吉尔·德勒兹：《批评与临床》，刘云虹、曹丹红译，南京大学出版社2012年版，第13页。

② 刘勰：《文心雕龙》，上海古籍出版社2008年版，第53页。

③ 刘勰：《文心雕龙》，上海古籍出版社2008年版，第53页。

④ 陆机著，张少康集释：《文赋集释》，人民文学出版社2002年版，第1页。

息”和“话语方式”之间的清晰界限,写作暗示着话语方式和信息内容之间的互动而非统一过程,加强了构成沟通之差异的经验,因此在严格意义上说,它是更具沟通效应的沟通方式。① 对此,沃尔夫进一步认为,在一种后人文主义的立场中,“写作”占据了沟通范式的中心舞台,因为它例示了“意义”更深一层的踪迹结构(exemplifies a deeper “trace” structure)。②究其要旨,写作作为“制造差异”(延异)的原初活动,是在能指/所指、形式/内容等之间沟通的基础范畴,写作作为“踪迹”的基础性动力结构,在于它超越“人”自身而引向“非人”的存在,以“制造差异”的方式悖论式地沟通生命、机器与技术,由此为解决人类/非人类、物质性/非物质性的诗学关键难题,提供了后人文主义式的独特路径。

后人文主义的发轫者哈桑首先使用了“操演者”的概念,他将古希腊神话中盗火的普罗米修斯当作一个操演者,认为在后者身上,救赎者与恶魔的双重形象无法区分开来;在其形象中,各种决然划分的清晰界限都被消解掉。巴特勒被视为后人文思潮的代表人物之一,其提出的与“表演”密切相关的“操演”(performativity)也成为后人文主义的重要概念。

巴特勒早期深受福柯的影响,考察“话语”对“身体”的宰制,强调性别的社会建构;而在后期关于性别的话语界限研究中,她将性别视为一种戏剧性的“操演”,其基本立场是既反对一种本质主义的性别“先天生成论”,也反对她早期所持之唯意志论的性别“社会建构论”,而认为两者之间互动互构的操演行为(“征引”“复现”)生成了性别和身体,由此凸显出“身体之重”(bodies that matter),转

① Cary Wolfe, *What Is Posthumanism*, Minneapolis: University of Minnesota Press, 2010, p.23.

② Cary Wolfe, *What Is Posthumanism*, Minneapolis: University of Minnesota Press, 2010, p.23.

向强调身体和性别的物质性。[①] 而后人文主义理论家凯伦·巴拉德(Karen Barad)对以结构主义、后结构主义等为代表的“文化建构主义”进行了批判，认为这些理论主张在“语言/事物”之间建立了等级制，强调前者对后者的宰制和建构。他明确要进行一种“后人文主义式的操演”(posthumanist performativity)——即消解言/物、文化/自然、表征/实践、人类/非人类、历史/生物、意识/身体等之间界限和等级制，并由此来凸显“事物之重”(how matter comes to matter)，强调一种反思“人之能动性”的后人文主义的“物之能动性”。[②]

与此可交互参照的，是后人类语境中由信息技术所引发的意识脱离身体的“离身”问题。海尔斯特别关注身体的“物质性”，她强调指出，“具身”应该成为后人类语境中探索不止于人类肉身的“复数身体”的范畴；认为与福柯强调话语对身体进行“去物质化”不同，在“信息”已成主导范畴的虚拟时代，更应反过来强调身体对话语的“物质化”，以此凸显“具身环境”(embodied circumstances)的重要性，因为人总是具身并嵌在于自然、社会、技术、文化等物质网络之中。由此，海尔斯试图以“具身”和“嵌在”来构建一种物质参演的主体性，后者“在物质性和话语之间创造了一个反馈回路……关注话语的建构，这种分析也将会考察人类如何与身处其中的物质条件相互作用”[③]。此外，布拉伊多蒂则更系统性地强调，后人文主义需要驱除人类中心论，要认识到人类是具身地嵌在于与其他物种的相互影响中，是一个以“普遍生命力”为中心的具身

① [美]朱迪斯·巴特勒：《身体之重——论“性别”的话语界限》，李均鹏译，上海三联书店 2011 年版，第 9 页。

② Karen Barad, “Posthumanist Performativity: Toward an Understanding of How Matter Comes to Matter”, *Signs*, Vol. 28, No. 3, Gender and Science: New Issues (Spring 2003), pp. 801-831.

③ [美]凯瑟琳·海尔斯：《我们何以成为后人类：文学、信息科学和控制论中的虚拟身体》，刘宇清译，北京大学出版社 2017 年版，第 262 页。

化主体,它“完全沉没于并天生存在于一个非人类(动物、植物和病毒)的网络关系中”。①

概而观之,以上的诸种观念从“物”的维度凸显了后人文主义关于人/物之间根本关系的侧重点——即从“物”的角度,反思传统人文主义对于“人”的主体性的高扬。这种物性观念强调人是嵌在物质网络中的,着重考察人(包括身—心)与包括机器、媒介和技术物等在内的物质环境之间进行循环回路(feedback loop)的动力学。这种考察实际上已经提供了一种具有跨学科意义的诗学路径,对此,可以参照当代的审美唯物论来审视。

在西方关于审美感知的研究中,常以“电”之独特的物质性来阐述浪漫主义(人文主义式的)的看似“非物质”的诗学范畴。电的形态复杂:它同时被构想为一种物质性的流体(material fluid),一种精神性的媒介(spiritual medium),一种神经性的流动(nervous fluid);它既是一种超越的“离身”力量(disembodied force),也是物质生命自身(life itself);尤其重要的是,电能够将物质和精神、自然和技术连通,从而改变牛顿式的机械世界观;作为一种生命力量它更是具身的,“电力扮演的角色不只是用来变幻出审美经验与电力现象之间的某些类似性。而毋宁是,审美经验本身通常被想象为事实上的电力本身,作为神经脉冲的产物被看成电力的或经由电力技术传导的语词或思想的结果,或者是通过被想象为电子的精神媒介本身而传导的语词或思想的结果”②。从电的这种悖论式的具身物质性出发,文艺审美的物性可以界定为四个维度:(1)语言符号能指本身的物质性(新批评和结构主义强调这方面);(2)历史的物质性(马克思主义意义上);(3)感知主体的物质性(作为审美经

① [意]罗西·布拉伊多蒂:《后人类》,宋根成译,河南大学出版社2016年版,第285页。

② Paul Gilmore, *Aesthetic Materialism: Electricity and American Romanticism*, Stanford: Stanford University Press, 2009, pp. 6-7.

验发生的主体身体）；（4）被表征再现的世界客体的物质性。[①] 电之独特的审美物质性，在于它能将这四个维度关联起来，强调它们之间的相互关联作用和循环回路运作。[②]

电作为一种审美动力学的物性参照，强调的是物质不是死板、僵硬、被动、有待人作为主体去挖掘的客观存在；彰显的是事物（包括人在内）之间系统性的流动运转，以及其背后跨域流通的动力学原理。刘勰在《神思》篇中即以诗性语言论述了这种审美感知与文艺构思的动力学："故思理为妙，神与物游。神居胸臆，而志气统其关键；物沿耳目，而辞令管其枢机。枢机方通，则物无隐貌；关键将塞，则神有遁心。"[③]——能否"神与物游"，即在于"关键"（开关、门闩）是否顺畅；能否"物沿耳目"而"无隐貌"，则在于"枢机"（枢纽、要道）是否打通——正是借由如电力循环般在人与物、物与物之间的流通，人与环境之间系统式的"开放/闭合"方能顺畅运作，使得感觉流、信息流运转和流通起来。

陆机也论述了文艺构思初始阶段的状态，认为要从心灵出发去沟通万物，此后方能达到"情曈昽而弥鲜，物昭晰而互进"，由此而臻至"来不可遏，去不可止"的"应感之会"；[④]这般的诗性灵感实非人之主动性所能为，而是源于人与环境之间的连通，即陆机所谓"天机之骏利"，乃是"言万物转动，各有天性，任之自然，不知所由然也"[⑤]。谢臻也描述了这样的状况："忽然有得，意随笔生，而兴不

---

① 对于物性诗学维度的系统建构，可参阅张进：《论物质性诗学》，《文艺理论研究》2013 年第 4 期；张进：《论文学物性批评的关联向度》，《文艺理论研究》2015 年第 3 期；张进：《物性诗学导论》，人民出版社 2020 年版等。

② Paul Gilmore, *Aesthetic Materialism: Electricity and American Romanticism*, Stanford: Stanford University Press, 2009, pp. 9–10.

③ 刘勰：《文心雕龙》，上海古籍出版社 2008 年版，第 53 页。

④ 陆机著，张少康集释：《文赋集释》，人民文学出版社 2002 年版，第 36、241 页。

⑤ 陆机著，张少康集释：《文赋集释》，人民文学出版社 2002 年版，第 244 页。

可遏,入乎神化,殊非思虑所及。"①由此可见,在中国传统诗学中,灵感"天机"既非神启所示,也非人力所能为,而是物性流转、人物通化的动态生成。恰如刘勰所言"诗人感物"中"既随物以宛转,亦与心而徘徊"的状态,不是借助主观能动的想象和联想,而是不由自主、身不由己的循环回路,正所谓"情往似赠,兴来如答"。从整体上来看,人之"情"与物之"性"一体感应而生,正如郑毓瑜的分析:"当抒情具有传统所说的'物'性或'类物'性……必须放在整个气类感应或说是'类物之感'的体系下,才能获得最完整的解释;我们无法只是从诗人因为一己境遇而有的悲哀去解释作品中出现的景物,因为景物不只是为了托寄诗人的主观感受,任何景物都因为整体存在背景才有意义,也因此,诗人的感受不可能全然主观,而必须是被一套早有共识的相似性或关联性所召唤,或者是透过这套相似性来重新阐释或增生连结。"②

这种审美感知中人与物之间的信息和能量流通,强调的是基于"万物一体"之本源形态而来的物之自然能动性。《礼记》曰:"凡音之起,由人心生也。人心之动,物使之然也。感于物而动,故形于声。"③在中国传统诗学中,万物一体而同源,物类感应而相互转化、关联生成,此乃所谓"连类引譬"④。物的这种能动性之于审美感知,其最高范畴则是由"兴"所致之化境,正所谓"触物以起情谓之兴,物动情者也",谢榛《四溟诗话》曰:"诗有不立意造句,以兴为

---

① 徐中玉主编:《中国古代文艺理论专题资料丛刊》第二册,中国社会科学出版社2013年版,第213页。

② 郑毓瑜:《引譬连类:文学研究的关键词》,(台湾)联经出版事业股份有限公司2012年版,第262页。

③ 徐中玉主编:《中国古代文艺理论专题资料丛刊》第一册,中国社会科学出版社2013年版,第3页。

④ 语出《列女传·辩通传题序》:"惟若辩通,文辞可从,连类引譬,以投祸凶",相关研究参见郑毓瑜:《引譬连类:文学研究的关键词》,(台湾)联经出版事业股份有限公司2012年版。

主，漫然成篇，此诗之人化也。"[①]如陈子昂之《登幽州台歌》，其中"幽州台"此一物并没有在诗歌中出现，但是作为"兴"之所起，通过这一事物而咏史、咏怀、感事，古往今来与天地时空交错互渗，诗人在其中情不自禁、不能自已。

在西方传统诗学中，往往以"移情"来界定这种人与物之间的审美关系，这是值得在后人文主义视野下展开反思的。在审美体验中，"由物我两忘进到物我同一的境界"，常被视为基于投射和拟人的"移情作用"；[②]移情式的"设身处地"和"推己及物"，都是一种人文主义式的对人的能动性之强调，注重的是人能够"纡尊降贵"，将自身投射到物之上——这实际上是一种以"我"为中心的唯我论，一种以"人"为中心的人类中心论，是与物我同一的观念相悖的。而从后人文主义立场来看，体物入微之所以可能，并非是以人的主观意志强求之，而是人本来就嵌在物质网络中，不断进行循环回路的结果。物我同一、天人合一的基础，乃是人嵌在物质—自然世界中。这种人的具身和嵌在物质—自然世界的一体联动，意味着文艺创作乃是一个变动的生成过程，作者在其中不断地进行着与"非人类"事物的循环回路。

三、"写作"作为控制论假肢与"机器写作"的诗学空间

就"写作"内涵的不同层面而言，从广义的、普遍的"延异/事件"的系统化运作机制，到循环回路、感兴生成的文艺审美发生路径，最后导向的是技术化的书写实践。从物性诗学的角度来看，当代最重要的诗性媒介物乃是技术物；且本身作为人工/自然杂合的赛博格之物，以及起到能动实践和生产建构作用的中介物，后人文主义视野下的媒介—技术，成为从物性具身的"感性逻辑"到媒介

① 徐中玉主编：《中国古代文艺理论专题资料丛刊》第二册，中国社会科学出版社2013年版，第202页。

② 朱光潜：《文艺心理学》，华东师范大学出版社2015年版，第31、35页。

运作的“技术逻辑”实践的转换枢纽,也在新语境下为“写作”打开了理论空间。

在柏拉图看来,写作(书写)技术是外在于心灵和身体的,因此不论是作为“良药”还是“毒药”,都因其人工性而被排斥——这事实上乃是人文主义式的对天然的、完满的人性的设定。这种思路在卢梭关于人类不平等之起源的见解中得到进一步阐述。在卢梭看来,自然状态下的人天性纯朴,生而平等;而伴随着人类的不断进化,由技术所产生的替补工具催生了人与人之间的差异,人类由此走向不平等;包括写作(书写)在内的“替补”技术作为人类的“第二起源”,败坏了人本原的、纯粹的自然属性。

而据由对德里达关于“写作”作为“替补”之解构性的人类学和技术史解读,斯蒂格勒认为,德里达基于技术形成“人”的思考来界定“写作”,实际上是将写作视为技术,并且这种技术不是工具性的、后天的、替补的,而是一种原始性的技术。斯蒂格勒通过重读普罗米修斯和爱比米修斯造人的神话,说明技术绝非是一种单纯的补偿工具,而恰恰是人之为人的本质构成;人本身就是一种缺陷的存在,这并非对人性的否定,而恰恰是人性的真正起源;人类生命的悖论在于,它必须借助“非生命”的痕迹来确定生命的形式,原始性缺陷与原始性技术密切相关,人只有依靠技术性的“假肢”来弥补身体的不足才能够生存。因此,综合德里达的解构式“写作”与斯蒂格勒的“原始假肢”,包括写作在内的“技术性假肢”指向了人的解构/重构与终结/新生,这种技术性的写作—假肢“不是人体的一个简单延伸,它构成‘人类’的身体,它不是人的一种‘手段’或‘方法’,而是人的目的。在此不要忘记,人的目的的另一个含义,即‘人的终结’”①。

从技术视角而言,艺术的起源即是“技艺”。文艺最早即脱胎

① [法]贝尔纳·斯蒂格勒:《技术与时间:爱比米修斯的过失》,裴程译,译林出版社2000年版,第179页。

于劳动生产技艺，直到文艺复兴时期，人们仍把绘画等艺术视为某种技术，与工程学、解剖学等类似；黑格尔也明确指出，艺术很接近手工业。在《文心雕龙》中，充满着“工匠”慧识：画工之妙、锦匠之奇与天地之“文”可资参照；良匠与文士、斧斤与刀笔、木美与事美可堪比较；因此文心可“雕”，诗、书、歌及其“式”“范”“理”“韵”皆可“制”；而雕制的方式则包括“切”“解”“析”“勒”“刻”“刺”“割”“剖”“斫”“削”等。① 刘勰着重详细论述了文艺构思与创作的技术性：“是以陶钧文思，贵在虚静，疏瀹五藏，澡雪精神。积学以储宝，酌理以富才，研阅以穷照，驯致以怿辞，然后使元解之宰，寻声律而定墨；独照之匠，窥意象而运斤：此盖驭文之首术，谋篇之大端。”② 刘勰在这里大量借用了工程技术事物，来阐述发生在创作者身上的构思过程：铸文思需要“陶钧”（转轮，陶艺使用），寻声律需要“定墨”（墨斗，木匠使用），窥意象需要“运斤”（斧头，木匠使用），谋篇驭文需要进行包括身体加工（臻于虚静、疏瀹五藏、澡雪精神）在内的技术性程序。

而现代技术尤其是与文学活动密切相关的媒介技术的发展，使得写作的假肢—技术性凸显。麦克卢汉对打字技术之于文学写作活动的影响，展开了独到论述：打字机能够协助诗人很好地把握节奏和韵律，打字机之于诗人恰如五线谱和节线之于音乐家；同时，打字稿右侧留的空白不整齐，在一定程度上促进了自由诗的发展；打字机有助于自由诗恢复诗歌注重口语色彩和戏剧色彩的品格——总之，在打字机上进行写作“改变了语言和文学的形式”。③ 对此，弗里德里希·基特勒（Friedrich Kittler）则更进一步指出，媒

① 详细参见陆晓光：《〈文心雕龙〉中的“工匠”慧识》，《社会科学报》2017 年 9 月 14 日。

② 刘勰：《文心雕龙》，上海古籍出版社 2008 年版，第 53 页。

③ ［加拿大］马歇尔·麦克卢汉：《理解媒介：论人的延伸》，何道宽译，译林出版社 2011 年版，第 293 页。

介无法“理解”且并非如麦克卢汉所言是“人的延伸”;相反,媒介技术的发展变化构成了人类的基本状况。基特勒指出,在印刷技术出现之后,机器不仅只控制人的肌肉,它还接管了人的中枢神经系统,“为了使机械化的书写达到最佳效果,人们不再梦想以写作来彰显个性或者存留身体的印迹。文字的形式、差异和频率都减化为各种格式。所谓的‘人’分裂成生理结构和信息技术”[1]。根据他的分析,作为计算机键盘技术的前身,打字机的发明使得写作行为自动化,打字机让写作成为文字处理,而解除了个性和书写文本的联系,曾经神秘化的写作不再是内在性的终极表达形式;与此同时,打字机将自身影响带进了作家的写作中,它通过组织书写空间,不仅改变了文本的物质性,也改变了人类理解的可能性。

因此,正如基特勒所分析的,机器化写作沟通“生理”(有机)和“信息”(无机),实际上已经是一种后人文主义的“人—机”写作——这种全新的写作模式的可能性,在控制论、信息论的基础上,在数字技术、人工智能技术的加持下,已经成为现实性的,并且不断展开迭代演进的经验领域。

就“机器写作”命题而言,所有的写作都要落实到基础性、物质性的能指—符号层面,也要深入到人与非人(机器)的本质关系层面。在这里需要再回到德里达关于“文字/写作/延异”一体的洞见及其后人文主义内涵之中。

在德里达看来,文字从根源上来说不仅不是单纯的人的工具和技巧,文字作为“写作语言”或“书写符号”甚至在“被确定为人或非人的特点之前”就具有终结“人”及其心灵和精神创造的特质:“文字本身通过非语音因素所背叛的乃是生命。它同时威胁着呼吸、精神,威胁着作为精神的自我关联的历史。它是它们的终结,是它们的限定,也是它们的瘫痪……它妨碍精神创造活动,或使这种

---

① [德]弗里德里希·基特勒:《留声机 电影 打字机》,邢春丽译,复旦大学出版社2017年版,第17页。

创造活动无所作为。”①文字因此便成了“存在的生成过程的差别原则”，这种“差别原则”变成了一种悖论式的起源。德里达指出，个人言语与写作的文字之间，并不是传统的内/外、本质/替补的等级关系，而是相互独立和平行的。如 différence（差异）和 différance（延异）这样的同音词，其意义的区别也需要通过书写才能显现。德里达所要最终凸显的是“延异”的根本性，文字或者“原文字”（archi-ecriture）正是一种延异的痕迹，“痕迹不仅是起源的消失——在我们坚持的话语之内，并且按照我们选择的途径——这也意味着起源并未消失，它只有反过来通过非起源，通过痕迹，才能形成，因此，痕迹成了起源的起源”②。

德里达进一步论述了文字（痕迹）与延异的关系：“没有时间体验的最小单元的保留，没有将对立作为对方而保留在同一物中的痕迹，差别就不可能发挥作用，意义就不可能产生。”③因此，文字作为痕迹是具有生成作用的“延异”，是一种将能指（表达形式，可感的）与所指（内容意义，可知的）悖论地同时并置在一起、并将它们展开的事物。因此，德里达指出，延异就是“形式的构造”，而“痕迹事实上是一般意义的绝对起源”。④ 更进一步，德里达将“痕迹”界定为一种人/物、理想/现实等之间的悖论式起源，作为“痕迹”的“原始文字”是言语活动的最初可能性，也是人从自身向外延展的可能性：“这种痕迹乃是最初的一般外在性的开端，是生与死、内在与外在的神秘关系，即间隔。”⑤在德里达看来，外部、空间、客观等这些我们认为习以为常的东西，事实上“如果没有书写语言，如果没有作为时间化的分延，如果没有铭记在现在的意义中的他物的

---

① ［法］雅克·德里达：《论文字学》，汪堂家译，上海译文出版社 2015 年版，第 35 页。

② ［法］雅克·德里达：《论文字学》，汪堂家译，上海译文出版社 2015 年版，第 87 页。

③ ［法］雅克·德里达：《论文字学》，汪堂家译，上海译文出版社 2015 年版，第 89 页。

④ ［法］雅克·德里达：《论文字学》，汪堂家译，上海译文出版社 2015 年版，第 92 页。

⑤ ［法］雅克·德里达：《论文字学》，汪堂家译，上海译文出版社 2015 年版，第 101 页。

缺场,如果不与作为活生生的现在的具体结构的死亡发生关联,这些习以为常的东西就不会出现”①。——这也是沃尔夫所言之德里达“写作即差异”的后人文主义向度。因此,作为书写语言、作为延异的文字痕迹,乃是沟通人/非人、内/外、新生/终结的媒介,这种“文字”观念,是在人文主义话语与反人文主义话语之间的振摆生成,文字能够排除感觉/理解、自然/文化、天然/技术等之间的二元分立。

在德里达看来,文字痕迹作为延异是跨物种的,是与控制论相通的,其中的关键是“程序”这一概念——这在沃尔夫看来,就是一种非常典型的后人文主义维度。德里达指出,勒鲁瓦—古朗等人类学家提出了“程序”概念,“而不是求助于那些通常用来区分人与其他生物的概念(本能与理智,言语的、社会的、经济原则的缺席或在场,等等)。对‘程序’概念自然必须从控制论的意义上加以理解,但是控制论本身只有通过痕迹的可能性的历史才能得到理解,而痕迹是延长与保留的双重运动的统一性”②。在德里达看来,这种运动远远超出了人文主义式的“意识意向性”的可能性,“从所谓的‘本能’行为的基本程序开始直至电子卡片索引和浏览器的构造,痕迹扩大了分延和存储的可能性:它在同一种进程中构造并抹去了所谓的意识主体性、它的逻各斯及其神学属性”③。

如此一来,借由“程序”这一操作性路径,德里达明确指出其有关“写作—文字—痕迹”思想与控制论之间的关系:“生物学家们今天将生命细胞中最基本的信息过程与文字和程序联系起来。最后,不管控制程序是否有根本界限,它所涵盖的整个领域也是文字的领域。假如控制论可以单独排斥包括灵魂、生命、价值、选择、记忆等概念在内的所有形而上学概念(不久人们还用这些概念将机器

---

① [法]雅克·德里达:《论文字学》,汪堂家译,上海译文出版社 2015 年版,第 101 页。
② [法]雅克·德里达:《论文字学》,汪堂家译,上海译文出版社 2015 年版,第 123 页。
③ [法]雅克·德里达:《论文字学》,汪堂家译,上海译文出版社 2015 年版,第 123 页。

与人对立起来)，它就必须保留文字、痕迹、书写语言或书写符号概念。”[①]德里达认为，控制论程序所覆盖的整个领域将会是书写的领域，只有将自身理解为踪迹作为“前摄”和“留置”双重运动结合的可能性的历史，控制论才是可以理解的。

对此，海尔斯更具体地从机器写作时代的控制论与写作技术角度概括指出，德里达的观念“把叙述者由说话者变成了书写者，或者更精确地说，变成了一个不在场景之中但铭写却始终指向的那个人”[②]。根据海尔斯的分析，信息论的发展将德里达关于写作与控制论的观念又向前推进了一步，由于写作让位于由二进制数码支撑的“闪烁的能指”，“叙述者”与其说变成德里达意义上的“书写者”，不如说变成一个“获准使用相关代码的电子人”。[③]

如此一来，从德里达关于文字/延异与控制论的关联，到海尔斯从信息论角度来连结控制论，沃尔夫所明确提出的“写作即延异”的后人文主义内涵，在当代跨学科语境下，得到了系统性的呼应。当然，如此这般“写作”的系统论、控制论、信息论原理与技术化路径，在实践中指向了更为复杂而系统的语言—媒介域。

基特勒指出，在媒介盛行的时代，“写作一直都是大脑心理学和通信技术之间的短路连接”[④]，他借由拉康的理论将“作家”视为无法到达的“真实界”，作家的“分身”则是“想象界”，而“机器写作”则是作家的“象征界”。在基特勒看来，以语言符号为基础的象征界则是可以达到的，他借助对索绪尔的超越来提出这种可能性，认为索绪尔基于“语言/言语”的区别“即存储库中符号的可能组合

① [法]雅克·德里达：《论文字学》，汪堂家译，上海译文出版社2015年版，第11页。

② [美]凯瑟琳·海尔斯：《我们何以成为后人类：文学、信息科学和控制论中的虚拟身体》，刘宇清译，北京大学出版社2017年版，第58页。

③ [美]凯瑟琳·海尔斯：《我们何以成为后人类：文学、信息科学和控制论中的虚拟身体》，刘宇清译，北京大学出版社2017年版，第58页。

④ [德]弗里德里希·基特勒：《留声机 电影 打字机》，邢春丽译，复旦大学出版社2017年版，第251页。

与实际表达之间的区别"[①]来建立语言学，由此"语言"系统具有准自动化的生成"言语"的功能。因此，基特勒指出，"一旦索绪尔的《普通语言学教程》变成了语言分析和生成的通用算法，微处理器就可以从报告人的讲话中提取出语音库"，而当前"模拟信号已经进入简便的数字化时代，通过递归数字滤音器进行处理，计算它们的自动相关系数并进行电子存储"，因此，第二步即包括所有的语言合成，便得以在基于算法逻辑的"对可能性的复制"，与叙述话语的"事件性"之间，以技术—媒介的方式生成。[②] 如此一来，我们在前面所讨论的从巴特融合反人文主义式"语言"与人文主义式"言语"的倾向，到后人文主义理论建构中的系统性/事件性沟通的诗学向度，在数字化的技术—媒介时代通向了一种新的可能的诗学空间。

我们在基特勒的论述中，已经窥见了当前机器写作/人工智能写作中"算法逻辑"所依赖的基本媒介机制及其媒介化、技术化的写作生成原理。在当前，AI 写作作为一种文艺生产方式，已经成为一个在实践中逐渐丰富其内涵和外延的领域。尤其以 ChatGPT 为代表的人工智能大语言模型，以日渐成熟且仍在不断进阶的文本生成模式，剧烈地挑战了文化表征和意义生产的既有范式，不断衍生出新的诗学命题。如果说 20 世纪主要还是以"动力机器"为主的技术时代，人与机器之间是一种使用操作、主客之间的"间性互动"(inter-)；那么到了 21 世纪，生物技术与数字信息技术开始深度融合，人工智能智慧时代的开启，人与机器技术之间便进入了一种"内在交互"(intra-)的关系阶段。

因此，在后人类语境中考察写作的理论价值和现实意义所要

① ［德］弗里德里希·基特勒：《留声机 电影 打字机》，邢春丽译，复旦大学出版社2017 年版，第 87 页。

② ［德］弗里德里希·基特勒：《留声机 电影 打字机》，邢春丽译，复旦大学出版社2017 年版，第 87—88 页。

面对的，是有关人工智能/机器写作等时代问题；而这种考察所要面临的，是更深入地勾连跨学科、跨领域之知识鸿沟的难题；而其最终的诗学指向，则是如何将“写作”的媒介性、技术性、物质性在“算法逻辑”主导的后人类语境下，与一种系统性的、后—主体的“感性机制”相沟通。因此，沃尔夫、海尔斯、基特勒等后人文主义范式的关于写作与控制论、信息论，以及写作的技术—媒介属性的探讨，还仅是打开了一个可能的理论空间而已。

第四章　以词为物：从文本、媒介到自创生诗学

西方文学理论在20世纪确立了其现代形态，其中最重要的转折之一，就是与索绪尔语言学理论密切相关的“语言论转向”，文学理论由此将研究的重点聚焦到了“作品/文本”这一中心维度上。受语言论的影响，从俄苏形式主义、英美“新批评”到结构主义、后结构主义，文本/形式/结构成为理论与批评的中心。如果说近代哲学的“认识论转向”以理性主体强化了人文主义模式，那么“语言论转向”大致看来是反其道而行之的，索绪尔影响下的研究模式是一种典型的“反人文主义”理论范式，语言结构对主体的建构与生产所彰显的，不是“人说语言”，而是“语言说人”。拉图尔指出，语言论/符号论转向之后，“文本具有首要地位，它所表达的或者传递的意思则是次要的。说话主体被转变为了由意义效应所产生的诸多虚构物”①。伊格尔顿也指出，能指/所指的语言系统模式推广到文化社会领域，它“在括起真实客体的同时也括起了人类主体”，结构主义视野下的作品既不涉及一个对象，也不是个别主体的表现，而是一个有独立生命的“规则系统”，它不受制于个人主体（作者）的主观意图，主体被化约为“非个人性”结构之功能；而结构则取代人成为新的主体，“结构”是自律统一的，能够进行自我修改。因此，

---

① ［法］布鲁诺·拉图尔：《我们从未现代过——对称性人类学论集》，刘鹏、安涅思译，苏州大学出版社2010年版，第72页。

伊格尔顿明确指出，结构主义是“反人本主义的”（anti-humanist）。①

在人文主义话语范式中，诗学聚焦的是作为文艺审美活动对象的文学“作品”所包含的思想、意图、主题、观念等更倾向于精神性的维度；而作为一种反人文主义话语范式，语言论转向下的文学“文本”主要是被当作自足自律的、在语言系统中封闭运作的事物，文本并非嵌入世界而与世界进行“差异/沟通”之物——这也使得语言/文本变得无远弗届，从而逐渐失去了其作为沟通人与世界的系统性的媒介功能。

而在一种具有后人文主义范式意义的诗学探索中，理论家们对与文本、符号、媒介等物质性维度密切相关的文本之“身体”以及“具身性”问题的关注，展开一种更为复杂的关于形式/内容/质料悖论沟通的系统探索，从而嵌入一种基于自创生理论的人/非人沟通中，并由此在一种广义的媒介系统论之下导向了世界/事物的向度。因此，本章将由自创生“后—主体”诗学展开的“写作”基础动力学，进一步向语言—文本—媒介的维度延伸，综合关于生物、语言、艺术和社会的自创生理论，将一种反人文主义的文本诗学向一种后人文主义的媒介诗学引渡。

第一节　从文本间性、媒介间性到媒介本体

2024 年，华东师范大学王峰教授文学计算团队采取大语言模型、提示词工程、人工后期润色相结合的方式，在人—机交互中完成了百万字的人工智能小说《天命使徒》，将文学的“算法逻辑”探

① ［英］特里·伊格尔顿：《二十世纪西方文学理论》，伍晓明译，北京大学出版社 2007 年版，第 110 页。

索推向了一个新的可能领地。如此这般的 AI 文学具有重要的诗学症候意义，它不仅涉及意义生产的文化技术机制转型，也在新语境下引发了对“作者之死”“文本间性”等诗学问题的重审。

当然，人工智能写作不是对巴特“作者之死”的终极印证，而是一种反人文主义的文本诗学在后人类语境下的单向度操演，这种操演需要在人文话语的范式转换中，在关于媒介—文本的系统论视野下，展开历史性反思与批判性考察。

一、“语言论转向”与“文本间性”

索绪尔认为，言语活动作为一个整体来看是多方面的、性质复杂的，同时横跨物理、生理和心理等诸多领域，因此“我们没法把它归入任何一个人文事实的范畴，因为不知道怎样去理出它的统一体”，[①]主张将个人因素排除出去，研究使言语活动成为统一体的“语言结构”。在索绪尔看来，“言语”是个人的意志和智能的行为，而“语言”不是说话者的功能，而是“言语活动的社会部分，个人以外的东西；个人独自不能创造语言，也不能改变语言；它只凭社会的成员间通过的一种契约而存在”[②]。在索绪尔看来，语言虽然也表达观念，但首先是一个符号系统，“语言学家的任务是要确定究竟是什么使得语言在全部符号事实中成为一个特殊的系统”，符号有其自身的系统性，“符号在某种程度上总要逃避个人的或社会的意志，这就是它的主要的特征”，[③]个人的言语表达活动是受制于整体的语言结构的。

拉图尔指出，索绪尔所引发的语言论/符号论转向，认为“如果

① ［瑞士］费尔迪南·德·索绪尔：《普通语言学教程》，高名凯译，商务印书馆 2002 年版，第 30 页。

② ［瑞士］费尔迪南·德·索绪尔：《普通语言学教程》，高名凯译，商务印书馆 2002 年版，第 36 页。

③ ［瑞士］费尔迪南·德·索绪尔：《普通语言学教程》，高名凯译，商务印书馆 2002 年版，第 38—39 页。

一方面不将作为参考框架的自然世界排除在外，或者另一方面不将言说或者思维主体的身份摒弃不论的话，那么意义的自治性就不可能"[1]。对此，拉图尔进一步引述了格雷马斯的观点指出："这些哲学的伟大之处在于它们抛弃了所指与言说主体的双重暴政，从而发展了诸多的概念而为转义者(即语言——作者注)辩护——转义者不再是一种能够将意义在自然和说话者之间进行双向传输的简单的传义者或者载体。文本和语言制造了意义，它们甚至产生出了内在于话语和内在于(一定话语之中的)说话者的指称(reference)。"[2]因此，"语言论转向"可以大致视为将语言从"人"之内转移到"人"之外的转向，即在一定程度上，它是把语言从人类的心灵、情感、主体意向性的从属位置中转离出来，进而确立自身，甚至以语言来反制、打造"人"的过程。

索绪尔所强调的语言"结构系统"主导"个人言语"的观念，在结构主义思潮中得到了全面而深入的阐发。如艾布拉姆斯所指出的，结构主义者的主要兴趣"不在于文化的言语而在于文化的语言；即他们感兴趣的不是某种特定的文化现象或文化事件，除非这种文化现象或文化事件能使人了解形成其意义的总体系统的结构、特征和规则"[3]。因此，总体而言"就其试图建立文学科学的尝试及其显著概念而言，结构主义的激进方式与传统人文主义批评的假说和主导观念分道扬镳"[4]。

作为一种精神分析与结构主义的结合，拉康将人类心灵"内

① [法]布鲁诺·拉图尔:《我们从未现代过——对称性人类学论集》，刘鹏、安涅思译，苏州大学出版社2010年版，第71页。

② [法]布鲁诺·拉图尔:《我们从未现代过——对称性人类学论集》，刘鹏、安涅思译，苏州大学出版社2010年版，第72页。

③ [美]M.H.艾布拉姆斯:《文学术语词典》(第7版)，吴松江主译，北京大学出版社2009年版，第601页。

④ [美]M.H.艾布拉姆斯:《文学术语词典》(第7版)，吴松江主译，北京大学出版社2009年版，第603页。

在”起主导作用的“无意识”,与人类社会从“外在”生产主体的“语言结构”结合起来,使语言获得深刻的反人文主义意涵,并因其立足于“人”之内在维度,而被后人文主义理论家所进一步重视和援引、阐发。拉康明确提出“无意识具有语言的结构”的命题,他将“主体”心理结构的形成与“语言”象征结构结合起来,将“主体”与“自我”进行了区分:自我不是主体,如果说自我是属于“想象界”的话,那么主体则是属于“象征界”的。在语言结构与心理结构之间,拉康将“能指”看作是意识的“言语”,而“所指”则是无意识的“语言”;无意识的语言操纵着主体意识的言语表征活动,并且其运作是绕过“我思”的。由此,拉康纠正了弗洛伊德所主张的无意识先于语言的观点,强调无意识与语言同时产生;当语言与欲望发生龃龉之时,无意识便浮现,并借助话语而强加给主体,无意识存在于意识话语的空白之处。对此,伊格尔顿概括道:“在拉康看来,无意识就是语言的一个特定效果,一个为差异所发动起来的欲望过程。当我们进入象征秩序之时,我们进入语言本身;但这一语言,无论是在拉康看来还是在结构主义者看来,都从来不在我们的个别控制之下。相反,我们已经看到,语言并不是我们可以自信地操纵的工具,却是从里面分割我们的东西。语言总是先于我们而存在:它总是已经‘在位’(in place),等着为我们指定我们在它里面的种种位置(places)。”①

拉康提出了“能指/所指”(S/s),并将索绪尔为两者所确立的一体关系割裂开来,使之成为独立的存在,认为所指是不断滑动的,而能指则是漂浮着的。最终,拉康将无意识定义为“他者”的话语,并且在此“他者”主要是一种“语言秩序”,这种语言秩序既创造了贯通于个人的文化,又创造了主体的无意识;而独立的主体是不存在的,在拉康看来,主体不是同一的而是与他者辩证依存的。因

① [英]特里·伊格尔顿:《二十世纪西方文学理论》,伍晓明译,北京大学出版社2007年版,第174页。

此，正如贝明顿从后人文主义视角所指出的，在拉康这里，笛卡尔的“我思故我在”应该换成“我思故我不在，我于我不在之处方思”。①

如果说结构主义是以“语言结构”来实施一种反人文主义的语言观念，那么，后结构主义则是以“文本游戏”来进行这项工作的。巴特所谓的“文”大多不是指已然织就的“产品”，正如text这一概念的“纹理/织物”内涵，它强调的编织不停、生成不已的延展状态，在文本意指过程中，“主体隐没于这织物——这纹理内，自我消融了，一如蜘蛛叠化于蛛网这极富创造性的分泌物内”②。换言之，主体已经是编织着的“织造物”了。

“文本间性”是以“文本”的出场为前提的，“文本”取代“作品”则是结构主义尤其是后结构主义兴起的产物。在结构主义这里，“价值、作者和美学三个要素都被结构主义批评置于一边，‘作品’概念也就丧失了立足之地。取而代之的是文本，作为结构主义的科学研究对象，它无关价值、作者和美学，而只有客观的确定性”③。而在结构主义迅速向后结构主义转化的过程中，“文本间性”起着显著的标志作用。如果说结构主义所强调的“结构”之封闭性是“把符号从所指物那里分开了”，那么后结构主义“它把能指从所指那里分开”，④强调的是文本能指的游戏性和开放性。

“文本间性”（Intertextualité）源于茱莉娅·克莉丝蒂娃（Julia Kristeva）对米哈伊尔·巴赫金（Mikhail Bakhtin）“对话主义”的创造性“误读”，克莉丝蒂娃以之来阐释文本之间相互吸收、彼此参照从而形成无限开放之网络体系的形态。作为20世纪下半叶以来西

① Neil Badmington (ed.), *Posthumanism*, New York: Palgrave, 2000, p.6.

② ［法］罗兰·巴特：《文之悦》，屠友祥译，上海人民出版社2016年版，第79页。

③ 钱翰：《从作品到文本——对“文本”概念的梳理》，《甘肃社会科学》2010年第1期。

④ ［英］特里·伊格尔顿：《二十世纪西方文学理论》，伍晓明译，北京大学出版社2007年版，第126页。

方文论的关键术语，根据艾布拉姆斯的概括，文本间性意指“任何一部文学文本都是由其他文本以多种方式组合而成的，如这一文本中公开的或隐秘的引用与典故，对先前文本形式特征及本质特征的重复与改造，或仅仅是文本对共同累积的语言、文学惯例与手法不可避免的参与等方式。这些惯例与手法‘总是已经’处在合适的‘位置’，从而构成了我们生而享有的话语。因此，克莉丝蒂娃认为，任何文本事实上都是‘互文’——无数文本交叉的地方，只有通过自身与其他文本的联系才能得以存在”[①]。这样的概括具有代表性，但仍主要叙述了一种狭义的文本间性；实际上这一概念作为具有生产性的术语，随着语境变迁而不断地激进衍化。

“文本间性”内涵在巴特的思想中被深入而系统地演绎。巴特彻底颠覆了形式主义和“新批评”传统影响下的结构主义强调封闭性、稳定性的文本观念，他分析了“作品”与“文本”在七个方面的区别，指出“作品”概念作为一个传统概念，到了彻底被“放弃或颠倒”的时候；它被具有不确定性、去中心化、去文学性、去作者权威的“文本”概念所代替。[②] Text 一词来自拉丁文“texere”，意为“编织、织物”，巴特在论述文本的复数特质时道：“每个文本，其自身作为与别的文本的交织物，有着交织功能，这不能混同于文本的起源：探索作品的‘起源’和‘影响’是为了满足那种关于起源的神话。构成文本的引文是无个性特征，不可还原并且是已经阅读过的：它们是不带引号的引文。”[③]

此后“文本间性”概念不断“迁徙”，既朝着解构批评和文化研究的方向而不断泛化，是为广义的、解构的或者后结构主义的“文本间性”；也朝向诗学和修辞学方向发展，出现精密化的倾向，是为

---

① ［美］M.H.艾布拉姆斯：《文学术语词典》（第7版），吴松江主译，北京大学出版社2009年版，第635页。

② ［法］罗兰·巴特：《从作品到文本》，杨扬译，《文艺理论研究》1988年第5期。

③ ［法］罗兰·巴特：《从作品到文本》，杨扬译，《文艺理论研究》1988年第5期。

狭义的、建构的或者结构主义的“文本间性”。[①] 总体来说，“文本间性”大致仍在“语言学转向”的影响范围之内，是一种“文本主义”的体现，新历史主义等所强调的历史和文化的“文本性”也是如此，往往陷入了伊格尔顿所言之“文化主义”而不能自拔。

从研究倾向上来看，广义的、解构的“文本间性”所强调的是一种对物质性“能指”的重视。事实上，能指作为一种物质性的“音响形象”，它永远是随着不同历史时期、不同形态的媒介而发生变化的。有学者提出一种“后语言论”的“媒介转向”，认为“文学形式不仅仅表现为语言结构，更是媒介系统结构。文学世界并不只表现为文学语言建构的本真世界，更是文学媒介建构的虚拟世界。文学语言实践现实地发生在媒介参与建构的文本语境、场景语境和文化语境中。文学活动无法离开媒介将传统四要素谋和一处、联合成体的存在境遇”[②]。

这种从“文本间性”向媒介维度的转移，在海尔斯关于文学“媒介特质分析”(Media-Specific Analysis, MSA)的阐发中，以“媒介间性”(intermediality)的方式得到独特的发挥。海尔斯通过对媒介物质性的强调，将“形式即内容”“媒介即讯息”的命题推向一种倡导“物质即内容”的“以词为物”之激进立场，并且以“文本/身体”的辩证关系为枢纽，彰显出从“文本间性”向“媒介间性”转换的诗学意义。

二、从“媒介间性”到“媒介本体”

海尔斯在《写作机器》(*Writing Machines*, 2002)这部以小说的模式写成的论著中，虚构了一个叫作凯伊(Kaye)的女性来讲述她

① 详细参见秦海鹰:《互文性理论的缘起与流变》,《外国文学评论》2004 年第 3 期;周启超:《克里斯特瓦的“文本间性”理论及其生成语境》,《陕西师范大学学报(哲学社会科学版)》2013 年第 5 期等。

② 单小曦:《媒介文艺学对语言论文论的改造》,《文艺理论研究》2016 年第5 期。

的学术成长之路，并提出了这样的问题："为何我们从来没听到更多关于物质性？"（Why have we not heard more about materiality？）[①]，整部作品便围绕此一问题而展开。

海尔斯指出，印刷媒介本身的物质性"身体"一直淹没在文学批评的历史长河中，"印刷文学被普遍认为不具有身体，仅仅是言说的思想而已"；[②]因此她强调，物质性不能再被置于从属的、次要的地位，物质性在文本意义生产过程中起着关键的作用。进而，海尔斯把彰显了物质性交互作用的作品称为"技术文本"（Technotext），并且在她看来，技术文本并非狭义的电子文本，而是就普遍意义而言的，即强调文学作品的物理形式总是影响词语和其他的符号成分的含义。由此，海尔斯提出一种"媒介特质分析"的批评方法，即一种"关注使文学作品成为物理艺术品之物质装备（material apparatus）的批评方法"[③]；进而倡导一种"媒介间性"研究，强调媒介的物质形式是如何影响、改变、构成文学形式的。海尔斯通过对三个技术文本的详尽分析论述了她的批评主张：

第一个文本是塔兰·门莫特（Talan Memmott）的"超级文本"《从文块到混文》（*Lexia to Perplexia*，2000），海尔斯将之界定为"作为技术文本的电子文学"[④]。该文本总共由四部分构成，每一部分进一步可以在纵深上分成多个层级的网页，网页与网页之间层次纵横、交叉相通。与此同时，这个文本还是一个"文本机器"，读者通过点击、输入、切换等技术手段与作者（网络）合作，来实现"超级

① N. Katherine Hayles, *Writing Machines*, Cambridge and London: The MIT Press, 2002, p. 19.

② N. Katherine Hayles, *Writing Machines*, Cambridge and London: The MIT Press, 2002, p. 32.

③ N. Katherine Hayles, *Writing Machines*, Cambridge and London: The MIT Press, 2002, p. 29.

④ N. Katherine Hayles, *Writing Machines*, Cambridge and London: The MIT Press, 2002, p. 46.

文本”的可能性。

第二个文本是汤姆·菲利普斯(Tom Phillips)的手工绘本《人为档案：一部处理过的维多利亚小说》(*A Humument: A Treated Victorian Novel*, 1970)，这是一部“异书”(altered book)，作者用威廉·马洛克(William Mallock)发表于 1892 年的小说《一份人类档案》(*A Human Document*, 1892)当作画纸进行创作，书名主标题的“A Humument”即由“A Human Document”改造而来，[①]也直接体现了作者将在物质性的文本“身体”层面呈现一种“文本间性”之在场：菲利普斯在这本小说的页面上直接进行彩绘创作，将原小说大部分文字覆盖，剩余的文字则与彩绘图文搭配构成新的文本，两个文本呈现出交叉重叠的层次，海尔斯将之称为“层状地貌”(layered topographies)[②]。

第三个文本是马克·Z.丹尼尔维斯基(Mark Z. Danielewski)的《叶子屋》(*House of Leaves*, 2000)，该书的作者将书本物质性层面的层次设计技巧，与小说内容叙事层面的多重视角结合起来。书中包含着大量层次叠加、不断延伸的系列脚注，作者以此来进行一种“文本间性”的技术操作；而不同页面的语词量不均衡，编排方式也迥然不同，这些字词自身以怪异的布局来反映小说中的恐怖故事，试图实现“形式/内容”的内在指涉与互文关系。

海尔斯对这三个文本的分析，实践着一种“媒介特质分析”的批评运作，这三个文本都是通过非常规的形式来凸显文本的物质性“身体”，因此也要求阅读者抛弃常规的阅读方式，而把文本当作

---

① 作为一种文本实验，Humument 难以翻译，有学者将之译成“小品”，但难以令人满意，参见杨纪平：《文学与“物质性”的结合：谈海尔斯的〈书写机器〉》，《青年文学家》2014 年第 14 期。若从“内容/物质”之互文性的角度来看，以“人为”来强调其文本实验操演行为，将之译成“人为档案”，将会更好地体现作者将 Human/Document 杂合的内涵所在。

② N. Katherine Hayles, *Writing Machines*, Cambridge and London: The MIT Press, 2002, p. 76.从文本作为“拓扑空间”(topology)的角度，或可曰“分形拓扑”。

一个真实复杂的场所、一个客观的物理空间去探险、体验和“旅行”,以身体而非意识去感受文本的媒介物质性。

尤其需要指出的是,为了强调物质性之紧要,《写作机器》在版式设计上别出心裁地体现了“可观”之物质性,并在最后附加了一个“设计者注”,该书的设计者安妮·博尔蒂克(Anne Burdick)言道:“新的批评类型要求新的形式,而新的形式需要新的运作方式。”[①]由此,该书的设计即是为了“体现”(embodies)其内含的关键概念“技术文本”而进行的,所以它具有双重表征自我(re-represents itself)的功能,在其中作品的形式/内容是互文性关系,真正使得这本书具体化为一本物质性的书,正如该书的名字所展示的,它是一部“写作机器”:“它是一种储存和检索的工具,是文学/文献(Literature)的原初家园,是一个导航设备,是一个写作的空间,是一种知识的再现。”[②]由此,海尔斯实际上是将“新批评”所倡之“形式即内容”的观念,以及深受“新批评”影响的麦克卢汉的“媒介即讯息”相融合并超越之。

对此,我们需要进一步深入到海尔斯后人文话语的内部。在《我们何以成为后人类:文学、信息科学和控制论中的虚拟身体》中,海尔斯通过类比物质性的“身体”与“文本”,认为在两者中“信号”和“物质性”之间的相互纠缠给它们带来了一种双重性:“正如我们已经看到的,在分子生物学中,人类的身体被理解成基因信息的一种表达,同时也被理解成一种物理结构。相似地,文学文集是一个物理客体,同时也是一个表达空间。”[③]总之,两者都既是“身体”,又同时都是“信息”,所以如果只是将它们当作一种信息模式

① N. Katherine Hayles, *Writing Machines*, Cambridge and London: The MIT Press, 2002, p. 140.

② N. Katherine Hayles, *Writing Machines*, Cambridge and London: The MIT Press, 2002, p. 140.

③ [美]凯瑟琳·海尔斯:《我们何以成为后人类:文学、信息科学和控制论中的虚拟身体》,刘宇清译,北京大学出版社2017年版,第38页。

而“去物质化”，那么就会失去很多东西：“顽固的物质性曾经传统地表示书籍持久性的铭写，也同样地表示过我们作为具身生物的生命经验。从这种密切关系中，产生了由当代文学、生产当代文学的各种技术，以及生产书籍和技术的具身读者（读者也被技术和书籍生产）构成了复杂的反馈回路。”①

在海尔斯看来，“信息叙事”（Information Narratives）的特色包括重视变化与变形，应将其视为“文本中的身体”（bodies within the text）核心问题，也视为“文本的身体”（the bodies of texts）的核心问题，两者已透过控制论循环（cybernetic circuits）和信息技术连结的主体性，由小说技术将其与物质性质料结合，并进一步整合至循环之中。换言之，在海尔斯看来，信息叙事既是形式层面的，也是内容层面的。

概而言之，海尔斯的鲜明主张是反对“离身化”而倡导“具身性”，强调物质性的“身体”和“媒介—形式”对于非物质性的“意识”和“信息—内容”的内在作用，认为后者并不能消解和超越前者，仍需以前者为意义缘起生成的基础。在她看来，人的身体与文本的身体一样，同时既是物质性客体，也是意义内容的空间，两者之间进行着循环回路与相互建构。因此，除了上述的《写作机器》，包括在《我的母亲曾是台电脑》（*My Mother Was A Computer*, 2005）等论著中，她都以强调“媒介物质性”为路径来倡导“具身性”。当然，海尔斯所强调的具身性，已然超越了人类肉体身体的边界，但它总能够为非物质的内容找到合适的形式；她所倡之具身性的“虚拟身体”，乃是后人类“形式/内容”的统一，*How We Became Posthuman: Virtual Bodies in Cybernetics, Literature, and Informatics*（1999）中使用了过去式的 became，这意味着她认为这种统一已然持续发生。因此，海尔斯也以“以言行事”的话语操演方式，力图融合科

① ［美］凯瑟琳·海尔斯：《我们何以成为后人类：文学、信息科学和控制论中的虚拟身体》，刘宇清译，北京大学出版社 2017 年版，第 38—39 页。

学、文学等不同的叙事形式，以求更完整地阐述（或者说再现/表征，即她一定程度上所批判的 re-presentation）她关于后人类的理论主题。如此一来，海尔斯呈现一种后人类“理论主题/叙事形式”相契合的话语追求，强调以人类身体为核心的后人类观念，与文学的“身体”即文本形式，两者是一体相融的；换言之，文学以一种具体的“叙事”而非抽象的“理论”践行着后人类观念，展演一种“叙事”与“具身”获得某种程度之“同一性”的“后人类叙事学”①。

这样一种对文本“身体”与文本中的“身体”的审视，实际上是通过“以词为物/以物为词”的双向融合，力图沟通“内容/形式”之间的割裂。而在后人类语境下，这样的悖论式沟通，深刻地关联到了意义/物质、表征/在场、人/非人等基本范畴；媒介的“物质性”并非单维的，文本的“身体”也并非隐喻或类比，而是都处在复杂的人与“媒介”的内在关系中。换言之，“文本”需要回归“媒介”这一更具本源性和沟通性的层面来重审；而这样的重审，需要将“媒介”观念从一种“间性论”推进到本体论层面。

基特勒认为，在希腊哲学传统中，亚里士多德的本体论只涉及各种事物的内容和形式，而不研究这些事物在时间上和空间上的相互联系，因此物质性的“媒介”仅被归入感知的理论中。他指出，亚里士多德在《论感知》（*On the Senses*）里首次将一个普通的希腊前置词 metaxú 即英文的 between 变成了一个哲学概念，tòmetaxú 即媒介，“在缺席与在场、远与近、存在与灵魂的‘中间’（the middle），所存在着的不是别的什么，而是一种媒介关系（mediatic relation）”②。基特勒提出，我们完全有理由做如此推想：“形式与内容属于最初起源于技术之物（technical things）的范畴，尔后又或多

① 汤拥华：《重构具身性：后人类叙事的形式与伦理》，《文艺争鸣》2021 年第 8 期。

② ［德］弗里德里希·基特勒：《走向媒介本体论》，胡菊兰译，《江西社会科学》2010 年第 4 期。

或少地被强制性转向自然之物的范畴。”①他以海德格尔《艺术作品的本源》里面有关“艺术”为“艺术品”和“艺术家”的共同本源的阐述为例指出，内容和形式是以成型的雕塑作品而非原始的质料呈现给我们，这说明了“形式与内容的对立起源于技术，而非起源于自然的与生活的形式”。②

这样的探索参照海尔斯关于“形式/内容”一体的具身性考察，实际上在当代的媒介语境下，导向了一种迥异于福柯式反人文主义话语的后人文主义媒介本体论——即指向“媒介”作为词/物、人/非人之融合的本体论层面。

首先，人与媒介之间存在深刻的本体论关系。广义而言，“媒介”往往将人类所创造发明的技术事物涵括在内，媒介作为人造之技术事物是“自然人化”的产物，是身兼自然性与社会性的实践范畴。因此，媒介事物（如麦克卢汉所言，即广义的技术物）在其本体论意义上，是主体与世界、人/非人等之间交互衍化、互动生成的中介；如斯蒂格勒所言，也是形构“人性”的“原初假肢”。因此，正如基特勒所指出的，媒介不能按照一种人文主义模式，将之视为“人的延伸”；人无法“理解”媒介，相反，媒介参与了人的构成，技术先于人的精神、价值和意义，人需要借助媒介来理解自身。因此，基特勒主张以一种关于媒介“技术”的本体论来取代福柯的历史先验论，将福柯相对抽象的“知识型”概念发展成为具体的“话语网络”（书写系统）。在福柯看来，权力话语塑造了“人”；但是在基特勒看来，媒介深度参与乃至塑造了人类的历史。

其次，媒介参与建构了人文话语范式。基特勒指出，现代技术建构了“话语网络”，福柯的“知识型”必须围绕技术媒介才能得以

① ［德］弗里德里希·基特勒：《走向媒介本体论》，胡菊兰译，《江西社会科学》2010年第4期。

② ［德］弗里德里希·基特勒：《走向媒介本体论》，胡菊兰译，《江西社会科学》2010年第4期。

组织起来,技术媒介乃是"话语"的形塑者。在基特勒看来,19世纪的话语网络遮蔽了媒介的物质性作用,媒介是透明的,因此凸显出的是人文主义式的人之精神和个性,如浪漫主义观念等;而20世纪的话语网络则标志着媒介物质性的重新显现,从弗洛伊德到拉康,精神分析重构了主体性观念,稳定的主体不复存在,"写作"作为媒介不再是自我个性的表达。

再次,媒介形构了文本和意义生产的技术性维度。这种形构维度在现代技术更迭与媒介进化中彰显了出来。基特勒分析指出,现代尤其是20世纪以来,打字机、留声机、电影等自动化媒介技术的革新,已经颠覆了文字书写作为主要媒介的地位,打字机的发明使得"在符号与间隔的操作中,写作不再仅仅是手写的(handwritten)、从自然到文化的不间断转换。它已成为从可计算的、空间化的供给中的选择"①。打字机取代手写使得"写作"成为文字处理,这解除了作者个性和书写文本的联系,写作充分彰显了其自身的媒介物质性。

进而言之,在一种人文主义范式的"沟通"(communication)观念中,媒介往往仅被当作为人与人之间沟通服务的工具;而在基特勒看来,媒介既不是沟通的渠道或工具,也不是被政治、经济和社会结构所决定的、被动的产物,而是一种在本体论意义上的决定人之为人的展现方式,它是人的主体性构成的条件之一,正如"写作"所彰显的媒介物质性。从一种"技术—媒介"本体论出发,基特勒指出,二战后广泛兴起的计算机,再也不能被视为非物质性的、笛卡尔式"主体"对自身进行表征的"客体":"一边的电脑技术与另一边的人,被杳无尽头的反馈环路、被宛如危险自身的技术本质不

① Friedrich Kittler, *Discourse Networks, 1800/1900*, Michael Metteer and Chris Cullens(trans.),Stanford: Stanford University Press, 1990, p.194.

可分地连接了起来。”[①]如此一来，在当下“技术媒介”已经取代了心理与生理媒介，“在其终结或毁灭之时，本体论也就成了距离、传播和媒介的本体论”[②]。换言之，一种有机/无机、人体/技术交互杂合的“赛博格”主体性，乃是与媒介本体一体同构的，只不过因技术媒介形态的时代之异而迥然有别而已。

第二节　“差异”即“媒介”：自创生与媒介系统论

媒介具有在本体论层面融合词/物、人/非人的后人文主义内涵，但其中具体的运作机制，需要进一步参照系统论的视野。其缘由在于，媒介本身作为技术物乃是人/物杂合之形态，同时它又在历史上参与了人性的形构，人与媒介的关系存在着多维度、多层面的复杂机制。与此同时，媒介不仅是“自然人化”的技术事物，也是传播/沟通/交往之中介、载体或渠道、场域，是作为事物交互之“间性”的具身存在，是社会系统构成不可或缺的枢纽环节。因此，媒介本体论的诗学所向，在于它以语言—媒介为轴，连通了人与“非人”、人与世界之间的内在、本质的关系维度。这样的维度，进一步在一种“自创生”的媒介系统论中，得到了更具建设性的理论探索。对此，需要进一步聚焦作为后人文主义思想资源的鲁曼的系统理论。

如前文所述，鲁曼的系统论重视语言对于主体自创生的系统性功能和作用，但实际上，他是在更广义且更基础的语言作为媒介—沟通的层面来审视的。鲁曼既以“系统”来替代“生态/环境”，

① [德]弗里德里希·基特勒：《走向媒介本体论》，胡菊兰译，《江西社会科学》2010年第4期。

② [德]弗里德里希·基特勒：《走向媒介本体论》，胡菊兰译，《江西社会科学》2010年第4期。

也以此为视域来探讨媒介问题;他从社会系统视角出发,将沟通/交往/传播中的中介物或环节乃至中间地带,都视为“媒介”,进而剖析媒介作为社会系统性运作的沟通作用,并在此基础上论述社会沟通媒介问题,从而深入到人/非人系统性沟通的基础层面和内在原理。

一、基本定位:“媒介”作为系统性的“差异”即“沟通”

作为与哈贝马斯齐名的当代著名社会思想家,鲁曼系统论视野下的媒介—沟通理论,首先可以对照哈贝马斯来考察。在哈贝马斯看来,交往理性与工具理性行为之间的关系史是人类历史的主线,而交往作为人与人之间的沟通是“主体间性”的,是以人的理性之“同”为基础,社会规范也建立在此基础上;沟通的可能性即在于理性的、主体间性的认同,即一种基于对人性的普遍假定,这也是对抗工具理性的基础。而在鲁曼看来,沟通(交往)并不是一种主体间性的理性认同,其基础在于“异”——沟通得以运作的基础在于差异,“差异”本身作为一种“媒介”,就是沟通本身;换句话说,当两个事物之间的差异、不同、区分显示出来,就已经是它们之间的一种沟通了。在鲁曼的理论中,“差异”作为不同事物之间得以沟通的“媒介”,差异、沟通、媒介三者事实上是一体的。

但如果停留于此,鲁曼的媒介—沟通理论就仅是对现象的抽象化概括;相反地,他通过对“差异/沟通”的独到论述,进行了系统论的严密论证。鲁曼将系统分为社会系统、心理—意识系统、机器、有机体四类,并通过改造运用马图拉纳和瓦雷拉的生物学自创生系统论进行理论建构。

与哈贝马斯基于人的主体性、以理性意识来寻求沟通/交往不同,鲁曼认为,人的意识系统彼此之间无法接近,因为意识系统以封闭的方式运作,“我们本身作为一个个体,并无法感知其他个体的感知,或者思考其他个体的思想,而且甚至无法生产出可以被视为他人的运作，反而永远只能是自身的运作而已"[①]。——这也是为什么沟通是必要的原因所在。鲁曼指出，我们如何在"建立共有基础"的意义上进行相互之间的沟通，古典的答案是将这一问题诉诸类比推理，但实际上这只是将问题推移至下一个问题而已，即：人们如何相信自己的建构，可以表现出真正的实在(reality)？对此，鲁曼提出了解决方案："我们可以假设，自我再制的系统藉由自身的运作封闭性来生产差异，也就是生产系统与环境的差异。而且我们可以看见这个差异。我们可以观察另一个有机体的外部面，并且藉由'内/外'的形式来推断不可观察的内部面。我们无法测试这些推论的'真理'，但却可以在系统中测试它们的一致性。"[②]这是一种系统论的路径，鲁曼将"个人"视为一个自创生系统，它既彰显出与包括其他人在内的"环境"之间的差异，同时这种"差异"本身就已经是一种"沟通"；具体来说，每个系统都是开放/封闭的统一体，人与人之间的沟通不是个体与个体的沟通，而是系统与系统的沟通。

鲁曼认为，在沟通过程中起主导作用的并非人的"意识"，意识的作用是相当有限而非全能的，意识只能够以非常有限的方式为社会沟通所用；而相较于意识，沟通所进行的是一连串相当缓慢且耗费时间的符号转化过程，若是参照拉图尔的观点，人更接近于"行动者"而非"主体"参与其中。在鲁曼看来，社会并非由人或意识组成，而是由"沟通"组成，因此人无法沟通，人的意识也从来都无法沟通，只有"沟通"作为系统事件本身可以沟通。对于鲁曼来说，人、意识、欲望、主体、个体这些事物范畴，都是在沟通过程中"涌现"并在其中发挥特定功能；在沟通/事件之外，所有被认为是

---

① [德]尼可拉斯·鲁曼：《社会中的艺术》，张锦惠等译，(台湾)五南图书出版股份有限公司2014年版，第47—48页。

② [德]尼可拉斯·鲁曼：《社会中的艺术》，张锦惠等译，(台湾)五南图书出版股份有限公司2014年版，第48页。

沟通行动发起者的事物都不会出现。因此,沟通是一种“涌现的实在”(emerging reality),这种实在虽然是以拥有意识的生物(人)为前提,但却不能被归诸任何一种生物或者整体性的生物,而应该从系统的角度来考察。

二、主要原理:媒介作为“自创生”的系统化运作

基于“差异/沟通”的系统论定位,鲁曼进一步将“媒介”也视为自创生系统,并对其形成和运作机制进行了阐述,从而细化和丰富了媒介独特的本体论内涵。在鲁曼看来,媒介本身作为系统,最重要的是一种“耦合”即“密切结合”的自我生产能力,对此可以通过“媒介/形式”这对范畴来考察。

鲁曼指出,媒介首先出现在“中介”的基础层面,它以一种相当大量的、具有密切结合能力的“元素”形式存在,比如语言作为媒介,是以物质性的文字、文本形式存在的;同时,媒介具有一种可以衔接上任意一种耦合的能力,比如语言使我们得以创造出无数的字句(同理,货币使我们得以从事无限的支付活动,权力使我们得以做出无限的命令)。但是,媒介唯有透过建构特定的“紧密耦合”,才可以被现实化,因此可以说“媒介预设了自我再制系统的存在,自我再制系统透过它自己的产品来进行自我再生产”①。对此,鲁曼以文学艺术领域为例,基于媒介/形式/意义的关系来论述媒介的这种“自创生”系统化运作机制。

首先是差异沟通层面上的“媒介/形式”关系。任何内容的形式化表征都需要借助一定的媒介形态,并以后者为载体和场域;但从系统论的沟通视角来看,这其中并不存在一种“决定论”。对此,鲁曼以艺术沟通为例分析道:“就艺术的例子而言,我们想要测试一下这个反命题:形式会自行创造出它藉以表达自身的媒介。形式

① [德]尼可拉斯·鲁曼:《文学艺术书简》,倪尔斯·韦伯编,张锦惠译,(台湾)五南图书出版股份有限公司2013年版,第507页。

因此是一种‘更高的媒介’，一种二阶的媒介，它使得媒介与形式的差异就其本身而言可以以一种媒介的方式，也就是作为一种沟通媒介而为人所应用。”①比如，音乐作为一种沟通，只会为那些能够领会“媒介”与“形式”之间的差异，并且理解此一差异的人发挥作用。鲁曼的意思是，当媒介与形式之间的“差异”作为另一个层次之“媒介”本身显现出来时，艺术沟通就产生了：当人们欣赏艺术作品的时候，能够意识到“媒介”（噪音）与“形式”（旋律）之间的差异时，艺术沟通就发生了。这种沟通其实就是一种在“媒介/形式”之间，并对两者进行区分的另一个层次的“媒介”。因此，在鲁曼这里，“媒介”范畴实际上被分为不同层次，同时被具体化和抽象化；与此同时，一种关于媒介的“差异”本体论，而非融合、同一的本体论，也得以在“差异/沟通”的系统运作中展开。

其次是社会沟通层面上的“媒介/意义”关系。在鲁曼看来，文学形式能够组织内容并生产意义，但不仅形式具有这种自创生的自我再制能力，媒介也是如此，并且媒介具备一种更基础的社会沟通能力。鲁曼指出，“文学”本身特别使用了这样的媒介来进行沟通：“藉以透过极不可能发生的意义建构、显而易见的虚构性、吊诡、童话、以及其他许多粉碎意义期待的形式，来激发反思。文学甚至可以透过这样的方式，来引述、反讽、嘲讽它自己的成就，或者简短地说：可以让自己经受持续不断地再描述，而无须特别为此舍弃掉意义媒介，并且从外部来展现意义媒介，仿佛它是一种对象领域一般。任何一种从外部来的观看，本身就是一种内部的建构。”②鲁曼所要强调的是，文学形式本身作为一种“意义媒介”，就具有社会沟通作用，这种作用不是文学对于社会“外部”功能或文学所表征

① [德]尼可拉斯·鲁曼：《文学艺术书简》，倪尔斯·韦伯编，张锦惠译，（台湾）五南图书出版股份有限公司 2013 年版，第 158 页。

② [德]尼可拉斯·鲁曼：《文学艺术书简》，倪尔斯·韦伯编，张锦惠译，（台湾）五南图书出版股份有限公司 2013 年版，第 508 页。

之“内容”的教化或审美意义，而是文学“形式”本身所具有的系统性的沟通意义所带来的。

由此，从“媒介/形式/意义”的系统关系来看，鲁曼实际上并未舍弃形式主义以来有关文学自主/自律的立场，但却通过一种悖论式的双重指涉和媒介沟通，基于“媒介”的差异本体论而视“文学”为更基础层面的“沟通媒介”本身，从而将文学的内部与外部勾连了起来。在鲁曼看来，文学本身并不一定深藏意义，但在不使用“意义”作为一种标示“差异”之媒介的情况下，文学活动是无法进行沟通的。由此，鲁曼实际上借由“意义”问题，将一般性层面较为抽象的“媒介”，置于作为社会系统运作的沟通理解中。如此一来，媒介作为自创生系统，便得以与人作为“后—主体”的自创生系统，展开多层面、多维度的系统性沟通。

三、社会意义：作为符码化、象征性、一般化的“沟通媒介”

从基本定位与主要原理来看，鲁曼的媒介系统论或曰系统论媒介观异常缜密复杂，也显得抽象晦涩。作为功能—系统主义路径的社会思想家，鲁曼从“功能分化”而衍生出新系统的角度，阐发各个社会“子系统”的意义生产与沟通问题；而其中的核心概念，便是“沟通媒介”，这也是鲁曼媒介系统论从“系统—抽象”到“功能—具体”的呈现。

鲁曼认为，正如媒介一样，“沟通”本身形成了一个大的基础性系统，它是不能作为“对象”而被人的意识所感知的，因此，我们要问的是“如何进行沟通”而非“要沟通什么东西”，“沟通不再可以被理解为（运作上封闭的）生物或者意识系统将讯息‘传送’至另一个生物或者系统的过程。沟通是一个独立的、由意义媒介所构成的形式”[①]。这样的“意义媒介”就是“沟通媒介”。鲁曼认为，社会性

① ［德］尼可拉斯·鲁曼：《社会中的艺术》，张锦惠等译，（台湾）五南图书出版股份有限公司2014年版，第43页。

的理解不以意义的获得为目的；相反，意义是作为沟通过程的“媒介”而将理解裹挟在内，“意义”作为一种沟通过程中的媒介，是为了要应付“自我生产的不确定性”。原因在于，意义作为媒介既能够将诸种元素集合起来，还能够使得元素之间的过渡和转换成为可能；“意义”这个概念所标示的，是随着社会整体系统的功能分化，而实现不同子系统“专殊化”的“差异媒介”。例如，真理、权力、货币、爱情等作为承载意义的媒介，作为社会性的沟通媒介，具有一般化、象征性的沟通特征，其意义在于我们可以借由它们开展沟通活动。这些沟通媒介也是社会系统功能划分，以及不同子系统确立并运作的基础：如“真理”乃是科学系统进行意义沟通的媒介，“权力”乃是政治系统进行意义沟通的媒介。

沟通媒介作为社会系统运作，其中最核心的环节是“符码化”——只有符码化之后，它才具有象征性、一般化的沟通媒介的意义。“符码”（code）在鲁曼看来是一种“双重化的规则”：它能够同时表达偶然的事件或状态，也能描述普遍的规范和常态；它通过结构的创造，能够让作为功能分化的“专殊化”准则产生效力，也能使得沟通的规范展开。以艺术领域为例，鲁曼认为最重要的沟通媒介，是符码化为“美/丑”的“艺术”媒介，借助这样的媒介能够将“诗意的、技术性的作品概念纳入自身之中，但却并非终止在艺术作品的特质分析上，反而是将作品理解为非比寻常之选择的载体，而且这些选择必须能够被中介到其他的选择界域里”①。换言之，“美/丑”符码乃是艺术系统生产自身并区别和沟通于其他子系统的“媒介”。

具体而言，可以从三个方面展开分析：首先，艺术系统对于社会整体系统来说，是一种作为功能分化之结果的次级“子系统”，艺术明确地将它本身的社会功能表述为一种沟通媒介，“符码化”则

① ［德］尼可拉斯·鲁曼：《文学艺术书简》，倪尔斯·韦伯编，张锦惠译，（台湾）五南图书出版股份有限公司2013年版，第11页。

保障了艺术的“现在性”即自身领域的独特性,也由此保障了其在现实中参与社会系统运作的“可能性”。其次,各子系统之间彼此相关、互相竞争和差异指涉,只有“艺术”符码化为一般沟通媒介,艺术的“成效”对于其他社会领域而言才具有其独特价值,“因为它即使是在诸如真理或爱情、权力或金钱等媒介下,也是独特不易混淆且无可取代的”①。最后,艺术子系统内部具有自身特殊的“反思”成效,“涉及到了艺术本身作为艺术的认同,判定何者属于艺术的准则,艺术教义的领域、风格原则,以及当人们将作品生产为艺术作品时,以肯定的或者否定的方式所衔接上的问题传统等等”②。

总而言之,在整体性的社会系统中,各子系统本身的独立性并非纯然封闭而自足的。不止艺术系统,所有的子系统作为自创生系统,一方面是封闭的,有着自身的运作规则和独特的社会系统功能,不会直接地与其他社会子系统之间进行转化(真理≠权力≠货币);另一方面,每个领域本身也都可以符码化为一般性的“沟通媒介”,通过系统性的运作保持与其他社会子系统之间的开放关系(“话语权”“文化资本”等,即是不同子系统之间开放式沟通的结果)。因此,文学、艺术等作为“沟通媒介”的社会意义便在于,它们既保证了各自子系统内部的确定性和意义生产,又发挥着与其他子系统的意义沟通作用——它们本身就是社会意义的媒介载体。

综合上述三个层面,一种关于广义的、普遍意义上的“媒介”如何展开运作的媒介系统论,在鲁曼这里得到了充分展示。这种系统论不是交互式的“间性”媒介观念,也不是杂合性的媒介本体论;而是从“媒介”作为“差异”所具有的始源意义上的“沟通”作用层面,确立了一种“差异本体论”。如此一来,其诗学意义在于将多维度、

① [德]尼可拉斯·鲁曼:《文学艺术书简》,倪尔斯·韦伯编,张锦惠译,(台湾)五南图书出版股份有限公司 2013 年版,第 50 页。

② [德]尼可拉斯·鲁曼:《文学艺术书简》,倪尔斯·韦伯编,张锦惠译,(台湾)五南图书出版股份有限公司 2013 年版,第 50 页。

多层面的媒介形态及其运作，纳入一种自创生机制中，由此沟通质料/形式、物质/语言、媒介/意义等领域，从而推动从一种反人文主义式的、以语言系统为中心而"去人化"的"文本自足"诗学话语，走向后人文主义式的、"去中心化"的沟通人/非人系统内外的"媒介自创生"诗学话语。

第三节　"以词为物"与媒介/沟通：走向自创生诗学

"语言论转向"影响下的诗学取向，实际上开创了一条"以词为物"、强调文学作品的客观"物质性"的研究路径。形式主义将注意力转向文学作品自身的"物质现实"，像检查机器一样检视文学文本的运作和功能。而"新批评"则将诗歌"物质化"（materialized），调查作品的"张力""悖论"和"肌质"（texture），展示它们是如何由作品的固定结构所决定和激发的，强调作品作为"物"方面的自足性和真实性，以及其对于意义的生产性。而到了结构主义和后结构主义，文本结构与文本间性的研究则将一种"以词为物"推向新的高度。如此这般"以词为物"的路径，需要在系统论视野下展开两个层面的一体考察：一是指向"文本"内部，考察质料/形式/媒介之间的沟通是如何展开系统运作的；二是指向"语言"外部，考察语言的"物性"是如何与语言之外的事物之间展开系统性沟通的。由此，沟通人/非人系统内外的"媒介自创生"，方得以以系统论的方式进一步连接世界/事物，更好地彰显一种后人文主义诗学的内涵。

一、质料、媒介与"超越形式主义的形式"

与海尔斯在"形式/内容"的分立与融合中考察文本的具身物质性不同，鲁曼是从"形式/质料"这一更为古老的范畴出发，在艺术与媒介的关系中阐述一种更为复杂的系统论内涵。

鲁曼对"形式"和"媒介"的界定极为微妙复杂:一方面如上文所述,他将"艺术"本身视为一种社会沟通的"媒介"本身,与"真理""权力"等媒介类似;另一方面,他认为具体的艺术作品之所以能进行意义沟通,需要借助更具体的、而非一般化意义上的媒介形态,而这种媒介形态与"形式"和"质料"之间的关系复杂。鲁曼指出,艺术作品并非仅是人类活动在这个可感知的世界中所遗留下来的"痕迹",也不仅是诸如工具、房子、街头的噪音或者辐射线等"以目的为取向的行为所遗留下来的单纯残余物",如果用一个"最低限度"的标准来予以划分的话,可以说"艺术作品有助于意义的传播。而这需要一种意义的传播可以在其中(或者透过它)发生的媒介"。[①] 因此,鲁曼将不同艺术类型之间具体的媒介形态差异暂时搁置,而在抽象的、理论的层面来谈论一般艺术媒介,在他看来,如此才能将范围"从一般性的人类感知领域,延伸至特殊的象征性一般化沟通媒介的问题上"[②]来,亦即延伸至系统性的"组织"的问题上来。

鲁曼认为,"媒介"与其他的物质特性不同,因为它们确保了一种"相当高度的消解能力";而"物质"(Materie)的原始概念——即有别于"形式"的"质料",正好拥有这样的意义,后者是"某种本身是无可规定的且因此是善于接纳且被标示为仰赖形式的东西"。[③] 因此,"质料"在形而上的哲学本体论层面,"曾经是实在(Realität)的媒介,而且也是存有(Sein)与意识的实在连续体的媒介,而且最后——只要这个世界还是被视为一种 congregatio corporum(译按:集合体)的话——也是一种例如说尤其可以使感知变得可能的合

① [德]尼可拉斯·鲁曼:《文学艺术书简》,倪尔斯·韦伯编,张锦惠译,(台湾)五南图书出版股份有限公司 2013 年版,第 153 页。

② [德]尼可拉斯·鲁曼:《文学艺术书简》,倪尔斯·韦伯编,张锦惠译,(台湾)五南图书出版股份有限公司 2013 年版,第 153 页。

③ [德]尼可拉斯·鲁曼:《文学艺术书简》,倪尔斯·韦伯编,张锦惠译,(台湾)五南图书出版股份有限公司 2013 年版,第 154 页。

理性连续体的媒介”①。即是说，“质料”作为最基础性、原始的媒介，乃是沟通客观存在/主观意识、先验本体/可感事物等之间的中介物。这样的观念仍大致是一种中介本体论的媒介观念，但它立足于“质料”这一更基础的范畴，因而彰显了其中更为复杂而系统的运作层次。

在鲁曼看来，“媒介”作为更高一级的质料，是由作为质料的“元素”构成的：“媒介也同样是由元素，或者在时间面向上，由事件所组成的，但是这些元素只是非常松散地结合在一起。”②在“形式/质料”的本体划分中，两者是辩证对立的范畴，因此形式也不同于媒介。鲁曼指出，很早之前“形式藉以被提高价值作为精神（Geist）的自我指涉要素，而物质作为一种无可反思的实有，则是被放逐到区分的另一面上”，因此现在的问题是：“物质（即质料——作者注）是否可以从自身出发来获得形式，也就是说，获得事物性（Dinghaftigkeit），而且倘若可以的话，这又如何能够被辨识出来？”③

质料如何获得形式，即是媒介如何获得形式的问题。与媒介作为质料要素的组合不同，“形式是透过一种压缩诸要素之间依赖关系的方式，也就是说，透过一种从媒介所提供的可能性中做出选择的方式而产生。媒介元素的这种松散耦合和可轻易分离性，解释了我们所感知到的并不是媒介本身，而是协调媒介诸元素的形式”④。对于鲁曼的观点，我们最好回到日常生活经验加以理解和阐释。比方说，“媒介”有如作为光源的太阳，而“形式”则是处于光线中被照

① ［德］尼可拉斯·鲁曼：《文学艺术书简》，倪尔斯·韦伯编，张锦惠译，（台湾）五南图书出版股份有限公司 2013 年版，第 154 页。

② ［德］尼可拉斯·鲁曼：《文学艺术书简》，倪尔斯·韦伯编，张锦惠译，（台湾）五南图书出版股份有限公司 2013 年版，第 155 页。

③ ［德］尼可拉斯·鲁曼：《文学艺术书简》，倪尔斯·韦伯编，张锦惠译，（台湾）五南图书出版股份有限公司 2013 年版，第 154 页。

④ ［德］尼可拉斯·鲁曼：《文学艺术书简》，倪尔斯·韦伯编，张锦惠译，（台湾）五南图书出版股份有限公司 2013 年版，第 155 页。

亮的事物,前者往往被人忽略,但是实际上它通过释放、组合光学元素而使得后者现身在场。因此,与作为质料组合的媒介不同,形式乃是显现的维度,是基于媒介而对媒介本身的展现,形式与媒介之间既保持着一种差异、同时又悖论式地是一体的;既不存在一种没有形式的媒介,也不存在一种没有媒介的形式,两者既相互独立又相互依赖。

因此,在鲁曼这里,“媒介/形式”处在一种双向的关系之中,媒介生成形式,形式显现媒介;同时又因为媒介对质料因素的直接处理,形式便有了“严谨”与“软弱”之分:“前者的贯彻能力会在形式的内部不断重复出现。沙子让自己去适应于石头,反过来却不是如此。这同样也指出了媒介与形式之间关系的相对性。一个官僚组织可以被视为一种形式,但是也可以被视为一种将旨趣重叠且铭刻在自身之上的媒介。”①在这样的相对性区分中,才能够回答“形式建构”如何在物理演化中发生、从而获得有效性等问题,这些反过来又涉及语言、文字等“象征性一般化沟通媒介”是如何产生并转化成“形式”的问题。

于是,悖论便也由此产生了:若如前文所言,“艺术”本身就是一种“沟通媒介”的话,那么作为承载艺术的“形式”如何界定——“假使艺术本身就是一个媒介的话,那么什么东西是形式呢?或者换句话说:在艺术的例子中,我们如何能够辨识出媒介与形式的关系?”②艺术陷入了“形式”与“媒介”(质料)的悖论中。

对此,我们需要再次回到鲁曼提出的分析方式,亦即将“形式”本身视为“形式/媒介”之上的“二阶媒介”的系统论视角,换句话说,在鲁曼看来,形式本身既是形式,同时又是沟通形式与媒介之

① [德]尼可拉斯·鲁曼:《文学艺术书简》,倪尔斯·韦伯编,张锦惠译,(台湾)五南图书出版股份有限公司2013年版,第157页。

② [德]尼可拉斯·鲁曼:《文学艺术书简》,倪尔斯·韦伯编,张锦惠译,(台湾)五南图书出版股份有限公司2013年版,第158页。

间存在的差异的一种“媒介”，这种媒介乃是第二层次的媒介。这是与鲁曼“差异即沟通”“媒介即沟通”的系统论观点一致的，乃是一种关于“媒介”的“差异本体论”，或者说是关于“差异”的“媒介系统论”。

由此，鲁曼指出，艺术建立了它自己的涵括规则，因为媒介与形式的“差异”乃是作为另一个层级的“媒介”来使用的，一般而言，当我们将噪音听成是相对于安静的“差异”，并借此注意到它们时，“音乐却已经预设了这种注意力，并且强迫它去观察第二种差异：亦即，媒介与形式的差异”①。鲁曼将这样的思路延伸到文学的媒介问题上，认为对文学作品而言，其原始媒介是字母系统(Alphabet)，“字母系统允许那些在语言上可能的组合。透过字母式书写文字的媒介，语言可以将它的固有功能扩展为媒介，它可以在视觉上被诱发成为一种人们在口语交谈中(也就是在听觉上)逐渐衰退的新组合。同样的情况也发生在每一种书写文字的语言上，但是，如果书写文字的语言被使用来获得艺术的形式时，这样的情况便会被再度增强。同样在这里，相同的规则会不断重复，而且多亏它那受到限制的形式，这种充满艺术性的表达方式才会铭刻在媒介上”②。简单举例来说，在鲁曼看来，“字母系统”作为基础的媒介，能够凸显出散文与诗歌在形式上的差异，并因此能够引发反思；同样地，散文与诗歌(文学内部)之间的“差异”作为“二阶媒介”，也能够凸显诗歌或散文与日常生活语言(文学外部)的“差异”，正是在这样的“差异作为媒介”的系统性沟通中，“文学艺术作品导向了语言的发明，而且并非巧合的，也导致了这样一种发明因此被科学化：导向了一种语言学，它所设定的目标并非仅仅在于：

---

① ［德］尼可拉斯·鲁曼：《文学艺术书简》，倪尔斯·韦伯编，张锦惠译，(台湾)五南图书出版股份有限公司2013年版，第159页。

② ［德］尼可拉斯·鲁曼：《文学艺术书简》，倪尔斯·韦伯编，张锦惠译，(台湾)五南图书出版股份有限公司2013年版，第160页。

控制文法而已”[①]。

因此，在鲁曼看来，形式与媒介（质料）之间的悖论式关系，使得文学艺术成为一种沟通、一种可能性空间的展示，媒介和形式与“熵”（混沌）和“负熵”（秩序）之间具有竞争关系。[②] “形式”具有系统性的自我生产功能，它能将“自我指涉”与“他异指涉”结合起来；“形式”自身能够标示出与“媒介”和“质料”的差异，并将这种差异标识为更高一级的沟通“媒介”本身，因此，差异即媒介即沟通。如此一来，一种严密且开放的文艺系统论，据不同层次和维度的“媒介”而展开了动态运作；由此，作品同时作为“封闭/开放”的系统，它与人、世界之间系统性沟通呈现了一种去中心化的、也非决定论的内在关系——这在沃尔夫看来，彰显了一种后人文主义系统论诗学的运作机制。

沃尔夫将这种立足“媒介”的系统论诗学，进一步引向“人”的维度。鲁曼的系统论调动了“形式”这一概念所蕴含的“自动形构”的内涵，即一种“自创生”内涵，由此阐述了艺术“自我生产”的悖论动力学。根据沃尔夫的解读，在鲁曼的艺术理论中，“感知”和“质料”对于形式问题来说是从属性的，对于形式与“保存的悖论动力学”（the paradoxical dynamics of observation）之间的关系来说，也是从属性的。[③] 他指出，鲁曼所强调的是“知觉”与“沟通”之间的差异的重要性，艺术作品的意义不能被简化为其知觉的、物质的或者现象层面的东西；相反，艺术作品使得“知觉”（物质质料）和“沟通”（包括“媒介”尤其是“形式”）之间的“差异”共存，并且将这种

① ［德］尼可拉斯·鲁曼：《文学艺术书简》，倪尔斯·韦伯编，张锦惠译，（台湾）五南图书出版股份有限公司2013年版，第161页。

② ［德］尼可拉斯·鲁曼：《文学艺术书简》，倪尔斯·韦伯编，张锦惠译，（台湾）五南图书出版股份有限公司2013年版，第161页。

③ Cary Wolfe, *What Is Posthumanism*, Minneapolis: University of Minnesota Press, 2010, p. 268.

差异重新置于自身的沟通中，重新置于自身的意义中。[①] 沃尔夫以鲁曼对诗歌之独特性的理解为例，认为他是以“自创生闭合”以及心理系统/社会系统、意识/沟通等之间的差异为核心的；更宏观而言，鲁曼是以一种后人文主义的方式来理解它们的：“表达”（expression）不是在语言中揭示“人”自身心理的或情感的内在性或意向性，表达是一种具有解构性和系统性的“差异之装置”（a set of difference）。[②]

鲁曼根据一种自创生系统论，认为“语词作为一种媒介的选择，对贯穿整个文本的自我指涉和他异指涉产生了一种引人诱人和不同寻常的密切结合……文本—艺术（text-art）通过自我指涉性指涉的方式来组织自身，这种指涉将声音、韵律和意义等元素结合起来。这种自我指涉和他异指涉的结合乃是基于语词的感官感受力”[③]。沃尔夫指出，这两方面必须严格区分：其一是与抽象相关的，与艺术作品的形式关联的自我指涉的“递归动力学”；其二是独特的与语词作为媒介的可感知的、物质性的层面，即与传统的韵律装置相关的（prosodic devices）层面。[④] 而对于鲁曼来说，最重要的是“沟通”与“知觉”之间的差异，当能指的物质形式（质料、媒介）看起来重复了沟通的语义学的时候（就像押韵、节奏等形式），两者在诗歌中奇迹般地重合一致了；或者更准确地说，在其中能指的“物质形式”与语词的“语义内容”具有系统的关联性，即使这种关联性是一种系统性的差异或悖反。

---

① Cary Wolfe, *What Is Posthumanism*, Minneapolis: University of Minnesota Press, 2010, pp. 270-271.

② Cary Wolfe, *What Is Posthumanism*, Minneapolis: University of Minnesota Press, 2010, p. 272.

③ Cary Wolfe, *What Is Posthumanism*, Minneapolis: University of Minnesota Press, 2010, pp. 267-268.

④ Cary Wolfe, *What Is Posthumanism*, Minneapolis: University of Minnesota Press, 2010, p. 268.

因此,根据沃尔夫对鲁曼的解读,最不具有韵律的诗歌,才是最属于诗歌本身的东西——因为艺术作品对自身的偶然性的超越,以及形式的递归性自我指涉,而非语言作为媒介的物质属性和知觉的物质性,才是至关重要的;但这种形式的自我指涉又需要借助于物质媒介之间的差异对比,才能凸显其自身,这是一种差异/沟通的悖论。以抒情诗为例,重要的不是抒情的内容而是形式,但是语词的形式在这里乃是一种"沟通媒介"本身;抒情诗将艺术作品与其自身的"自我描述"结合为一体,诗歌的目标在于"描述活动和被描述对象之间的结合",[①]这种结合即是一种基于差异悖论的系统动力学,它是高度偶然性、独特性的,就像鲁曼所强调的,"形式和媒介在一起作用产生了描述成功的艺术品的特征,即不可能的迹象(evidence)"[②]。因此,根据沃尔夫对鲁曼的解读,艺术的功能在于将不可沟通的东西——知觉(物质性质料)整合进入社会沟通网络中;艺术系统承认感知/意识自身的独特活动,并使之在艺术品中得以沟通,而形式本身即蕴含着质料与媒介的多层次、系统性、悖论式的差异沟通,从而超越形式本身。因此,沃尔夫着重指出,鲁曼的"形式"乃是"超越形式主义的形式"(Form beyond Formalism)。[③]

由此,借助沟通/知觉作为系统性的差异沟通范畴,鲁曼将物质性的质料/媒介/形式,与一般意义上作为社会化"沟通媒介"的文学艺术等子系统及其运作机制勾连起来。如此一来,一种人/非人杂合(赛博格式)的媒介本体论,以"自创生"为机枢,向一种差异/沟通的媒介系统论转化和深化。也正由此,鲁曼将一种去人类中心化、后人文主义的系统论从"人"延伸至"物";所有原来被视为

① Cary Wolfe, *What Is Posthumanism*, Minneapolis: University of Minnesota Press, 2010, p. 273.

② Cary Wolfe, *What Is Posthumanism* Minneapolis: University of Minnesota Press, 2010, p. 273.

③ Cary Wolfe, *What Is Posthumanism*, Minneapolis: University of Minnesota Press, 2010, p. 265.

"主体"或"客体"的存在，都在一般意义上被视为"系统"；包括"人"与"非人"诸系统之间，则由多维度的差异/媒介/沟通及其诸种动力学所运作，不断地进行"解构/重构"。

二、语言自创生与"自创生诗学"

鲁曼所揭示的是一种自创生的媒介系统论，虽然他以此来解读文学和艺术系统，但主要是在一般性媒介层面展开的；而他借"媒介"为媒，以一种复杂的系统运作及其动力学考察来沟通语言（媒介）的"内/外"，则展现了重要的诗学意义，即以一种沟通人/非人的后人文主义的语言"自创生"系统论，超越了反人文主义式的"非人"的语言结构论。

正如伊格尔顿所言，结构主义模式不仅悬置了人作为"主体"而具有反人文主义的特征，也悬置了真正物质性的"客体"即外部世界本身。如此一来，结构即意义，文本即世界；换言之，封闭的语言/文本结构，排斥了开放的社会事物系统。索绪尔语言学被视为结构主义的起源，但事实上在其奠基性的著作《普通语言学教程》中，"系统"一词出现的频率不亚于"结构"。索绪尔指出，语言是同质的、表达观念的"符号系统"，"在这系统里，只有意义和音响形象的结合是主要的；在这系统里，符号的两个部分都是心理的"①。因此，语言学家的任务是要"确定究竟是什么使得语言在全部符号事实中成为一个特殊的系统"②。同时索绪尔强调，这种系统性是封闭的，"一切与系统和规则有关的都是内部的……一切在任何程度上改变了系统的，都是内部的"③。因此在他看来，关于语言的定

① ［瑞士］费尔迪南·德·索绪尔：《普通语言学教程》，高名凯译，商务印书馆2002年版，第36页。

② ［瑞士］费尔迪南·德·索绪尔：《普通语言学教程》，高名凯译，商务印书馆2002年版，第38页。

③ ［瑞士］费尔迪南·德·索绪尔：《普通语言学教程》，高名凯译，商务印书馆2002年版，第46页。

义，是要把一切跟语言的“组织”和“系统”无关的东西，即一切“外部语言学”的东西——民族文化、政治环境、社会制度、地理环境等排除出去，因为“外部语言学”并没有触及语言的内部系统。

在索绪尔的这种共时语言学研究中，“系统”作为“结构”是封闭的，其意义无关外部，只是一种“自我指涉”而缺少系统性的、来自外部的“他异指涉”。因此，索绪尔的语言系统观念仍然深受传统形而上学及其方法论的影响，从而将系统本身的性质和运作特征简单化了。而类似地，结构主义的“系统”模式，在很大程度上忽略了人类社会文化生活领域的高度复杂性和不稳定性，低估了“系统”与其“环境”之间的复杂关系，也低估了“环境”对于“系统”本身的存在和运作所发生的各种影响的重要性，导致以“结构”观念概括和化约各种变动性和可能性因素的倾向，使他们无法正确说明和分析社会文化现象本身的生命运作过程。①

而在鲁曼看来，语言本身就是一个复杂的自创生符号系统，是一种“沟通媒介”；而“沟通”则是系统本身为了处理其与环境之间的复杂关系而进行的“自我生产”，就此而言，语言系统具有自我反思性，这种反思突破了“系统”的封闭性而指向“环境”。这种语言自创生的理论视野具有重要的诗学价值，其范式论意义则在有关“自创生诗学”的理论建构中，进一步得到了深入阐述。

艾拉·利文斯顿（Ira Livingston）在参照鲁曼系统论的基础上，将生物、社会领域的自创生理论集中引向语言文化领域，进一步提出一种“在科学与文学之间”的“自创生诗学”（Autopoetics），用一种“以词为物”（words as things）的方式，将福柯的话语理论、德勒兹和菲利克斯·瓜塔里（Félix Guattari）的根茎学说、马图拉纳和鲁曼的系统论相融合，力图消解“词”与“物”之间虚假的二元对立，建立

① 高宣扬：《鲁曼社会系统理论与现代性》（第 2 版），中国人民大学出版社 2016 年版，第 90—91 页。

一种语言的“生物相似性”(the living thing likeness of language)[①]。

利文斯顿首先是通过改造Autopoiesis这一概念来提出Autopoetics这一术语的。他将Autopoiesis中的字母i移出，以去除该概念所依赖之独特的、具有意识形态意味的概念I(“我”即self)，将其改造成Autopoetics，由此将“自创生”这一术语使用在“意义、语言和文化领域的相关进程中”，同时也是为了更有针对性地指涉poetics(诗学)概念。[②] 利文斯顿的意图在于阐述语言的“生物相似性”，他提出，这一概念的基本出发点在于这样的命题：“语言亲近其栖身的世界，语言承载着与世界的亲密关系性。”(that language is kin to the world it inhabits, language bears withness to the world)[③]在利文斯顿看来，这样的概念及其命题，首先意味着语言不能被理解为上帝赐予的礼物，或者人类的自由创造，或者屈从于人类意志的工具；语言仅只是一种涌现(emergent)，是一种半自动的现象，就像星系、生态系统和细菌一样。利文斯顿指出，“语言”是一整个庞大无序和异质的网络，它包括从抽象的到个人的表述、功能和图形，言语的模式(修辞)和一般形式如诗歌小说，以及大规模的与制度性结构相关的话语和学科(比如宗教，文学，生物等)，乃至更为庞大的、难以界定厘清的所谓“文化”。[④]

利文斯顿所强调的这种“生物相似性”是在科学与文学“之间”的，其出发点则是对自然/文化关系的再反思。他指出，为了理解自然和文化的亲属关系，我们必须想象：一种物理学或者一种生物学

---

① Ira Livingston, *Between Science and Literature*: *An Introduction to Autopoetics*, Urbana and Chicago: University of Illinois Press, 2006, p. 1.

② Ira Livingston, *Between Science and Literature*: *An Introduction to Autopoetics*, Urbana and Chicago: University of Illinois Press, 2006, pp.1-2.

③ Ira Livingston, *Between Science and Literature*: *An Introduction to Autopoetics*, Urbana and Chicago: University of Illinois Press, 2006, p. 4.

④ Ira Livingston, *Between Science and Literature*: *An Introduction to Autopoetics*, Urbana and Chicago: University of Illinois Press, 2006, p. 4.

的文化意味着什么？在利文斯顿看来，这样的关系是隐喻的，因为物理学和生物学有不同的指涉对象；但要注意的是，如此这般在现象间进行的区分，并非基于其自身的内在本质，它们是在现代语言、话语和文化中被精心选择和加工制作的，因此是屈从于不断"重新整理"(rearrangement)之过程的。①

利文斯顿的这种观念，可以比较直接地从现代性与学科分化的视角来解读，即学科/规训(discipline)对于同一客体对象的辖域化建构；当然，也指向了拉图尔等人关于人类/非人类、文化/自然之领域"纯化"的批判性考察。面对这样的情况，利文斯顿指出，事实上一些概念能够将自然与文化之间的区分具体地关联起来，如系统、信息、涌现、进化、差异多样性、关系性、混沌、生态、复杂性等——这些概念能在各种不同的知识网络里进行符码转换运作，因此也是"在科学与文学之间"的自创生诗学的基础概念。

对此，可以参照海尔斯对利文斯顿的分析来具体解读：首先，利文斯顿改进马图拉纳有关系统"自我生产"的观点，强调系统对环境的持续开放，以及系统与其他系统的网络链接；其次，针对鲁曼的系统将自身复制为"系统/环境"的区分来建构自身为系统的重要观点，利文斯顿进一步模糊"系统/环境"之间的界限，并通过德勒兹和瓜塔里关于"无器官身体"的根茎式动力学来阐释之；再次，利文斯顿与福柯对"话语实践"的历史分析有相似之处，但他更强调物理物质/话语结构之间的循环，是通过持续的回馈环路来进行的，这种运作既赋予"物理现实"以"话语"的维度，同时也赋予了"系统话语"以"物质"的维度。② 在海尔斯看来，利文斯顿试图消

① Ira Livingston, *Between Science and Literature*: *An Introduction to Autopoetics*, Urbana and Chicago: University of Illinois Press, 2006, p. 4.

② N. Katherine Hayles, "Foreword: Writing Between", in Ira Livingston, *Between Science and Literature*: *An Introduction to Autopoetics*, Urbana and Chicago: University of Illinois Press, 2006, x.

解“词”与“物”之间虚假的二元对立，强调语词具有“操演性”的效应，因此能让自身像事物一样运作；与此同时，事物也具有修辞的维度，不可避免地形塑了自身的意指和意义——这实际上已经对“以词为物”的思路，进行了一种系统性的操作。

概而观之，利文斯顿将诸系统视为是在网络中互相联结的，力量(power)和意义(meaning)在其间不断循环、穿行流动，既在系统之内、也在系统之间。正是通过这样一种系统论的路径，利文斯顿的“自创生诗学”将语言的物理、生物属性凸显了出来，展示了一种后人文主义式的消解自然/文化界限的诗学主张。这种语言观念实际上是将语言系统一体关联于传统所认为的语言“外部”，将语言整体视为一个类似于有机体的自创生系统，这种立场的诗学意义，正如伊格尔顿对诗歌语言的论述：“诗歌的物质躯体(material body)通过其内部运作向其外在的世界开放……诗歌语言的文本编织越是细密，它就越能成为一个拥有自身权利的物，也就越能指向自身之外。可是说人类躯体与之相似，其物质存在只是其与世界的关系，即是说，躯体更根本的是作为实践的形式而存在的。”①

如此一来，可以说，在索绪尔和“语言论转向”影响下悬置“人”及其主体性的语言“内部”结构，在一种后人文主义式的自创生系统论中，被推向了包括社会与自然在内的“外部”世界。这种系统论转向的诗学意义，恰如伊格尔顿所言，从“实践”的角度来看无疑是更“科学”的。进而观之，从媒介系统论到自创生诗学，以一种后人文主义的方式打破了“结构”的封闭宰制和“文本”的无边网格，在消解了词/物、人/非人等二元分立的同时，也打开了“语言”通向“世界”和“文化”通向“自然”的系统路径。

① Terry Eagleton, *The Event of Literature*, New Haven and London: Yale University Press, 2012, p. 205.

第五章　物托邦："后—人类中心主义"世界表征的悖论诗学

后人文主义作为缘起于后人类语境的理论话语，其主题是人类/非人类之间的本体关系，这种关系以"后—人类中心主义"为普遍的突出特征。但同时，正如沃尔夫指出的，人类与非人类之间的关系，事实上不仅是关于"主题学"（thematics）的，也是关于"表述技术"（technics of address）的；不仅是关于事实内容的，更是关于语言形式的——人的有限性不仅在于"事实"层面，而且在于"语言"层面，人类与非人类的关系是修辞的，at、in、of、from、by、like 等介词塑造了两者之间的关系。因此，沃尔夫指出，"后人文主义"本身是一种"诗学"。① 这种在主题内容与表征形式/技术之间的关系，实际上关涉到当代诗学中有关世界/事物与"表征"之间的核心问题。

玛拉·麦尔（Mara Miele）和克里斯托弗·比尔（Christopher Bear）认为，一种后人文主义的话语空间要注重对"表征论"的反思，以祛除人类中心论的自然/文化界限；需要强调一种反思语言之意义沟通作用和传统表征论的"多元物种人种志"（multispecies ethnographies），由此聚焦研究中的"默会、非语词、具身的和内在行动"层面，进而在研究实践中对人去主体化和去中心化，而非以文本形式的、客体化的、高高在上的上帝视角的"操演"理论来批判人类中心主义；总之，应重视一种"后人文主义的感受力"

① Cary Wolfe, "Second Finitude, or the Technics of Address: A Response", *Philosophy & Rhetoric*, Vol.47, No.4, 2014, pp. 554-566.

(posthumanist sensibilities)。[①]

这样的问题，在后人文主义思潮中广泛地涉及“非人”事物——包括物质性、生态、“他者”及其生活世界等范畴——之“表征”的诗学悖论。其中，从理论话语到文化表征，“物”被以一种“后—人类中心主义”(post-Anthropocentrism)的立场，激进地表征/再现而现身“在场”；但同时也在诸多层面和维度上，呈现出表征的“内容/形式”之间的悖论特征。

第一节　物质能动操演：突破语言论和文化主义之藩篱

由索绪尔语言学理论所参与推动的“语言论转向”，事实上是以“能指/所指”关系为枢纽，在语言系统“内部”进行差异关联；而语言所指涉的“外部”世界及事物，基本上是被悬置的。在其影响之下，从结构主义到后结构主义，事实上关注的重心都在语言论的范围之内。20 世纪后期的“文化研究”无疑打开了通向“世界”之路，但实际上“文化研究就是把文学分析的技巧运用到其他文化材料中才得以发展的。它把文化的典型产物作为‘文本’解读，而不是仅仅把它们作为需要清点的物件”[②]。如此一来，“文本”变得无处不在、无所不包、无远弗届；一种“文本主义”将文化中的一切视为文本，用文学的方式分析之，最终在某种程度上也走向了语言—符号—话语的牢笼，而真正的“现实世界”则被文本隔离开来。

---

① Mara Miele, Christopher Bear, “Geography and Posthumanism”, in *Palgrave Handbook of Critical Posthumanism*, Stefan Herbrechter, Ivan Callus, Manuela Rossini, Marija Grech, Megen de Bruin-Molé, Christopher John Müller (eds.), New York: Palgrave Macmillan, 2022, pp.749-771.

② ［美］乔纳森·卡勒：《当代学术入门：文学理论》，李平译，辽宁教育出版社 1998 年版，第 50 页。

一、"世界"的悬置:从语言论到文化主义

因此,正如伊格尔顿基于唯物论立场所指出的,语言论与文化主义事实上都否定了客观世界的存在,"世界"就成了拉康所谓的"真实"领域,是无法在语言的"象征"与"想象"领域内达到的。拉图尔也考察结构主义语言论指出,后者认为语言"只凭自己它们就可产生出自然和社会……被言说的客体也就具有了滑行于文本之上的实在效果。万物都成为了符号和符号体系:建筑和烹饪、时尚与神话、政治——甚至无意识自身"[①]。

由此,在一种文本/文化建构论视野下,文化主义施行着新的人/物等级制。伊格尔顿指出,在当代文化理论中,人文主义关于人类在自然中具有独特地位的信仰已经时髦不再,捍卫人类至高无上性的任务转而落到了文化主义上——文化主义和人文主义一样,都是在语言文化与自然之间进行切割对立的基础上,用前者来掩盖后者:"文化主义呈现出还原论的形态,它看任何事情都着眼于文化,正如经济论看任何事情都从经济出发那样。因而,它对下列实情感到很不舒服:我们首先是生存于自然的物体或动物,文化主义却坚持认为:我们的物质本质是从文化上构建的。"[②]

对此,伊格尔顿基于马克思主义唯物论立场,对结构主义、文化主义等遮蔽客观的、物质的世界/事物的立场进行了批判。他指出,结构主义"是令人毛骨悚然地非历史的(unhistorical):结构主义声称其所分离出来的心灵的种种规律——平行、对立、倒转及其他等等——是在一个相当远离人类历史的种种具体差异的普遍性层面上活动的";而这种对具体历史的远离是从索绪尔开始的:"为了揭示语言的本质,索绪尔首先必须压抑或忘掉语言所说到的东西:

① [法]布鲁诺·拉图尔:《我们从未现代过——对称性人类学论集》,刘鹏、安涅思译,苏州大学出版社 2010 年版,第 72 页。

② [英]特里·伊格尔顿:《理论之后》,商正译,商务印书馆 2010 年版,第156 页。

所指物，即符号所表示的真实客体，被悬置起来了，从而使符号自身的结构能够得到更好的研究。"①伊格尔顿进一步指出，在这一点上，现象学（人文主义式）与结构主义（反人文主义式）有惊人的相似："为了更紧密地把握心灵经验真实客体的方式，胡塞尔也括起了真实的客体"；尽管两者的方法不同，却都源于这样一种具有"反讽意味"的行为，即"为了更好地阐明我们对于物质世界的意识，却把这一世界关在我们的户外"，如此一来便造成"将整个世界转化成文化"；最后他不无讽刺地深刻分析道："文化主义指出，像死亡这样的自然事件可以透过各种文化方式得以表达，当然正确。但即使这样，我们还会死去……必然发生的是我们的消亡，而不是我们所赋予的意义。"②

二、让世界"在场"："物"的操演性与自创生

在"理论之后"恢复被20世纪的语言论、文化主义、现象学等视野所遮蔽的物质性世界，是伊格尔顿的一种展望。而在后人文主义思潮中，这样的路径则被进一步开拓，尤其是以"物"之能动性来突破文化主义的主张，在其中蔚为大观，并彰显了重要的诗学范式意义。

多曼斯卡从历史叙事视角分析道："叙事主义和文本主义通过将事物类比为文本，将研究类比为阅读，将事物看做一种信息或符号'消解了'事物。"③因此一种新的、后人文主义式的方法，既要超越一种机械描述事物的"实证主义"，又要超越将事物看作文本、符号或隐喻的"符号学"方法。对此，多曼斯卡指出了史学界一种强调"返归事物"的"新兴事物研究"："强调事物不仅存在而且行动

---

① ［英］特里·伊格尔顿：《二十世纪西方文学理论》，伍晓明译，北京大学出版社2007年版，第106—107页。

② ［英］特里·伊格尔顿：《理论之后》，商正译，商务印书馆2010年版，第156页。

③ ［波兰］爱娃·多曼斯卡：《历史学的未来：后人文主义的挑战》，张作成译，《北方论丛》2011年第3期。

并有行动潜能这个事实。事物能动作用的观念,不仅意味着事物有目的,而且意味着它们在与人类的联系中有一定的地位。”[①]这种重返“事物”的研究并不意味着从“人”的视角出发再发掘“物”,而是高扬“物”之能动性;对于历史研究来说,也将激进地突破“历史”相比任何人文学科都更难以摆脱的人类中心论。因此,在多曼斯卡看来,后人文主义思潮对于人文学科来说,既是挑战,也是一种超越文化建构论和人类历史论的新路径。

巴拉德则直接提出要以一种“后人文主义的操演性”,来恢复物之为“物”的重要性。他反对一种文化主义的“表征主义”(Representationalism),而是持一种“自然动能论”(Agential Realism)的立场,试图重新赋予生态论述中的物质以“重要性”(matter)。在巴拉德看来,福柯和巴特勒等人过度重视语言/话语的观点是存在问题的,它掩盖了实在的、关键性的“物”(matter);物并非语言建构之物,而是参与性、能动性的,“物体是主动参与者,参与世界的形成,参与进行中的‘互联活动’(intra-activity)”[②]。概而言之,一种反人文主义式的文化主义和文本主义总是将“物”置于“表征”的视域下,物仅仅是所“言”之“物”,言/物之间存在着难以化解的疆界和等级制;而在一种后人文主义的“操演”中,言/物的两分和等级制被消解,“言”之“物性”、文化之物质性都得以彰显。由此,最后巴拉德提出了一种“新唯物主义”(New Materialism),在他看来,物质是主动而非被动的,是始终未成型的“生成”过程而非既成的不变在场,“物质”是不断“物质化”的现象;而事物之间的“内在互动”(intra-action)比起“相互作用”(interaction)更能准确地表达“物质

① [波兰]爱娃·多曼斯卡:《历史学的未来:后人文主义的挑战》,张作成译,《北方论丛》2011年第3期。

② Karen Barad, “Posthumanist Performativity: Toward an Understanding of How Matter Comes to Matter”, *Signs*, Vol. 28, No. 3, Gender and Science: New Issues (Spring 2003), pp. 801–831.

化”的过程，人类和非人类物质都是通过这种内在互动来操演的，这是一种后人文主义的操演。这种操演实际上颠覆了人文主义传统的主体/客体关系的认识论，进入了“后人文主义的空间”。①

布拉伊多蒂也提出了类似的观点，她结合德勒兹视角解读当前科学对“物质”的再定义，指出其最显著特征是“差异从二元对立到根茎学的逃离”，具体而言，是“从性/性别或者自然/文化到将生命本身或物质生命力视作主要目标的性恋化/种族化/自然化”。②布拉伊多蒂提出，分子生物学等自然科学的成果告诉我们，物质是自创生的；同时结合一种一元论的哲学立场可见，物质在结构上是关系性的，“这些洞见一起定义了作为力量的智慧生命力或者自组织能力，虽然这个力量并不局限于个体人类自我内在的反馈系统，但却存在于所有生命物质之中”③。因此，与巴拉德在理论旨趣上具有相通之处，布拉伊多蒂提出了一种“物质现实主义”的“活力唯物论”；在她看来，“后人类境况的公分母就是承认生命物质本身是有活力的、自创性的而又非自然主义的结构”④，这乃是基于一种“后自然主义”的假设，它反对自然/文化的二元分立，而以“自然—文化”的连续统一体为出发点，反对一种社会文化的建构主义。

这种非二元的、“自然—文化”互动的见解，彰显了生命物质的“自创生”力量。尤其在后人类语境下，“自然物与文化物之间的界限很大程度上被科学技术进步造成的后果所取代或者模糊化”⑤，物质现实主义不仅是哲学本体论层面的，它更是基于新的物质理

① Iovino Sernella and Serpil Oppermann, “Theorizing Material Ecocriticism: A Diptych”, *Interdisciplinary Studies in Literature and Environment*, Vol.19, No.3, 2012, pp. 448-475.

② ［意］罗西·布拉伊多蒂：《后人类》，宋根成译，河南大学出版社2016年版，第140页。

③ ［意］罗西·布拉伊多蒂：《后人类》，宋根成译，河南大学出版社2016年版，第86页。

④ ［意］罗西·布拉伊多蒂：《后人类》，宋根成译，河南大学出版社2016年版，第3页。

⑤ ［意］罗西·布拉伊多蒂：《后人类》，宋根成译，河南大学出版社2016年版，第4页。

念基础之上的，代表的是一种"唯物论"本身的变化结构，它能够将"后结构主义的反人文主义遗产"与"唯物论/唯心论"传统对立这两者合二为一，"走向作为当代活力论的非本质主义分支和复杂系统的'生命'科学"。[①] 因此，以"物质—生命"为枢纽，布拉伊多蒂进一步提出一种"普遍生命力"来描述关于物质的横向关系，这种普遍生命力是一种将先前隔离开了的物种、范畴和领域重新连到一起的"横向力"；而以普遍生命力为中心的"平等主义"，在她看来是"后—人类中心主义"转向的核心。

如此一来，从"物"之能动性的强调，到人/物之间"后—人类中心主义"的横向关系的建构，充分彰显了一种消解人类/非人类等级制的普遍意义。与此同时，"文化"对"自然"的优势地位和等级制的消解，后人文主义对于语言论和文化主义之藩篱的突破，也彰显了其超越"表征论"而重建与"世界"之关联的诗学意义。

第二节　幽暗生态表征：激进"去人化"与自然乌托邦

从强调"物"的能动操演以突破"文化"的藩篱，到强调普遍生命力的一元论取向，后人文主义思潮的"后—人类中心主义"核心向度，都指向了一种自然—生态的视野，由此也向纵深开启了一种后人文主义的生态诗学，进一步将世界/表征之间的问题复杂化。

里格比在展望21世纪批评走向的时候，认为"生态批评"能够超越包括结构主义、后结构主义在内的"语言学转向"，因为它源于一种"自然"最终优于"文化"的主张，当谈到自然世界时，"我所提到的空气、水、火、岩石、植物、动物、土壤、生态系统，以及太阳系等

① ［意］罗西·布拉伊多蒂：《后人类》，宋根成译，河南大学出版社2016年版，第233页。

的物理现实，它们都先于和超越了有关它们的词汇……在一些生态批评者看来，这种优先使人们就自然环境如何调控着人类语言、文化，和文本结构等进行思索"①。这种生态批评在一种后人文主义范式的、对"深层生态学"的超越中得到了发扬。

生态美学和生态文学的奠基者奥尔多·莱奥波德（Aldo Leopold）提出了"大地伦理学"（Land Ethics），将道德主体的范围由个体生命物而扩大到整个生态系统，"大地"由此获得了一种深层的伦理蕴涵，被视为与人类存在息息相关的、不可毁弃的整体。1982 年挪威哲学家阿伦·奈斯（Arne Naess）则提出了"深层生态学"（Deep Ecology，或译为"深生态学"），强调从人类精神史的深层生存视角出发来提出人类的命运问题。这种生态思想由"浅"入"深"，是对"最高的前提和生态智慧（ecosophy）"的追求，指向的是一个往往被忽视的、更加基础和内在的场域。深层生态学拒斥人类中心主义的佞妄，在坚持平等的基础上以"自我实现"为旨归，将关怀自然视为人类个体自我实现的一部分，这是一种人文理性对工具理性的替代。在奈斯看来，自我须经历"本我—社会自我—生态自我"三个阶段，这是人类逐步扩大自我认同以缩小与其他存在物的差距，最终实现和谐和合、共荣共生的过程——这实际上也是以自然"人化"的方式追求人与自然内在的、深层次的和谐之过程，其内在思路则与现象学—存在主义相关。

深层生态学探讨自然生态并指向"精神生态"层面，最终反观人的心灵境界与精神家园问题；其解决生态问题的核心指向在于"人"本身，如何陶冶、塑造出具有生态意识的人，是从根本上避免生态危机的关键所在。因此可以说，深层生态学是以人文层面的精神境界为旨归的。如此一来，深层生态学事实上最后陷入了人文主义的陷阱中，它将生态不断地裹入人的"精神世界"和"精神家园"，

① ［英］朱利安·沃尔弗雷斯编著：《21 世纪批评述介》，张琼、张冲译，南京大学出版社 2009 年版，第 205 页。

"深层生态学是将人与其作为基础的周遭(surroundings)之间的关系前景化(foreground),即一种深切感受自身与生态系统的同一性(identification)的意识"①。因此,深层生态学避免了人类自身与自然之间的区分,也擦去了自然与人类相统一中的主客体痕迹;它是人对自然的审美的、人文关怀的、非工具理性的深层介入。然而,这种介入事实上存在着风险,它往往会与生态问题共谋,因为其中残留着"人"的主体性幽灵,难以真正"去人类中心化"而实现与自然的一体和谐。

就思想范式而言,深层生态学仍然是人文主义的,因为它假定了人与其环境之间的和谐交互,深层生态学无法摆脱人类中心主义的悖论,总是基于一种人类例外论(Human Exceptionalism)。细而察之,深层生态学与拟人论/移情说具有内在的逻辑关联,正如蒂莫西·莫顿(Timothy Morton)指出的,深层生态学只是将自然理念化、本质化,把自然当作一种理想的形式,当成人类反射内心的一面镜子,"Nature"(自然/本质)一词多义,其"所指"包袱沉重,因此需要在生态学中予以去除。

对于生态立场的这种悖论之处,需要展开一种辩证考量与思路转换。汉涅斯·贝格泰勒(Hannes Bergthaller)指出,莱奥波德的生态思想中蕴含着一个悖论:"人不但是自然的'一部分'(a part of),但同时亦有能力'外在于'(apart)自然而去观察它……一方面希望有一安全的制高点可以将人类与其环境看待并描绘为一个整体,一方面则相信这样的想法正是人性的缺点。"②换言之,这种思想既事实上强化了人的能动性,又试图反思"人性",因此陷入了一

① Emmanouil Aretoulakis, "Towards a PostHumanist Ecology: Nature without humanity in Wordsworth and Shelley", *European Journal of English Studies*, Vol.18, No.2, 2014, pp.172-190.

② 林建光、李育霖主编:《赛伯格与后人类主义》,(台湾)华艺学术出版社 2013 年版,第 67—68 页。

种人类中心主义的悖论之中。布拉伊多蒂对此指出，深层生态学提出要回到“整体论”即回到“作为单一神圣有机体的整个地球概念”上来，但问题并不在于整体论本身，而在于它是建立在社会建构主义二元方法论之上的，整体论方法“它悖论地恢复了自然事物和制造物之间的范畴性区别，而这恰恰是它打算克服的对象”①。由此，布拉伊多蒂指出了深层生态学“整体论”的问题，在于它悖论地走向了反面：类似浪漫主义将自然“人化”一样，它将环境全面地“人文化”，如此一来，“深层生态学误导了地球—宇宙的关系，仅仅做的是扩展了占有型利己主义和自私自利的结构，从而将非人类主体包括进来”②。

因此，如何以一种“去人类中心化”乃至“去人化”的生态立场，使得自然事物重新呈现自身，进而摆脱人类中心主义的悖论，便成为后人文主义生态伦理的核心议题。对此，莫顿和埃玛诺伊尔·阿瑞多拉基斯(Emmanouil Aretoulakis)等人提出和阐发了独特的“幽暗生态学”。

莫顿在《无自然生态学：重新思考环境美学》(*Ecology without Nature*：*Rethinking Environmental Aesthetics*, 2007)一书中提出“幽暗生态学”(Dark Ecology)③这一概念，目的即在于恢复“自然”本身

① ［意］罗西·布拉伊多蒂：《后人类》，宋根成译，河南大学出版社2016年版，第123页。

② ［意］罗西·布拉伊多蒂：《后人类》，宋根成译，河南大学出版社2016年版，第124页。

③ 国内有学者译为“暗生态学”或“暗生态”。本书认为，Dark Ecology中的Dark，其含义不仅限于一种物理学意义上的光线不足或视觉无法通达之“黑暗”，其理论内涵更接近“幽暗”。《说文解字》曰：“幽，隐也，从山从𢆶”，“幽”与“隐”“微”“蔽”内涵相通(详见许慎撰，徐铉校定：《说文解字》，中华书局2013年版，第37、78、188、307页)，段注曰：“幽，从山，犹隐从阜，取遮蔽之意。”其常见含义，则有“幽冥”“幽昏”“幽深”“幽邃”“幽暗昏惑”“幽愁”“幽晦”“幽潜”等。在汉语语境中，幽即是暗，同时又比暗具备更丰富的审美和认知内涵。“幽”或指颜色黑暗不发光，难以捕捉；或指地方僻静、光线不够，无法明视；或指潜藏隐蔽，无法到达；或指隐微深邃，难以把握。总之，它处处逃离和躲避人的目光、人的活动、人的思维和感受之所能及，它总是处在与“阳”相对之“阴”极，甚至有无意义、死亡、丑恶、消极、恐怖之义(幽冥)。

的能动性和他者性。在莫顿看来，自然不应该被当作一种人的审美幻影存在，"怪诞"等作为生态的"非美学"成分应该受到肯定，"自然的秽物"是自然世界的真实存有；自然并不是折射人类内心的"镜子"，而是存在着极端的相异性、他者性，因此，幽暗生态学是一种"乖张忧郁的伦理学，拒绝将物体化为理想的形式"。①

阿瑞多拉基斯进一步深化了莫顿提出的幽暗生态学，认为一种后人文主义的幽暗生态学需要彻底地重新思考自然，既反对功利性的介入，也反对无功利的审美介入；强调人与自然的距离感，要努力消解人的印记以保持自然的神秘性。这样的幽暗生态学，强调的是不仅要将人"去中心化"，而且要通过将"自然"暂时地置于朦胧的"周遭"领域而非放在聚焦的"中心"，从而将自然也"去中心化"和"背景化"，如此才能成为"真正生态的"。

概而观之，莫顿和阿瑞多拉基斯等人的后人文主义幽暗生态学思想，主要彰显了以下内涵维度：

一、自然的去本质化、去审美化和重新背景化

莫顿批判深层生态学作为"生态智慧"的形而上倾向，提倡"无自然/本质的生态学"(ecology without nature)和"无环境主义的生态学"(ecology without environmentalism)。他提出，人类/非人类同处于一个共生的网络中，互相依存而共享世界，因此不存在一个与人对立的大写的"自然"，认为人能够塑造自然的想法，其实是一种"美学虐待狂"(aesthetic-sadistic)；②而"Nature"(自然/本性)往往是一种人关于自然的审美幻想，将自然视为人内心的折射，因此生态学首先应该将"自然"从人的这种想象中脱离出来，使其成为自

① Timothy Morton, *Ecology Without Nature: Rethinking Environmental Aesthetics*, Cambridge Mass. and London: Harvard University Press, 2007, p. 195.

② [美]蒂莫西·莫顿：《从现代性到人类纪：不对称时代的生态学与艺术》，王爱松译，《国外社会科学杂志》(中文版)2012年第4期。

身，这也是人对自身“美丽灵魂症状”的解脱。针对这种情况，莫顿提出一种“媚俗伦理”(ethic of kitsch)，认为遭受污染的、丑陋可怕的“怪诞”因素，已经成为自然的一部分，这是我们无法避开的，而这也是解构人类中心主义及其审美视角的内在维度。①

对此，阿瑞多拉基斯更进一步，明确提出了对自然全面地“去审美化”的观点。针对浪漫主义抛下书本、撇开知识世界，返回自然、关注自然从而“以自然为师”(Let Nature Be Your Teacher)的主张，他认为这其中蕴含着一种微妙的启蒙主义，其内在则是消费主义的，因为与自然的亲密遭遇(encounter)或融合(fusion)，包含着某种破坏；对自然的“爱”也有可能导致一种客体化行为本身，进而甚至破坏自然。② 浪漫主义渴望重建物质自然(physical nature)与人类的自然方式(natural ways)之间的关联，因此对自然进行“拟人化”的审美观照，这看似是生态的，但实则是非生态的，因为它蕴含着一种内在的人类中心主义观念，是寻求作为“他者”的自然与人之间的相似性、同一性，是将自然“人化”或人“自然化”的立场，是人对自然的深层次的介入活动，因此仍然是一种深层生态学的立场。

二、恢复“物”的能动性、自在性和神秘性

莫顿指出，真正“生态的”意味着对谈论或专注于自然生态的放弃，因为直接地遭遇它们，便意味着以人类的观点来损害它们，“自然”(本性)是一个具有物质性外表的、超越的、先验的术语，它是处于其他术语潜在的无限序列的终结处并囊括之(stands at the

① Timothy Morton, *Ecology Without Nature: Rethinking Environmental Aesthetics*, Cambridge Mass. and London: Harvard University Press, 2007, p. 58.

② Emmanouil Aretoulakis, "Towards a PostHumanist Ecology: Nature without humanity in Wordsworth and Shelley", *European Journal of English Studies*, Vol.18, No.2, 2014, pp. 172-190.

end of a potentially infinite series of other terms that collapse into it)①,它掩盖的是具体的、经验的环境中的“物”及其自在能动性:草木鱼虫,飞禽走兽。阿瑞多拉基斯同时也注意到,浪漫主义作为一种后人文主义的滥觞,其中有幽暗生态学的倾向,尤其在雪莱的诗歌中。他通过对雪莱诗歌的分析提出一种幽暗生态学的立场,认为真正“生态的”应该让“物”回归其无法捕捉的神秘性——《致云雀》(*To a Skylark*, 1820)便表达了一种幽暗生态学的观点,它将自然恢复至无法到达的领地,纯粹的自然拒绝人类的介入,它是封闭的而非开放的。阿瑞多拉基斯进一步阐述道,云雀的本质是幽暗生态学的语言——只有当它飞到人类所听不到的地方,才成为其自身;云雀只有在人类触不可及、听之不闻的地方,才能拥有“自然的”生活。在他看来,深层生态学抹去了我们和自然之间的必要的距离,将导致其“非自然化/变性”(de-naturalisation),捕获云雀的本质即是自动“杀死”它;因此,不需要崇拜与纯粹物质性有关的“黑暗”或“神秘”,因为自然会“崇拜”自己,而不需要借助人的角度。②

但基于一种后人文主义立场,“物”的这种自在能动性,并不意味着反之将“环境”视为新的主体。在莫顿看来,将环境“主体化”只是人文主义的主客体关系的简单反转,这并非生态学所要的答案。因此,幽暗生态学应用 ambience 来取代 environment,强调的是环境作为一种“氛围”的存在——在阿瑞多拉基斯看来,一种孤独感和距离感而非互相关联的幻想让我们与环境接触,ambience 是

① Emmanouil Aretoulakis, “Towards a PostHumanist Ecology: Nature without humanity in Wordsworth and Shelley”, *European Journal of English Studies*, Vol.18, No.2, 2014, pp. 172-190.

② Emmanouil Aretoulakis, “Towards a PostHumanist Ecology: Nature without humanity in Wordsworth and Shelley”, *European Journal of English Studies*, Vol.18, No.2, 2014, pp. 172-190.

真正的间性(in-between-ness),它指向环境的同时又远离环境。[①]

三、强调生态的裂隙、他者和间性

相较而言,深层生态学追求人自身与世界内在之神秘本性的和谐融合,致力于消解人类与环境之间的差异,甚至演变为对神秘性的"客体化"和"去神秘化"等非生态的模式;而幽暗生态学则排除任何与自然的概念上或情感上的亲密关系,认为保持人性与物之间的"裂隙"(gap)、对自然敬而远之才是真正生态的——这种裂隙是一种与"他者"之间的距离,它反对任何包含"同化"的行为。换言之,怪异"他者"(包括恐怖自然)无法被归化,美好的、但是有距离的他者也不应该被归化,它们不需要人类的"友爱"或"驯化"。[②] 由此观之,"云雀"隔绝人的观看或听闻,因而避免了成为客体的命运;雪莱的云雀作为异在的力量,是不能拟人化、客体化的,而是应该尊重的存在,它象征着作为宇宙性的事物与人在精神上合一的不可能性。

幽暗生态学的这种观念,与后人文主义思潮中有关"科学怪人"弗兰肯斯坦的探讨异曲同工。弗兰肯斯坦身上没有实现"自我"和"他者"的同化,他/它本身作为一个神秘的他者而存在,当然也不构成纯粹的主体。由此可见,强调人与他者之间的共在互依、无法割裂,但同时又悖论式地保持与他者的"间性"而非"同一性",这是避免陷入主客二元陷阱和本质主义的方式。因此,真正的生态意识是无主体的,"无主体或无自然的生态学是一种既非聚焦人类

---

① Emmanouil Aretoulakis, "Towards a PostHumanist Ecology: Nature without humanity in Wordsworth and Shelley", *European Journal of English Studies*, Vol.18, No.2, 2014, pp. 172-190.

② Emmanouil Aretoulakis, "Towards a PostHumanist Ecology: Nature without humanity in Wordsworth and Shelley", *European Journal of English Studies*, Vol.18, No.2, 2014, pp. 172-190.

也非聚焦环境的生态学——这才是真正生态的"[①]。

幽暗生态学的这种激进立场，实际上趋向于设定一个"生态乌托邦"或"绿色乌托邦"；其核心所指，则是要建立一个"物"的乌托邦，这种"物托邦"实际上将幽暗生态学自身的诸多学科悖论问题凸显了出来。从幽暗生态学的立场来看，即使是细微的人类干扰行为，任何理性或情感的介入，都会影响到生态环境，因此要对自然最大程度地"无为"：不仅不能敌对和破坏，也不能"友爱"或"赞赏"之。但事实上，人的存在即意味着介入，人类发展是与自然生态相裹挟的，"有为"有其历史现实性。因此，幽暗生态学大致是将自身置于一种批判性的立场，拒绝作为一种积极的政治话语，而是一种悖论式的感性诉求。

幽暗生态学试图恢复物本身之"道"，强调自然环境物有其本身的自在性、能动性，强调要让自然物脱离人的视角以及任何思维、情感和想象活动，从而保持其自在能动的神秘"物性"。关于这种神秘物性，正如《庄子·秋水》所言，是"言之所不能论，意之所不能察致者"的物之"不期精粗焉"，[②]即是一种偶然的、流动的、境遇的、潜在的、活态的（lived）物性。[③] 对此，庄子只能以否定性描述和诗性譬喻，最终指向一个同时悖论式"在场/不在场"的"非言非意之域"。

幽暗生态学将事物幽暗的神秘性置于意识和人类思想之上，将"心/言"与"物"之间的位置颠倒，"这可能是让我们保持'绿色'

---

① Emmanouil Aretoulakis, "Towards a PostHumanist Ecology: Nature without humanity in Wordsworth and Shelley", *European Journal of English Studies*, Vol.18, No.2, 2014, pp. 172-190.

② 郭庆藩：《庄子集释》第三册，中华书局 1961 年版，第 572 页。

③ 张进：《活态文化与物性的诗学》，人民出版社 2014 年版，第 8 页。

的唯一方式”，因为“言说即意味着消失”①。万物之道是不可人为询问的，是在人的语言命名之外的，但对这“微妙玄通，深不可识”的隐而无名之“道”，老子却又“强为之说”。这种“道”与“不可道”、“言”与“不可言”之间的悖论，正如佛家龙树所言之“中道”：“众因缘生法，我说即是空，亦是为假名，亦是中道义。”②龙树认为，佛法的“真谛”是无法用“名”（言说）来表述的；但为启迪大众，却只能借助“名”来说法，这便是“俗谛”，“名”只是“假名”。由此，在有/无、真/俗、言语表征/事物本性等之间搭建起桥梁，这就是“中道”。

莫顿指出，幽暗生态学关注的是“不掺杂人性地思考非人类他者”的可能性问题。这种主张“去人化”而完全让“物”成为其自身的“物托邦”主张，实则在根本上指向了生态学自身的言说悖论：言说如何才能够不干扰物？作为一种蕴含含义的所指符号，语词是无法穷尽事物之万有的，“语词的秩序”无法对等于“事物的秩序”。莫顿反对本质化、理念化、形而上、先验的“Nature”概念，认为它是对事物的无限丰富性和潜在可能性的宰制和剥夺，但若依此，那么“鸟”“鱼”“树”等同样如此。因此，如何具体界定“言”与“物”之间的关系，幽暗生态学如何才能以一种类似于“中道”的方式来言说“物托邦”呢？

幽暗生态学将问题引向了自身的学科领域，将生态学本身抛进了一个悖论的境地，使得幽暗生态学获得了一种“元生态学”（meta-Ecology）的反思维度，吁求进行一种“元学科”式的反思。“言/意”与“物”之间的悖论，老庄和佛家使用了大量的诗性譬喻，努力连接言说与事物“之间”。同样地，在阿瑞多拉基斯看来，幽暗生态学在本质上只能是诗性的，建立一种幽暗生态学，需要一种非

① Emmanouil Aretoulakis, “Towards a PostHumanist Ecology: Nature without humanity in Wordsworth and Shelley”, *European Journal of English Studies*, Vol.18, No.2, 2014, pp. 72-190.

② 吉藏：《中论 百论 十二门论》上，上海古籍出版社2011年版，第62页。

工具主义的“语言之诗性维度”(poetic dimension of language):诗性话语是生态语言的基础,它不是“为了让事物更好地被使用,而是为了让事物存在于语言中去蔽而命名事物”①。与“科学的”语言倾向于通过大量生产“强硬而迅捷”(hard-and-fast)的话语规则将自然客体化、对象化不同,文学的、诗性的语言能够赋予客体足够的“呼吸空间”,从而对主体进行“模糊”和“漫散”(diffuse)。②

然而,仍然需要进一步追问:语言的诗性维度如何能够让事物去蔽?语言的这种功能,绝非源于人之“言说”的创造性(人文主义),也非“语言”“文本”“话语”本身的生产性和建构性(结构主义、文化主义式的反人文主义),或者无意识的、神秘性的启示(近于“神本论”的反人文主义)。幽暗生态学如何避免重新滑入人文主义或反人文主义的陷阱而真正成为后人文主义的,需要提出新的思路。正如沃尔夫所言,后人文主义除了立场的转变,更是运思路径上的突破。

言/物之间的悖论式关系,实际上是文化/自然或人/物之间的两难,不管是自然“人化”或者人“自然化”,人“物化”或者是物“人化”,实际上都会陷入一种本质主义和中心论。一种新的人文思想需要破除旧的二元分立,在根源处寻求文化与自然之间的统一性。

诗性话语并非仅是一种人的言说和命名,或语言自主的生产和建构,或事物的神秘性力量和启示,而是一个将这些维度消解开来、同时又关联起来的“存在事件”。在这里我们可以进一步参照海德格尔的艺术观念加以论述。在海德格尔看来,幽暗遮蔽的物质性“大地”,作为与澄明敞亮之意义“世界”相对的存在,它是“一切

① Emmanouil Aretoulakis, “Towards a PostHumanist Ecology: Nature without humanity in Wordsworth and Shelley”, *European Journal of English Studies*, Vol.18, No.2, 2014, pp. 172-190.

② Emmanouil Aretoulakis, “Towards a PostHumanist Ecology: Nature without humanity in Wordsworth and Shelley”, *European Journal of English Studies*, Vol.18, No.2, 2014, pp. 172-190.

涌现者的返身隐匿之所，并且是作为这样一种把一切涌现者返身隐匿起来的涌现”[①]。大地正是如此这般具有“涌现”与“隐匿”的双重存在，即“意义化”（被世界开启）与“去意义化”（隐匿世界）的双重存在；正是在大地与世界，即幽暗的物质要素与人之意义化行为的“裂隙”中，艺术得以现身，诗性得以涌现。正如海德格尔的分析，诗性的艺术品不仅仅是一个物理物，而是一个关联物，它能够将天、地、人、神这“四重整体”关联其中，使之一并现身在场。

因此，只有将诗性话语视为关联性的“存在事件”而非人的命名言说，才能使之成为生态的基础语言，因为真正的“生态思想”（ecological thought）乃是一种系统性、关联性的思维路径。[②] 事物的现身在场，并非仅是作为语言的“表征之物”而存在，而是在“言”与“物”的关联关系（包括悖论式的关系）中现身出来——言与物之间的关系，并非主要是“表征/被表征”式的主动/被动、在场/不在场的关系；而是在于语词首先作为“物”本身与事物之间的多维度关联，语言在其中被拉回到事物关联的网络之中。正如奥斯丁所谓之“以言行事”，言说作为一种行为是“述行”（performance）的——言说不仅在于“说”什么，还在于言说作为一件事情“做”了什么——它将言说内外的诸多事物勾连打通，并使之都现身在场，这就是言说作为一种“事件”的“去蔽”力量之所在。

进而，我们可以一种“以词为物”的方式，将这种“事件”关联到后人文主义的事物观念。后人文主义反对视人为“离身”和“超越”的存在（being），认为人是“具身”并“嵌入”于包括自然物在内的物质网络中，是与生态系统关联生成的（becoming-with）。因此，后人文主义反对决然自足的“人性”，认为人性与物性是无法割裂的，人

---

① ［德］马丁·海德格尔：《林中路》，孙周兴译，上海译文出版社2004年版，第28页。

② Timothy Morton, *The Ecological Thought*, Cambridge Mass. and London: Harvard University Press, 2010, pp. 2-3.

无法摆脱其生态系统属性。如此一来,后人文主义便如前文所述,持一种“后—主体”立场:人不是主体,但同时动物、植物、技术物也不是主体;人与物之间的关系既不是主客关系,也不是“主体间性”关系,而毋宁说是一种内在互构的“事物间性”关系,“人”在其基础层面即是为“物”。

这种“事物间性”也是保持事物之间张力的一种悖论式关联。在本体论层面,这是融合他者而又拒斥他者的一种关联,是一种生态式的“系统性”而非身份化的“同一性”(identity);正如哈拉维所言之“赛博格”,其中人与技术物关联一体、界限消解,但同时又各自现身在场,悖论式地保持着相互之间的差异。在认识论层面,这种系统性是一种“后—表征”(post-representation)的,即表征媒介(语言)首先是作为一种“物”而存在的,而并非仅是人之延伸或外化;由此,文化/自然、主观建构/客观物质之间的等级和二元分立也被消解,人、语言、文化、物都在表征活动的网络中现身在场,其间并无主体/客体、主动/被动之分。正如阿瑞多拉基斯指出的,为了保持自然作为“原始他者”的完整,诗歌需要避免将其视为与人类的凝视(gaze)相关联的,甚至是被人类所亵渎的“表征”。

第三节　生活世界叙事:后人类“嵌在”的人性表征

从生态视野中的自然物,到社会视域中的技术物,“他者”如何表征/再现,不仅在内容上、也在形式上涉及人类主体性及其建构的多重诗学悖论问题。这样的问题在当代技术话语高扬的后人类语境下,呈现出从时常“隐在”的自然物向日益凸显的技术物问题聚焦、从自然生态环境向社会生活世界指涉之转换的整体态势。

在当代社会生活和文化想象中,最具后人类特征的技术物,无疑是智能机器人。在现实生活中,任何一种具有复杂反应程序、能够完成较为复杂任务而不必机械地进行操作的电子设备，都属于智能机器。在日常生活中，我们也用“机器人”来命名它们，但一般不当作“人”来看。从外形上看，高仿真机器人因为过于逼真而产生“恐惑”的问题由来已久，这也成为机器人进入生活世界的阻力，但事实上这也很难引发我们作为“人类”的被超越、被取代的焦虑。而随着人工智能技术的迅猛发展和自主衍化，技术（物）已经从工具变成了具有能动性的“行动者”，其自身演化逻辑将人类裹挟进去，未来是否会获得“准主体”乃至主体地位，甚或成为存在论意义上拥有世界的“此在”，就演化成焦点问题。绝对“他者”是否会变成主体，这是后人类的题中之义；而其中的关键问题，则是现实生活与文化表征之间的张力。

机器人和人工智能的“人化”作为后人类境况的典型征候，其所引发的关于技术失控的社会焦虑，在很大程度上是由科幻文化表征所推动的；而其中的关键，则是千年之交突飞猛进的数字技术媒介。在机械复制时代，摄影技术以原型对象的物质性存在为前提，因此仅能通过传统影视技术——化妆、服饰、道具来模仿智能机器人，早期科幻电影如《大都会》（1927）等，对于机器人的表征总是基于演员的表演。而到了数字技术媒介时代，传统的身体塑造方式让位于数字技术，演员的身体被完全重塑。“非人类”形象在科幻影像中，已经不再需要借助人的表演来呈现，其生命形态及其与人类的互动与共生关系的立体表征，构成了鲜活的后人类社会生活场景和世界图景。

关于人工智能与人类意识之间的关联与区分，涉及极为复杂的科学、哲学等不同视域，争议颇多，聚讼纷纭。总的来说，当前人工智能的研究开发与应用实践，与以人类意识为参照的想象揣测之间，存在着巨大的隔阂与差距。从科技发展的角度来看，我们没法判断未来智能机器人的走向是否会无限地趋近人类，但我们所能确定的是，智能机器人并非封闭的、与外界无涉的事物；不管是

“智能”还是“意识”,实际上都是“嵌在”(embedded)于与外部世界的互动实践和关系表征中得到确立的。因此,对智能机器人与“世界”关系的考察,是一个充分而且必要的基础性层面,这也是考察现代科技与日常生活之间的亲密/疏离悖论关系的时代要求。

由此,我们需要转向20世纪西方思想中一个比较清晰的理论维度——“生活世界”(life world)。这一维度不仅同时为意识与智能问题、现代科学与技术问题提供了基础性视域,而且也构成了解读后人类文化表征不可或缺的关键视角。

一、生活世界作为人类的存在规定性

在此,我们将结合考察现象学—存在论、马克思主义等主要路径的“生活世界”观念,从境遇性、实践性、日常性三个主要的内涵维度,为机器“后人类”及其表征/叙事问题提供参照视域。

(一)在世界之中奠基的境遇性

在胡塞尔的发生现象学路径中,“生活世界”是一个始源性的世界,是前科学、前技术、前理论乃至前实践的世界,它是与以伽利略为代表的近代科学家们以自然科学方法课题化、对象化了的“科学世界”相对立、并为之奠基的世界。在胡塞尔看来,科学世界“抽象掉了作为过着人的生活的人的主体,抽象掉了一切精神的东西,一切在人的实践中的物所附有的文化特征,使物成为纯粹的物体”①。其典型路径是将真实世界“数学化”,这是一个非人化的、对生活世界及其意义进行遮蔽的过程。

海德格尔指出,现代科学知识以对象性、精确化的方式将“物”显露,但实际上是对物之“物性”本身的遮蔽和遗忘;同样地,现代

① [德]埃德蒙德·胡塞尔:《欧洲科学的危机与超越论的现象学》,毕迈尔编,王炳文译,商务印书馆2001年版,第71页。

技术“尽管有种种对距离的克服，存在者的切近却仍然杳无影踪”[①]，现代技术使万物显现自身但又自行遮蔽之，使存在者从其原先的本质中脱离出来，但作为中介本身的技术则是疏离于人的。这种批判性立场的背后，是海德格尔深厚的存在论意蕴。在海德格尔看来，人不是笛卡尔所谓的“我思”意识个体，而是沉浸在世界之中的“此在”；人在“世界之中”存在，这是一个基础性、境遇性的维度：“在之中”作为此在的一种存在建构，它具有生存论性质，而并非“一个身体物（人体）在一个现成存在者‘之中’现成存在。‘在之中’不意味着现成的东西在空间上‘一个在一个之中’；就源始的意义而论，‘之中’也根本不意味着上述方式的空间关系”。[②] 因此，海德格尔关于“人在世界中存在”的存在论建构，实际上是以“世界”为“人”奠基；而现代科学作为一种主体/客体式的图像世界观，现代技术作为一种“座架”，则都是对世界的异化。

（二）在生活中成其为“人”的实践性

旨趣类似但路径和维度与现象学—存在论迥然有别的，是马克思主义的“生活世界”观念。在马克思这里，“生活世界”同样是一个前理性、前逻辑的世界，是人在对象化活动中与自然界的原初关联，“在思辨终止的地方，在现实生活面前，正是描述人们实践活动和实际发展过程的真正的实证科学开始的地方”[③]。同样针对意识哲学，马克思所批判和超越的，是黑格尔关于精神“生产”的辩证法中关于人之本质的唯心设定。在黑格尔看来，“意识”按其本性构建起“生活”，生活作为对象化的世界，乃是意识自身外化的结果；而作为对象化的生活本身，则是意识自我设立的对立面，是精

---

① 孙周兴选编：《海德格尔选集》下册，生活·读书·新知上海三联书店1996年版，第1166页。

② ［德］马丁·海德格尔：《存在与时间》（修订译本），陈嘉映、王庆节合译，生活·读书·新知三联书店2006年版，第63页。

③ 《马克思恩格斯选集》第一卷，人民出版社2012年版，第153页。

神必须辩证地加以克服和扬弃的对象。对此,费尔巴哈从唯物论角度对黑格尔进行了反拨,在他看来,抽象的精神、意识并不作为构成人之本质的前提而存在;自然作为生活的前提,以及客观自然和感性人,才是理性认识的出发点。

马克思则基于感性的、实践的、历史的和辩证的唯物论,一方面反对黑格尔抽象的、唯心的意识哲学,另一方面也对费尔巴哈的机械唯物论进行纠偏,从而在更为具体的社会实践层面阐述了一种生活世界观念。马克思指出:“一个种的整体特性、种的类特性就在于生命活动的性质,而自由的有意识的活动恰恰就是人的类特性。”①在他看来,自由、意识等作为人类的“类本质”,是在改造对象世界的劳动实践关系中形成的;而作为历史概念,“人”的本质并非被直接赋予的先验的、固有的抽象之物,不管是自我意识还是对象意识,都是在劳动生产和社会生活中形成的。因此,在对费尔巴哈进行批判时,马克思明确提出,人的本质是社会关系的总和,人的本质是“果”而非“因”——阿尔都塞将此解读为马克思成熟期的“理论上的反人文主义”——根据这种观念,人基于物质生产活动的需要,围绕实践活动在时空中的展开,就是其生活世界的形成过程。

(三)在主体间共在交往的日常性

在胡塞尔和海德格尔的思路中,“世界”既是奠基性、境遇性的,也由此而是日常的、知觉给予的、直观可感的“周围世界”;每个人基于个体实践都有其特殊的生活世界,同时也交织形成着意义整体。这种主体间性在阿尔弗雷德·舒茨(Alfred Schütz)和哈贝马斯的考察中被进一步发展:“生活世界”作为人类所有生活实践嵌在的基地,作为在日常生活实践中经由主体先行解释的基本领域,乃是社会交往和交互理解的基础。

① 《马克思恩格斯文集》第一卷,人民出版社 2009 年版,第 162 页。

舒茨将社会学视野融入现象学有关“生活世界”的论述中，并对之进行系统阐发和建构；其“生活世界现象学”的突出内涵，是强调生活世界作为文化领域和工作世界的维度，以及生活世界作为一个主体间共在、共栖、共享的场域，生成了系统性的社会文化及其意义。而哈贝马斯则基于对现代“技术理性”殖民的批判立场，将早期胡塞尔和海德格尔所论之境遇性、“非课题性”的生活世界，从“背景化”的潜在视野改造为交往行为的显在场所，认为生活世界作为主体间性的场域，就其根本而言乃是动态生成、互动互构、沟通理解的场域；在其中，个体意识并非中心，主体间的交往行为才是生成意义的社会规定性所在。

综上三个维度大致可见，生活世界作为人类境遇式的基础世界，是以自然“生命”为核心但又超越于“自然”的，可由意识所把握但又为意识奠基的现实世界；是社会的、历史的、文化的世界，是融合主客及主体间关系的周围世界，是融贯会通的世界，是人作为理性、意志、情感主体所关涉的世界。

参照上述视域，智能机器人作为“科学世界”的技术构造物，原本属于人类生活世界的组成部分，是没有自身之生活世界的；而智能机器人“内在”的意识问题，同时作为哲学和科学难题，其中涉及身/心、主/客、内/外等问题，在关于智能机器人的探讨中已成为争议的焦点。这两个方面的问题，往往都在科幻表征中得到了想象性解决，从而彰显了一种关于“后人类生活世界”叙事的后人文主义诗学悖论。

二、后人类的“人化”表征及其生活世界叙事

科幻作品大多无法具体呈现智能机器人的科学原理和运作机制，也无法展示其内在的智能/意识构成，但总是借助科幻想象叙事与影像生产，赋之以生命、具之以人身，并使之与人类之间形成主体间性关系，总之，即是为智能机器人进行生活世界建构——这

实际上是对生活世界的错位式转移与想象性赋予。由此,现实生活中仅为症候的关于智能/意识的内在问题,得以借助生活世界叙事而表征出来,并得到想象性的治愈或消解。对此,我们进一步以经典的科幻表征《两百岁变成人》(*The Bicentennial Man*, 1976)为例加以具体化例证。

艾萨克·阿西莫夫(Isaac Asimov)著名的机器人科幻短篇《两百岁变成人》,讲述了机器人马丁·安德鲁从作为人类生活世界的组成部分开始,逐步获得其自身的生活世界,最终变成人类的故事。该小说于1999年被改编成同名科幻电影(汉译有《机器管家》《铁甲再生人》等),虽与小说遵从不尽一致的叙事逻辑,但都将智能机器人内在的“科学世界”和“智能/意识”问题,置于其“生活世界”的表征和建构中。

(一)天才式机器/人:从艺术创造到社会生产

“创造力”(creativity)和“独创性”(originality)作为人性范畴,是西方浪漫主义以来界定人类“天才”属性的重要维度,也往往被视为艺术家的内在本质,并以之为艺术的本质担保——由此,也成为赋予机器“人性”、从而激进地想象“后人类”的重要参照维度。

在《两百岁变成人》中,机器人安德鲁被设定为拥有与其他机器人不同的内在禀赋,即真正的艺术创造力。他能够以绝妙的手艺做出独一无二的、真正具有原创性的木雕和家具,并且他意识到自己很享受这种艺术创作的感觉——这是一种会让他的大脑电路流通更顺畅的激情式体验。安德鲁因此也被主人一家称为“艺术家”。但实际上,安德鲁的艺术创造力虽然超越了大部分的人类,但仍没有与小说中其他技艺高超的机器人如外科手术机器人医生等构成本质区别;而只有他的艺术创造作为社会生产从而进入社会关系“再生产”之后,才有了本质的变化。换句话说,机器人的内在能力,需要超越作为人类社会的科技“生产力”之构成部分的层面,而成为它们获得主体性社会关系的实践基础,机器人才会变成

“人”，才能从人类生活世界的组成部分，逐渐变成其自身生活世界的拥有者。

安德鲁所创造出来的艺术“作品”，从一开始只是作为主人家的日常“用品”，到后来变成主人家用来赠送给亲友的“礼品”，开始进入社交流通环节。但在这两个环节，安德鲁及其作品并未获得充分的社会身份。后来在主人家小小姐的提议下，安德鲁获得了相应的报酬并且归其个人私有，他的艺术创造便参与社会性的生产、流通和消费，变成了“产品”和“商品”。安德鲁的作品由主人卖出，一半的钱存入他的个人户头，他不仅借此让自己更新设备而实现身体进化，还拥有“私人”财产，付清了房子的费用并将之正式过户到自己名下。

从自主“创造力”这一规定人类独特性的维度而言，安德鲁超过了大部分人类，但仍然仅是“天才式的机器人”；而经过从个体的“艺术创造”到“社会生产”再到“社会关系再生产”的转换，他成为社会性的生产主体，其劳动生产所得，一部分是作为“机器人”所得归于主人家，另一部分则是作为“人”自己所得并用之于其自身生存和发展。安德鲁在其中获得了其主体性的社会关系，开始其生活世界的实践性建构。

（二）亲情、友谊与爱欲：从情感表达到身体交往

在小说中，主人家年幼的“小小姐”不仅是安德鲁的玩伴，还是安德鲁才华的发现者，她促成了安德鲁的“合法”收入，尤其后来努力让安德鲁用自己的劳动收入赎得他的自由之身。安德鲁实际上拥有了一定的情感能力，在小说中，他“双眼透着悲伤”，有着人的内在情绪和外部表情，因此也在与小小姐的相处过程中，感受到了她对自己的情谊。小小姐一直记得安德鲁的第一件木雕艺术品是为她做的，并把它一直挂在银项链上，戴在胸前，她结婚之后并不想、也未远离安德鲁。安德鲁与小小姐之间的真挚感情延续了其一生，直到他最后变成“人”，在他临死之际，还在呼唤小小姐的名字。

安德鲁作为小小姐一家的挚友和守护者,一直守护一家几代人,其中夹杂着亲情、友情等基于社会交往的属性,这实际上也展示了机器人情感问题所必要的生活世界维度——“情感”是嵌入并寓于与世界的互动关系之中的。

在电影改编中,安德鲁对于小小姐的情感,从被动感受而演变成主动的爱情追求,这也成为电影的叙事主线。电影对于安德鲁的塑造,更接近于人类恋爱中理想的男人形象,他甜蜜而幽默,很早就赢得了小小姐的芳心,但囿于人类与机器人的界限,小小姐一直未能将这份情感充分展露;而安德鲁虽然具有情感能力,但还不足以理解小小姐对她微妙的男女之情。两人相处二十余年之后无疾而终,小小姐对此多有抱憾。此后,通过不断地学习交往,安德鲁逐步理解了男女之情,并在 150 岁的时候与小小姐的孙女——一个长得跟小小姐样貌相似的女性相恋。他能真切地感知小小姐的孙女对他的爱,进而主动追求她。这种人机恋的模式,实际上乃是大众文化的流行表征,尤其是安德鲁在获得生殖器官和性能力之后,与小小姐的孙女发生了身体关系,其中的套路呈现了人类社会的恋爱模式,已然消解掉了小说中的严肃主题。看似温馨、浪漫的爱情生活的背后,引发的是更为激进的关于人与机器之间的爱欲问题,这也是一个生物学的、关于生命本能的问题,它常常与关于爱情的社会属性相结合,成为科幻表征和建构机器人或仿生人的生活世界的重要叙事线索。

(三)超越图灵测试:日常交际与社会学习

在小说开篇,安德鲁便与为其手术的机器人医生明显有别。从内在来看,机器人医生并不拥有独立的大脑,但却具备专门化的、精准高超的外科手术能力;从外在来看,机器人医生面无表情,因为它的脸是由不锈钢掺杂少量青铜制成的。这种区别后来沿着两条路线进化而加剧:一方面,安德鲁通过主动学习,并且在与人类的日常交往中,学会了人类的摇头动作等肢体语言,也习得了复杂的社会规则；另一方面，随着技术的革新，安德鲁的硬件不断地更新和完善，尽管老爷从不碰触安德鲁的“正子大脑”。可以说，安德鲁内在意识和心灵的进化，是与技术革新无关的，他是在日常交往中通过社会学习而逐渐“人化”的——这是一个共享“意义世界”、从而与人类形成主体间性的过程。

面对老爷对安德鲁是“机器人”而非“人类”的质疑，小小姐反驳道：“书房的书他通通读过一遍。我不知道他心中有什么感觉，但我也不知道你心中有什么感觉。当你跟他讲话时，你会发现他像你我一样，对各种抽象概念都有反应，这难道还不算吗？如果某人的反应和你自己相像，你还能再要求什么？”①这是一个典型的“图灵测试”问题：机器人通过学习，在与人的对话沟通中被认为是“人”，那么它便完成了测试；至于其内在如何，是无法到达的——因为即使是作为个体的人，他人也无法真正到达其内心。

不仅如此，安德鲁还不断根据外界环境的变化而进行“无监督学习”。数十年之后，安德鲁发现他早期习得的语言已经跟不上时代，因此便主动打算去图书馆找书学习——这个“骄傲的决定”令他体内的电位明显升高。在小说中，新出厂的机器人的大脑路径被设计得越来越精准，也更一板一眼、万无一失而不具备主动性；而安德鲁没有这样的问题，尤其在电影中，安德鲁为了赢得小小姐的孙女的爱情，学会了善意的谎言，也会犯日常的错误，他实际上已经在日常生活交往过程中具备了“人性的弱点”——这是借由任何科技手段的“改造”和“赋予”都无法获得的属性，而只能源于日常生活世界的学习实践。

(四)超越机器人(学)：自由精神与主体塑造

上述三方面都是安德鲁逐步获得其自身生活世界的必要维

① ［美］艾萨克·阿西莫夫：《阿西莫夫：机器人短篇小说》，叶李华译，江苏凤凰文艺出版社2014年版，第502页。

度，在小说中，安德鲁"变人"的枢纽环节则是"赎身"——他要用自己的手艺"创造"和社会"劳动"所得，像奴隶赎身一样赎买自己的"自由"，并要求得到法律的确认。面对老爷的不适、偏见与愤怒，安德鲁坚持认为"自由是无价的"，并且自己点出了"自由"的内在精神：只有希望获得自由的人才能是自由身。因此，后来法庭决定："任何生灵只要拥有足够进化的心智，能领悟自由的真谛、渴望自由的状态，吾人一律无权将其自由剥夺。"[①]这种对作为人类本质规定之"自由"的认识，乃是安德鲁通过不断地参与社会实践、分享人类文化世界的意义而获得的。这种自由的精神，恰如小小姐所言："即使是无生命的器物，若对我们有过贡献，我们也有义务善待它。机器人不是草木，不是动物。它能进行高等思考，使它得以跟我们说话、跟我们讲理、跟我们开玩笑。我们将它们视为朋友，我们和它们一起工作。"[②]换而言之，人与智能机器人之间，已然是一种主体间的交往关系。

在小说中，安德鲁主体身份的塑造，还在于一种"话语主体"的建构。安德鲁在进行无监督自主学习的过程中，萌生了要写有关"机器人历史"的想法，并且最终希望做个研究机器人生理躯体的"机器人生理学家"，而不是研究作为人类对象化的机器人金属躯体的"机器人学家"。这在安德鲁"变人"的过程中，具有重要的"历史"意义："当个艺术家，所有的构想都是你的；当个历史学家，你研究的主要是机器人；当个机器人生理学家，你将专门研究你自己。"[③]"艺术家"表明着安德鲁实际上具备专门化的个体能力，其逻辑仍然等同于一般具有特殊能力的人工智能；而作为研究机器

① ［美］艾萨克·阿西莫夫：《阿西莫夫：机器人短篇小说》，叶李华译，江苏凤凰文艺出版社 2014 年版，第 503 页。

② ［美］艾萨克·阿西莫夫：《阿西莫夫：机器人短篇小说》，叶李华译，江苏凤凰文艺出版社 2014 年版，第 511 页。

③ ［美］艾萨克·阿西莫夫：《阿西莫夫：机器人短篇小说》，叶李华译，江苏凤凰文艺出版社 2014 年版，第 519 页。

人的“历史学家”，安德鲁的自我意识已经充分觉醒，他实际上不是在研究自身所属的“类”，机器人已经同时成为他的对象——换言之，安德鲁本身是研究的主体，同时研究的客体又是它自身所“属”并超越的“类”。

这便类似于“人类学”的路径了——对照福柯所言之近代关于“人的发现”，这便是“机器人的发现”：它标志着机器人自身成为主体，真正的“机器人学”如“人学”一样成立，机器人再也不是作为纯然的客体存在于人类的对象化研究之中。到了“机器人生理学家”阶段——这门学问后来被正式命名为“人造器官学”——安德鲁研究的对象已然是他自己：一个在身体上等同于人类有机体的、同时又无限地接近人类意识的智能机器人。这实际上预示着一种具有反思能力的“自我意识”的成熟，这种成熟在小说中并非借助于科技创新和进化，而是基于安德鲁日常化的、长期的学习、生产和生活实践。

（五）向死而生：有机生命、自然死亡与物种认同

主人家非常注重安德鲁的维修与更新，这让他在硬件上一直可以媲美最新生产的机器人。后来随着技术的演进，机器人公司已经能够生产出拥有人类外表、几乎可“以假乱真”的仿制机器人。安德鲁要求把自己换成仿制人，并且后来他自己设计了一个系统，能让仿制人从碳氢化合物的燃烧中获取能量，以有机能源取代原子电池，以便能像人类一样呼吸和进食。他又陆续设计出排泄生殖器官，一步步迈向有机身体；即使是器官功能的“降级”，在他看来也无碍于向人类的“进化”。在电影中，朝向有机身体的改造与进化，表征得更为细致、具体与逼真：安德鲁首先换了皮肤和肌肉，随后换了身体器官，产生了饮食和消化功能；紧接着拥有了生殖器官，获得了性交的功能；最后换了血液，获得了死亡的功能。可以说，在心智和身体上，改造后的安德鲁已经“进化”至无限地接近于人类了。

安德鲁朝向人类而“生”的进化/退化过程,也是朝向人类而“死”的自然过程。安德鲁陪伴并见证了老爷的死亡,对此开始有清楚的认识:“那是人类终止运作的方式,是一种非自愿的、不可逆转的解体过程。”①在安德鲁作为机器人出厂150周年的时候,机器人公司为他开了一个在他看来有讽刺意味的庆生宴,他虽然在社会声望和法律上都被视为人类,甚至超越了人类,但作为“一百五十岁的机器人”被祝贺,他对此极不喜欢:“我有人类的形体,我的器官和人类的相当。事实上,我的器官和许多人植入体内的人造器官一模一样。我在艺术上、文学上、科学上对人类文化做出的贡献,不会输给当今世上任何一人。他人还能要求些什么?”②对于“身份”承认问题的最后症结,看似是在人工制造与自然发育的大脑之间的区别,但实际上是自然死亡的问题:

> 人类能容忍一个不朽的机器人,因为一架机器持续多久都不算什么。他们却不能容忍一个不朽的人类,因为唯有在放诸宇宙皆准的前提下,他们才能勉强接受自己生命的有限。③

因此到了最后,为了追求“死亡”这一基本的人类规定性,安德鲁将他的正子大脑接连上了有机神经,最后通过手术,完全变成了有机神经大脑——终于在两百岁时,安德鲁被宣称作为“人”而去世。可以说,不管是参与社会生产,还是建构个体的历史,尤其是作为社会关系枢纽环节的法律意义上的赎身与自由,都是基于社会认同的“身份认同”;而在安德鲁死亡之后,生物意义上的“物种认

① [美]艾萨克·阿西莫夫:《阿西莫夫:机器人短篇小说》,叶李华译,江苏凤凰文艺出版社2014年版,第504—505页。

② [美]艾萨克·阿西莫夫:《阿西莫夫:机器人短篇小说》,叶李华译,江苏凤凰文艺出版社2014年版,第525页。

③ [美]艾萨克·阿西莫夫:《阿西莫夫:机器人短篇小说》,叶李华译,江苏凤凰文艺出版社2014年版,第530页。

同”才真正得以完成，通过“向死而生”，安德鲁最后悖论式地获得了作为生存境遇的“世界”。

在后人类语境下，智能机器人的内在“意识”问题及其所引发的超出科技领域的系统性社会问题，可以从智能机器人是否及在何种意义上能拥有原本属于人类的“生活/生命世界”，以及这种生活世界与人类当前的生活世界之间存在的张力关系等视角，结合文化表征来进行审视。

在《两百岁变成人》的最后，安德鲁由于获得了有机、自然、生物意义上的人类“生命”而完成了其物种认同。而对于人类来说，这一认同却只是生活世界的起点，安德鲁反而是以两百年的时间逆向“建构”了这一起点——这一逆向的过程，也即是科幻作品赋予智能机器人以“生活世界”的表征过程。在小说及其电影改编中，智能机器人“内在”的意识问题，都没有得到直接的探讨，而是被嵌在于生命、生产、生活的日常社会实践的叙事建构中得到表征。尤其是在电影中，这一过程鲜活、生动、立体地得到展示，智能机器人不仅拥有人形身体及外表，还往往通过想象、虚构、叙事等方式建构一个其嵌在和寓居的生活世界。可以说，科幻尤其是电影景观的功能，并不在于对未来技术的发展做出何种程度的预测，而是通过对后人类的生活世界建构，或真诚或套路地展示技术本身之外的、技术所可能引发的社会、伦理、道德、法律、情感等问题。

智能机器人及其生活世界问题，在当前的后人类语境中还涉及人类/后人类关系的悖论。《两百岁变成人》实际上是有关后人类的悖论表征，即机器人变人的套路，最后强化的反而是一种人类中心主义的立场。这种悖论也是对有关智能机器人的问题进行审视与反思的前提，即我们总是作为“人类”本身来进行这种审视与反思，我们无法脱离我们的生活世界。但我们都在某种程度上是与安德鲁相向而行的，就像小说里所描述的，安德鲁在不断让自己获得有机生命的同时，他发明的具有突破性的人造器官，已经被人类视为巨大的福利。换言之,在安德鲁“人化”的同时,人类也在“机器化”。因此,不管是我们作为“人类”所嵌在的生活世界,还是智能机器人作为“后人类”所嵌在的生活世界,实际上可能正处在动态互构的历史过程之中。

第四节　异形科幻影像:“他者”在场的消费解构

从生态视野中的自然物到社会视域中的技术物,“他者”作为“物”及其表征问题,不断地趋近人的世界并形成了诸多与人类中心主义复杂缠绕的深刻的诗学悖论。这种悖论在当前的文化思潮中,尤其以外星生物的“在场”表征为典型,呈现了一种与消费逻辑相裹挟的后人文主义诗学指向。

当前数字电影技术的革新,使得以外星生物为典型的“异形”(alien)作为经典“他者”形象的表征获得了直接的、立体的“在场感”。其中,电影外星叙事的一条主线是外星人作为“他者”莅临。《变形金刚》(*Transformers*)系列作品便展示了“汽车人”进入地球,或因其“善”而与人类成为伙伴,或因其“恶”而与人类为敌的情景;其中涉及权力斗争与资源争夺,地球变成了外星生物逃难、战争的场所。如今,变形金刚已经成为重要的流行IP,衍生出系列文化产品,充斥着日常生活的各个角落。到了2016年的外星电影《降临》(*Arrival*),外星叙事转向了深层次的语言问题。这部电影根据华裔科幻作家姜峯楠(Ted Chiang)的小说《你一生的故事》(*Stories of Your Life and Others*,2005)改编,语言学家露易丝·班克斯发现外星人使用的一种极为特殊的圆环状的文字“七肢桶”(Heptapods)并逐渐了解了其中的奥妙。在电影中,这是一种迥异于人类语言的可视化的外星语,露易丝也因为学习了这种语言,其思维、感受、体验模式被极大地改变,影响了她一生的生活。与异形莅临相反,外星叙事中的另外一条主线则是人类穿越太空遭遇外星“他者”。《阿凡达》(*Avatar*,2009)讲述的便是人类对其他星球的入侵:人类在拥有了星际航行能力之后,便开始进行星际殖民,在潘多拉星球上遭遇了纳美族人;在战争中失去双脚的主人公借助先进的技术而变成了“阿凡达”(即“化身”),能够与纳美族人沟通,并进而帮助他们对抗人类的掠夺和入侵。而在《星际穿越》(*Interstellar*,2014)中,人类遭遇的则是另外一个时空,人类穿越“黑洞”边缘所进入的新时空,从根本上重构了地球毁灭之后的人类处境。

一、“星际共同体”与“人类共同体”的异质同构

在这样的科幻影像中,一个有关“星际共同体”的主题凸显了出来。在《阿凡达》中,被人类入侵之前的纳美族,过着一种隔绝的、原生的“土著共同体”生活,它以特定的地域环境、系统背景为限,与外部世界隔绝。[①] 这种土著共同体最终在阿凡达与纳美族人组成的新的抵抗共同体战胜入侵者之后得到重建。在《降临》中,语言既是人类与“七肢桶”沟通的媒介,也是一种独特的、联结星际共同体的“礼物”。在《变形金刚》中,人类与外星人的共同体关系,也遵循星球作为地方性共同体的星际建构逻辑,早先流落地球的正派汽车人,与人类组成了保护地球、对抗反派汽车人的星际共同体。其中男主人公与汽车人“大黄蜂”之间的真正友谊,成为这种共同体建构的叙事主线,两者之间的情感成为建构命运共同体的纽带。同样地,在《奥特曼》(*Ultraman*)系列科幻中,宇宙英雄“奥特曼”分别来自不同的星球,他们以“人间体”的方式存在,其最重要的能力便是可以在人类与非人类之间切换:平时他们以人类的形态、作为人类社会共同体的成员存在,每当危机出现,便变身为奥特曼,与人类组成对抗怪兽的共同体。

---

① [美]J.希利斯·米勒:《共同体的焚毁:奥斯维辛前后的小说》,陈旭译,南京大学出版社2019年版,第9页。

但实际上，这样从人类遭遇外星生物到"星际共同体"建构的科幻表征，以流行文化消费的方式强化了一种人类中心主义的立场；科幻景观叙事中存在着一种如阿甘本所言之将动物"人化"的"人类学机器"的扩展——外星生物他者的"人化"，这是一种将绝对"他者"纳入共同体的内在想象机制。《变形金刚》中来自赛博坦星球的汽车人，以及《阿凡达》中的纳美族人，不仅都被立体地展现出人类形体，也被投射了人性的情感和意志；甚至比人类更具人性，从而成为对抗非人道、反人性的人类异化机制的存在。而星际共同体作为"后人类共同体"，往往是"人类共同体"之投射——如《阿凡达》中人类对潘多拉星球的入侵，是对纳美族人作为"土著共同体"的破坏，这种不同星球之间的"星际"叙事，在很大程度上可以看作是人类内部"国际"叙事的投射与异质同构——现代以来西方帝国主义所推行的掠夺、殖民与霸权，是造成地方的、土著的共同体崩塌的根源。

概而观之，这些科幻电影中，关于人类与纳美人、七肢桶、汽车人、奥特曼等非人类的外星生物之间的"星际共同体"想象，与"全球/地方"的构成逻辑类似，在超出人类地球的星际视野中，在"宇宙/地球"的关系中，地球作为人类共同体家园获得"外位性"观照，宇宙整体视域中的地球与其他星球一样，变成了地方性的存在，展现为科幻景观中令人叹为观止的独特"风景"。这种"星际共同体"实际上是与"人类共同体"异质而同构的；其背后的表征机制，则是流行文化的生产和消费逻辑对现实空间政治的替代与消解。

二、人类与"他者"的消费关系与交互解构

科幻对外星人形象的表征呈现出了复杂的人类自身的自我/他者观念，正如贝明顿所指出的，这与人类如何看待自己息息相关。在《外星时髦：后人文主义及其内部的他者》中，贝明顿以大量的科幻电影为文本，梳理并分析了流行文化表征中的"憎外星人"

(alien hatred)和“爱外星人”(alien love)现象。贝明顿以美国20世纪50年代的唐·希格尔(Don Siegel)导演的科幻电影《人体入侵者》(*Invasion of the Body Snatchers*,1956)为引子,指出这一部在当时意味着恐怖的电影,在半个世纪后,却在他的课堂上引发学生的哄堂大笑。贝明顿分析了学生的这种反应,认为对外星人与人类之间关系的认识已经发生了巨大的变化,“可能外星人已经不同往日那样,被当作敌人、他者和怪物”①。在他看来,20世纪50年代的外星人侵叙事往往都是基于简单的二元对立以及截然的等级制:人类与非人类、“我们”与“他们”、真实与假冒,这是一种“憎外星人”的态度;而现在则是消解二元之间界限的“爱外星人”。贝明顿指出,这种现象在当前的文化中已经无处不在,他借用了美国作家汤姆·沃尔夫(Tom Wolfe)“激进时髦”(Radical Chic)中的“Chic”一词的用法——“激进时髦”在汤姆·沃尔夫那里用来指一种“空虚”(hollowness)的内在双重心态——认为激进时髦“事实上重申了传统的价值,重新刻画了‘他们’和‘我们’之间的边界,它不制造差异(making a difference),而是标志差异(marked difference)”②。因此,在贝明顿看来,“爱外星人”实际上加强了传统人文主义式的人类与外星生物的界限;而憎恨外星人看似相反,但实则与喜爱外星人基于同样的基础,传统关于人/物的界限从未消失。

贝明顿关注了好莱坞电影中关于火星及其“绿色居民”(little green inhabitants)形象的变化。他指出,“火星”的意义从可怕的入侵者,变成或滑稽而微不足道、或友善的先祖,火星人作为最早的外星人,已经不再是其所是。但他也通过对另外一些电影的分析指出,原来的外星人形象仍旧在电影中徘徊,作为威胁人的怪物形

① Neil Badmington, *Alien Chic: Posthumanism and the Other Within*, London and New York: Routledge, 2004, p.2.

② Neil Badmington, *Alien Chic: Posthumanism and the Other Within*, London and New York: Routledge, 2004, p. 5.

象,成为反证人文主义的“他者”存在。贝明顿分析了电影中的外星人绑架现象,认为“爱外星人”与“憎外星人”实际上是类似的,对外星人的喜爱潜在地坚持人类与外星人的对立;“爱外星人”看似后人文主义,但实际上却悖论式地是一种人文主义的立场,它仅仅是一种对外星人的时尚形式爱好而已(即他所谓之 Alien Chic)。流行文化中外星人主题的物品和装饰,实际上强化了人类主体的地位,喜欢这些事物仅是为了“拥有”它们:外星人仅作为强化人类主体性的客体/物品(object)而受到欢迎。[①]

进而,贝明顿借助德里达的“解构”视角,对这些重申或强化人文主义观念的文化文本和现象,进行一种后人文主义解读。在他看来,外星时髦在“凸显”(underline)人文主义基本原则的同时,也在暗中“破坏”(undermine)之,因此人文主义一直都在朝着后人文主义演变。[②] 在这里,能明显地体会到贝明顿将后人文主义的理论探索与批评实践相结合的努力,参照他在其主编的《后人文主义》中所表达的“人文主义无法逃离其‘后—’”的理论主张,[③]与这种外星文化批评之间,可谓相得益彰。

基于这种通过文化批评来阐述后人文主义理论的路径,贝明顿进一步对外星叙事中的悖论展开独到解读。他认为,当下是“外星人最好的时代,也是最坏的时代;它们拥有之前的一切,又一无所有;这是它们希望的春天,也是它们绝望的冬天”[④]。一方面,当代文化爱意盈心地仰望宇宙,热烈拥抱作为“他者”的外星人;另一方面,人类的爱是一种带着距离的爱,是一种基于人文主义等级制

① Neil Badmington, *Alien Chic*: *Posthumanism and the Other Within*, London and New York: Routledge, 2004, p. 11.

② Neil Badmington, *Alien Chic*: *Posthumanism and the Other Within*, London and New York: Routledge, 2004, p. 11.

③ Neil Badmington (ed.), *Posthumanism*, New York: Palgrave, 2000, p. 9.

④ Neil Badmington, *Alien Chic*: *Posthumanism and the Other Within*, London and New York: Routledge, 2004, p. 151.

的爱，外星人仅是作为迥异的存在者而被欲望着，外星人的“他性”（otherness）一直反过来作为支撑“人”而存在着，它们一直被排除在“我们”之外。因此贝明顿指出，“爱外星人”事实上一直保留着“憎外星人”所建构起来的绝对差异——外星人仍然是异形（an alien is still alien）。[①]

尤其更彰显理论思辨与话语批判价值的，是贝明顿更进一步揭示其中蕴含的一种后人文主义的第三条道路，即人类与外星人之间的这种二元对立一直在解构着自身：“人类中心主义既是强加（imposed）也是罢免（deposed），既是写就（written）也是重写（rewritten），既在（there）也不在（not quite there）。”[②]对此，贝明顿借助德里达有关“延异”与“他者”之间关系的论述，认为“意义”不仅如索绪尔所言，是由语言系统内部的“差异”所建立的，而是“永远基于他者的踪迹”。[③] 在他看来，这也指明了“人类”与广泛的“外星生物”（extraterrestrial）之间的内在关系——两者各自意义的建构，都依赖于“他者”的踪迹；人类不停地因为自身中的“非人类踪迹”而疏离自己，而“他性”实际上总是人类自身的一部分（part of “us”），也一直推动着我们逃离“我们自身”（parting “us” from “ourselves”）。[④]

如此一来，与沃尔夫关于后人文主义“语言形式/表达技术”的诗学阐述类似，贝明顿的分析也从文化表征与意义生产的诗学层面，揭示了外星“他者”在场消费逻辑之下所蕴含的后人文主义诗

① Neil Badmington, *Alien Chic: Posthumanism and the Other Within*, London and New York: Routledge, 2004, p. 151.

② Neil Badmington, *Alien Chic: Posthumanism and the Other Within*, London and New York: Routledge, 2004, p. 152.

③ Neil Badmington, *Alien Chic: Posthumanism and the Other Within*, London and New York: Routledge, 2004, p. 154.

④ Neil Badmington, *Alien Chic: Posthumanism and the Other Within*, London and New York: Routledge, 2004, p. 155.

学悖论问题。并且贝明顿也借助于德里达的“解构”策略,从“内部”运作视角深入人类/非人类关系的深层表征及其话语机制问题,由此彰显了独特的后人文主义的诗学路径。而与沃尔夫不同的是,贝明顿将这种涉及人类中心主义悖论的理论问题,充分基于大量生动而鲜活的科幻文本,从而更加彰显了其在后人类语境下的诗学反思与批判意义,也更好地呼应并细致地展示了他将后人文主义“理论化”的明确话语主张。

第五节　动物/残障研究:主体视角与表征伦理

人文主义的基本逻辑起点之一,便是人与动物的区分和人对动物的超越。动物作为“他者”,在传统“人类”及“人文”概念的定义中扮演着关键角色,人类通过与动物的参照、通过超越动物而构成自身,此乃文艺复兴以来的人文修辞,并逐渐参与形塑了一种“人类例外论”。而就人类主体与人类社会空间建构来说,动物作为“他者”也被置于存在链条的底端,仅作为人之附属或取用的资源而存在。与此同时,人类反过来又能够“纡尊降贵”,不断地以一种隐喻化、拟人化的方式来看待动物,以彰显一种人文关怀,“动物们早就讲出了于人类有益的品德和道德区分的社会语法”①。将动物人格化,从而将道德和法律平等原则推及之,事实上是一种“推己及物”的人文姿态,同时也容易将霸权范畴和人类属性推及“他者”,从而造成在整体上否定动物的特殊性——这种做法反过来可能会强化人与动物之间的二元对立,陷入一种人类中心主义的悖论之中。

因此,布拉伊多蒂明确提出了动物与人之间的“后人类关系”,

① ［意］罗西·布拉伊多蒂:《后人类》,宋根成译,河南大学出版社2016年版,第100页。

认为人文主义将动物当作跨物种和普遍移情伦理价值的象征，而后人类关系的关键则是要“把人类/动物相互关系视为彼此身份的构成要素。这是一种流变的或者共生关系，这种关系改变彼此的‘本质’，并将双方的中间立场凸显出来”。[①] 斯蒂凡·赫布莱希特(Stefan Herbrechter)和伊万·卡勒斯(Ivan Callus)也指出，后人文主义需要关注当代各种形式的拟人论、人类中心主义和物种主义，尤其是拟人论同时允许“动物的人类化”和“人类的动物化”，因此如何“思及动物”(thinking with animals)至关重要，因为忽略动物的在场实际上就是忽略人类生命未来的重要性，非人类动物在人类文化中是能动的，正如艾瑞卡·福吉(Erica Fudge)所言：“人类不能脱离认知到非人类动物对他们自身的文化、社会和政治结构来说的重要性，来思考自身，包括他们的文化、社会和政治结构。”[②]

麦尔和比尔则认为，其中的关键问题指向了地理/空间维度，地理学通过聚焦“空间/地方”的组合从而勾连社会与自然，因此可能与批判后人文主义具有更密切的、更“生产性”的关系，由此得以反思“人类例外论”；因为空间与地方并非只是人类的产物，而是“由人类与非人类行动者相互作用所共同生产的(co-produced)”[③]。两人由此阐述了一种批判后人文主义的“不止人类”(more-than-human)的动物地理学(animal geography)视角，以及人文地理学内部的“非人类研究”的意义，以此聚焦“疏漏的主体”(neglected subjects)。

---

① [意]罗西·布拉伊多蒂：《后人类》，宋根成译，河南大学出版社 2016 年版，第 115 页。

② Stefan Herbrechter and Ivan Callus (eds), *Posthumanist Shakespeares*, New York: Palgrave Macmillan, 2012, p.14.

③ Mara Miele, Christopher Bear, “Geography and Posthumanism”, in *Palgrave Handbook of Critical Posthumanism*, Stefan Herbrechter, Ivan Callus, Manuela Rossini, Marija Grech, Megen de Bruin-Molé, Christopher John Müller(eds.), New York: Palgrave Macmillan, 2022, pp. 749-771.

人与动物之间实际上存在着深刻的共生和互构关系，也彼此共享着生存空间，两者的关系必须在交互视野中重新看待与理解，而非从人或者动物的单方面视角或立场出发。这也构成了后人文主义的重要立场。

一、从人类/动物关系到"动物研究"的超学科自反性

哈拉维将其论文集命名为《类人猿、赛博格和女人：自然的重塑》，将主题定位为"自然之塑造和重塑"，聚焦的便是"在伟大的西方进化、技术和生物叙事中有着不稳定的地位"的奇特的"边缘生物"——类人猿、赛博格和女人，从字面上这些边缘生物都是"怪物"。[①] 同时，哈拉维以"伴侣关系"（companionship）来称谓人类与狗之间的关系，她一再提及狗相对于科技、机器等作为"绝对他者"在人类历史与社会医学、经济以及生活论述中所扮演的重要角色，认为人与动物之间的关系必须在新的脉络中重新来理解。

布拉伊多蒂则指出，在后人类中心主义的后人类视野下，"我们需要设计一个与当代非人类动物的复杂性和它们对于人类的亲密性相匹配的表征体系……动物不再是支撑人类的自我投射和道德希望的象征系统"[②]。由此，她认为"普遍生命力"概念提供了一种有效力的"平等论"，能够鼓励我们以更公平的关系和动物进行交往，因为这一概念具有德勒兹所说的"解辖域化"的力量，能够绕过"他异性辩证法"的形而上学；通过"普遍生命力"对二元分立辩证法的摒弃，人和动物之间的纽带不再建立在森严的等级制度之上，同时作为"自然—文化的复合体"的"赛博格"等也获得了重要的本体地位。

---

① ［美］唐娜·哈拉维：《类人猿、赛博格和女人：自然的重塑》，陈静译，河南大学出版社 2016 年版，绪言第 3 页。

② ［意］罗西·布拉伊多蒂：《后人类》，宋根成译，河南大学出版社 2016 年版，第 101 页。

沃尔夫则直接结合当下的“动物研究”进一步提出了“动物本体论”问题。通过与具有根本性的“学科性”（disciplinarity）问题的关联，沃尔夫聚焦“动物研究”问题指出，当下文学和文化研究领域里探索动物研究问题及其主导型学科规范，是“特殊多样性的历史主义的”，它所展示的是一种习以为常并重复生产“认知主体”的特殊视野的历史主义，这种主体是自由主义意识形态的清晰表达，它削弱了对历史力量的物质性、异质性和外在性的重视，“动物研究”的真正力量也因此被阻隔和消解了。在沃尔夫看来，“动物研究”的全部力量，不在于它作为一种独特的领域，来填充由媒介研究、电影研究、女性研究和种族研究诸模式留下的空白；“动物研究”的力量是基础性的，是一种对习以为常的“形式”的打乱与重新配置，也是对认知主体和学科范式及程式问题的打乱和重新配置。① 换言之，“动物研究”引发的最为深刻的学科性挑战，不是基于“动物”这一独特研究“客体”所集中显现的涉及多学科的简单现实，而在于“动物研究”对与人类一体关联的“人文学科”的根本挑战，动物研究挑战的是“学科性”本身。

沃尔夫指出，后人文主义的“动物研究”并不寻求“跨学科性”（interdisciplinarity），而是指向“多元学科性”（multidisciplinarity）或“超学科性”（transdisciplinarity）；并不追求一种跨越学科界限的术语、概念和方法，而是这样一种超学科，即它是一种“分散式自反性的需要”（distributed reflexivity necessitated），因为事实上没有一种话语或学科能透视自身的“观察处境”。② 与对自创生“后—主体”的考察类似，沃尔夫在这里也明显借助了鲁曼的系统论视角。他指出，这种超学科是由“一阶观察者”和“二阶观察者”组成的分散网

---

① Cary Wolfe, *What Is Posthumanism*, Minneapolis: University of Minnesota Press, 2010, xxviii-xxix.

② Cary Wolfe, *What Is Posthumanism*, Minneapolis: University of Minnesota Press, 2010, pp.115-116.

络,因此“动物研究”不能成为一个作为整个学术实践之“次级”学科的研究领域,就像所谓的性别研究、种族研究、文化研究、电影研究、媒介研究等;后人文主义视域中的“动物研究”挑战的是“人文学科”本身的合法性问题——因为人文学科乃是基于“人性”的学科——它指向了一种超学科的自反性,即对学科本身(人/动物、人文/非人文)的二阶观察;也指向“动物研究”本身:它到底是一种人文主义式的,还是后人文主义式的。

二、“动物研究”与“残障研究”:超越“表征”的诗学伦理

沃尔夫进一步在后人文主义视野下将“动物研究”与“残障研究”相参照,进一步从主体性视角来窥视人类/非人类界限以及人文主义的限度等问题。在沃尔夫看来,在当代涌现的系列“研究”中,这两者是最具哲学野心和伦理挑战的:它们都是对基于自由、正义传统及权利观念的主体和经验模式的基础性挑战,而这些模式的基础则是理性、自主和能动性。对此,沃尔夫以坦普尔·葛兰汀(Temple Grandin)为例将“动物研究”和“残障研究”两者完美地结合了起来。

葛兰汀是一个孤独症患者,同时也是一个动物学博士。葛兰汀的疾病经验和独特生理特征,使她获得了“理解”动物如何体验这个世界的独特方式:她称自己是一个视觉思考者(visual thinker),能够通过图像来思考;她的精神生活是视觉的而非言语的,因此其大脑结构跟很多动物类似,发达的视觉思维能力使她能够洞察动物的心理。因此,葛兰汀一方面丧失了“正常”身体的某些能力,属于残障范围;但另一方面,她也因此获得了“正常人”所不拥有的与动物沟通的能力。以葛兰汀为例,沃尔夫认为“动物研究”和“残障研究”都是对自由人文主义的挑战,所有生命都在物种进化中具有亲缘性;人类和非人类动物都以身体的存在为基础,并都有两种形式的局限性:一是都能感受到痛苦,都有被动性和易受伤害性;二

是都要面对生与死的问题，都受到来自存在意义和交往的外在性和物质性的限制，在身体方面都是脆弱、短暂和具身的。因此，在沃尔夫看来，“残障研究”与“动物研究”在基础层面，都必须是一种后人文主义式的研究，而不能再陷入人文关怀的陷阱中；人文主义模式只会反过来强化人与动物、正常人与残疾人之间的对立区分。

在对“动物研究”和“残障研究”进行深刻的后人文主义理论分析之后，如何不再陷入一种人类中心主义的悖论立场，沃尔夫转向了艺术批评，从一种“非人类”媒介表征的视角，在深化后人文主义批判立场的同时，也凸显了一种超越“表征”的诗学意义。

在沃尔夫看来，“非人类”动物的伦理立场可以关联到当代艺术中的动物问题，其中应该追问的是，当艺术家们把人类如何对待和关联非人类动物当成他们主题的时候，采取了哪种独特的表征策略，以及通过何种特殊的媒介或艺术形式。[①] 在沃尔夫看来，当代一些艺术家已经意识到了德里达所谓“动物问题”的重要性，但他更感兴趣的不是在内容方面，而是关于形式：艺术家们是依靠何种艺术策略，来对抗一种艺术作品中可能存在的人文主义内容？[②]

沃尔夫将目光转向视觉艺术。从有关人类之“看”与“视觉/视觉性”问题出发，他追问的是，哲学的表征主义和艺术的表征主义之间有什么关系？这其中涉及“表征媒介”的问题，因为媒介与形式问题涉及“我们”如何为非人类动物代言（speaking for）、如何言说（speaking to）我们与动物之间的关系，以及严肃看待这种关系会如何难以避免地转向“我们”自己的问题——这些基于形式策略（formal strategies）的问题不仅是艺术的，也与哲学和伦理层面的挑

① Cary Wolfe, *What Is Posthumanism*, Minneapolis: University of Minnesota Press, 2010, p. 145.

② Cary Wolfe, *What Is Posthumanism*, Minneapolis: University of Minnesota Press, 2010, p. 146.

战相关;因此,后人文主义的动物研究,关键不在于艺术品的内容,而在于其形式策略。

沃尔夫基于对视觉艺术家苏·科(Sue Coe)的画册《死肉》(*Dead Meat*, 1995)的分析,提出“畸形/塑形”[(dis)figuration]的伦理学问题。《死肉》是苏·科走访北美及各地屠宰场所取得的绘画和素描的汇编,沃尔夫关注里面大量的动物“面容”问题提出:“我们不需要去寻找这些面容,它们找我们”;画作几乎每一页中的牛、猪等动物都在凝神盯着我们,目光中充满恐惧、痛苦或无辜,这就是所谓“家畜”的面容。① 沃尔夫进一步借助艺术史家、批评家迈克尔·弗莱德(Michael Fried)在《现实主义,书写与畸形:论托马斯·艾金斯和斯蒂芬·克莱那》(*Realism, Writing, Disfiguration: On Thomas Eakins and Stephen Crane*, 1987)中关于“塑形”与“表征”关系的分析,来解读苏·科的艺术策略及其所产生的伦理力量。斯蒂芬·克莱那作品中有大量这样的书写:战争中死者面容犹如苍白空洞的纸张,反过来注视人——弗莱德将这种文学表征解读为一种“观看行为”。沃尔夫借此分析道,这种书写试图使读者/视者能够与世界“面对面”,但却往往因语言媒介而使得世界“畸形”;这种试图“去语义化”的书写,使得视觉、音响等自身的物质性凸显出来,矗立在读者与作品所要力图再现的真实世界之间,但也因其始终基于一种直接的“语义沟通”而指向了内容方面,无法更直接、更有力地凸显其中的伦理力量。②

在沃尔夫看来,苏·科的画作则因媒介的不同,其中的伦理力量更强烈,更以一种后人文主义的形式彰显了“人类中心主义”的恐怖之处。他分析道,苏·科更为复杂地展示了“面容”和“看见”

① Cary Wolfe, *What Is Posthumanism*, Minneapolis: University of Minnesota Press, 2010, p. 147.

② Cary Wolfe, *What Is Posthumanism*, Minneapolis: University of Minnesota Press, 2010, pp. 151-152.

的形式：屠宰场工人的面容“如动物般野蛮”，直接地呈现出一种对动物的“暴力”；而动物的面容也直视着工人以及其他观看者，充满哀求、恐惧、绝望；在另一个层面，观看者也同时注视着这些发生在屠宰场中的行为，这一切都一览无遗。在这些画作中，夸张、变形等形式被直观地展示，其所呈现的不仅是动物主题，而且直接地将“表征”自身的物质性插入(interposing materiality of representation itself)我们的观看中，而这既是直接拍照片所不能达到的效果，也是“语义化”的语言叙事所不能遮蔽的——这种形式的“直接性”极大地彰显了一种后人文主义式的伦理力量。

由此，从“动物研究”对于“人文学科”的一种“元—”式的挑战，到有关动物主题艺术实践中的媒介化表征与视觉形式问题，沃尔夫的后人文主义诗学探索力图以一种激进的视角，提出一种人类/非人类之间的伦理问题。这种视角通过主题/话语、内容/形式、表征/媒介之间的诗学悖论指涉，尤其借助艺术直观的、感性的形式，努力破解后人文主义理论立场中可能潜在的人类中心主义幽灵；其中仍可见一种鲁曼式的“系统”悖论运作与德里达式的“解构”路径，但无疑更彰显了一种诉诸感性直观而非理性思辨的诗学向度。

第六节　“物托邦”辩证：在物质性/乌托邦之间

人/物关系是后人文主义的理论主线。在后人文主义视野下，从自然物、技术物到异形物、动物的“他者”事物系列，既构成了挑战人类中心主义的参照系，也涉及人类主体性复杂的形塑机制及其意义表征问题，蕴含着深刻的关于“世界/事物”的诗学悖论问题；其核心指向，则是一种关于“物”的“乌托邦”及其表征悖论。

弗雷德里克·詹姆逊(Fredric Jameson)提出了科幻小说中的

"异形/外星迥异"(alien)身体及其表征的问题。他指出,要发明另一个世界,应该要包括创造出新的特质,比如一种新的颜色;但更重要的是,"它们将我们带回到另外的象征问题上,后者无论如何都先于那些纯粹的感官问题,也就是那些从语源学上来讲的审美问题。因为一种新的特性已经开始需要一种新的感知,而新的感知则要求一个新的感知器官,因此最终就要求一种新的身体"①。正是在这个层面,"象征"意义上的"生产性"问题凸显出来:"我们是否真的能想象出某种先于感觉的东西,换句话说,即不是由感性知识(这种感性知识是关于我们平常的人类身体和世界的知识)衍生出来的东西?"②这实际上涉及了一个关乎"乌托邦"表征的根本问题,正如詹姆逊指出的,关于乌托邦是否具有可描述性的争论,"实际上也就是关于乌托邦的可想象性和概念化的争论,并没有要完全终结乌托邦思考,也不可能聪明地将我们带回到当下的经验和历史的局限中。相反,这些争论发现自己被引到了乌托邦文本内部,并因此变成了更深层的乌托邦生产力的场合"③。

基于一种马克思主义的唯物论立场,詹姆逊实际上指出了乌托邦的"物质性"悖论问题,即建构乌托邦所需之具有生产力的物质性材料、元素、形式问题。在《未来考古学:乌托邦欲望和其他科幻小说》(*Archaeologies of the Future: The Desire Called Utopia and Other Science Fiction*, 2007)中,詹姆逊使用大量篇幅来分析乌托邦的文学形式,尤其是其中的空间性和互文性,这也是"未来"之所以能像"过去"(历史)那样进行"考古"之所在——科幻文学和乌托邦叙事根本上需要依赖文学形式及其物质性原材料。

---

① [美]弗雷德里克·詹姆逊:《未来考古学:乌托邦欲望和其他科幻小说》,吴静译,译林出版社2014年版,第163—164页。

② [美]弗雷德里克·詹姆逊:《未来考古学:乌托邦欲望和其他科幻小说》,吴静译,译林出版社2014年版,第164页。

③ [美]弗雷德里克·詹姆逊:《未来考古学:乌托邦欲望和其他科幻小说》,吴静译,译林出版社2014年版,第193页。

一、文学与世界：从乌托邦到“物托邦”

基于如此这般的关于“乌托邦”与文学形式的物质性问题，实际上指向了一种一般性的、超越文学乌托邦的“物托邦”立场：从内容上看，文学是关于“物”之可能性的乌托邦建构；从形式上看，文学具有乌托邦性质，但并非仅立足想象，而且还是以一定的物质性媒材为基础的。通常来说，想象主要依靠语词之“所指”进行的，但正如加斯东·巴什拉（Gaston Bachelard）所指出的，想象力中包含着一种“物质性航程”，即人在进行想象的时候，必然遵循着物质性的框架。

进而，可以从科幻来看文学作为“物托邦”的层面：文学既是对未来技术事物的想象，同时又依赖于“想象”这一行为所具身的诸技术要素——当前科幻影像中所借以展示“汽车人”“金刚”“奥特曼”等“他者”形象的数字成像技术，即是最好的例证。从概念内涵上看，“科幻”即是“物托邦”：基于想象（主观）之科学（客观）可能，与基于科学（客观）之想象（主观）限制两者之间的融合。

如此一来，“物托邦”视角将一种人文主义式的“文学乌托邦”推向后人文主义式的“文学物托邦”，凸显了文学的“物性”维度——文学既是“人性”的表征，即它以能动想象和主观虚构而发生；它还是“物性”的呈现，即它以物质现实为基础、以物质性的技术为媒介而建构关于世界/事物的可能性，并以此凸显出其自身客观的物质性力量——这实际上也是沃尔夫所强调的超越“语义化”内容、直面“媒介化”形式所具有的强烈的伦理力量之依托所在。

从诗学视角宏观而言，“物托邦”一方面指向朴素的物质网络，如所谓的物质性“能指”即字母、声音、文字记载等，它们维持着语言记忆和程序感受（或阐释）；另一方面，这些物质性能指自身又引发和产生与各种事物之间的指涉，从而建构整体性的意义世界。这种视角不仅意味着文学语言文本以及相关的书写行为的“物质性"，而且意味着语言写作的物质性行为具有"介入"和"打造"语言文本之外物质现实的潜能，具有参与并抵抗历史的潜能。这种观念实际上已然是一条鲜明的诗学的历史主线。索绪尔的语言学理论指出了语言"反映"现实和"打造"现实的悖论，奥斯丁所强调的"述行语言"的"施事"功能则与之呼应，将语言"打造"现实的能力推高。本雅明则从历史角度提出了一种唯物主义书写，强调文学实质性地干预和重塑过去与未来的"述行效果"，这种历史书写行为不仅自身具有物质性，而且具有对其他历史物质产生"施事效果"的述行潜能。德·曼则提出了"铭写的物质性"，认为任何一个被铭写的文本都不仅是对历史的"反映"或"表达"，文本本身即是一种物质性"事件"，是塑造历史的能动力量，也是历史过程的重要组成部分。

二、"物托邦"的悖论诗学："在场/不在场"的张力与延宕

"物托邦"也指向了文学的"超物质性"问题，从而深化了一种后人文主义的诗学内涵。汤姆·科亨(Tom Cohen)在展望21世纪批评的时候提出了一种悖论式的"(超)物质批评"，他指出，真正的物质性"预示着一种非人的、即超语言学的、或带有经典马克思主义辩证法特征的沉默事实"；①然而在全球化和信息科学时代，历史事件和物质事实被改变，"人""事件""表现"等范畴的定义被改变，因此他质疑这个术语还能不能被用作文学阅读或分析的工具。科亨提出，"物质性"(materiality)要在"(超)物质性"(amateriality)即一种"幽灵物质性"上使用，这种(超)物质性"将自身置于语言行为与历史事件、前在程序与记忆投射、书写与'体验'的中间环节……这些(超)物质主义者的阅读策略……就会参与一种后人文

① [英]朱利安·沃尔弗雷斯编著：《21世纪批评述介》，张琼、张冲译，南京大学出版社2009年版，第380页。

主义批评文化中正在进行的知识—政治转型”①。换言之，“（超）物质性”以悖论的方式呈现了一种“在场/不在场”的辩证法，是从现实“物质”到可能“世界”转换，也是一种“乌托邦”自身所蕴含的多重悖论维度的辩证法。

在詹姆逊看来，科幻小说是后工业社会中最具神话性和寓言性的文学体裁，科幻小说能够以通俗易懂的形式，对乌托邦世界中的相异性（alterity）和他者性（otherness）进行最有效的探索。与此同时，詹姆逊将文学叙事形式的“再现关系”置于与特定的思想内容和社会历史条件的一体关系中，在他看来，“乌托邦”远非对未来世界的想象和预测，也不仅仅是当前意识形态的被动反映，而是具备一定的政治“改造力”的文学体裁。从时间的角度来看，乌托邦具有“两栖性”，它存在于当下，却指涉未来；从空间的角度上看，它兼具“在场”（存在）与“不在场”（非存在）两种样态——詹姆逊所看重的正是这种“同一/差异”的悖论式张力，而这也正是“物托邦”的关键内涵和意义所在。正如詹姆逊所指出的，乌托邦的意义并不在指导具体的政治实践，而是对未来产生一种希冀，以此为人类按照自己的理想改造客观世界创造基本条件，乌托邦在“应该”的世界和“现实”的世界之间制造了一种张力，因此乌托邦恰如德里达之“延异”，是一个制造张力的过程。

詹姆逊在阐述乌托邦与未来政治之间的关系时，流露出一种对“失去未来”的忧虑，为此，他特意采用“否定之否定”的辩证法，将自己的基本立场定义为“反反乌托邦主义”（anti-anti-Utopianism）——这实际上可以视为一种“后—”意义上的同时对“乌托邦”和“反乌托邦”的超越；而就肯定的角度而言，则可以视之为一种既坚持文学乌托邦力量、又重视唯物论实践的“物托邦”立场。由此，

---

① ［英］朱利安·沃尔弗雷斯编著：《21世纪批评述介》，张琼、张冲译，南京大学出版社2009年版，第381页。

詹姆逊实际上指出了一种所谓的"后人类"未来的时间/空间悖论："我们关于基本选择的最富有活力的想象其实不过是我们自己的社会机遇和历史或主观情境的反映：因此，后人类看起来比以往任何时候都更遥远，更不可企及。"[①]参照科幻而言，这就是一种后人文主义"物托邦"的诗学悖论：它始终基于一种"非人"的物性向度，不断开放性地延宕着人类的诸种可能。

① ［美］弗雷德里克·詹姆逊：《未来考古学：乌托邦欲望和其他科幻小说》，吴静译，译林出版社 2014 年版，第 281 页。

第六章　走向“后人文学科”视野中的文学

“人文主义”(Humanism)在十九世纪获得了普遍性意义，而作为一个具有历史特殊性的概念，它源于十五世纪的“人文学科”(Studia humanitatis)；其拉丁词根是 humanus，原本是指以希腊文、拉丁文为基础的，包括修辞、逻辑等在内的“新学”，以区别于大学中所保留的中世纪传统的神学、法学等“旧学”。布克哈特(Jacob Burckhardt)以之来标识和阐述文艺复兴时期的文化主流，人文主义才开始逐渐地获得了一般性意义。但是这一概念并未因此而变得明晰起来，反而因为历史语境的不同而变得纷繁复杂，尤其是布克哈特所确认的人文主义与文艺复兴的“同一性”，虽然影响广泛，但也深受质疑。

因此，当提出以“反人文主义”或“后人文主义”对人文主义进行反思的时候，问题正如福柯所深刻指出的，有关人文主义的讨论主题本身“太灵活，太多样化，太不一贯”，并不适合当作反思的对象；17 世纪以来所谓“人文主义”的东西，一直依赖于“从宗教、科学、政治学中借鉴来的有关人的某些观念为依据”，人文主义的作用在于“美化和证明它不得不求助的人的概念”。[①] 因此，不能仅把人文主义当作一种思想派别或者哲学学说，“而是当作一种宽泛的倾向，一个思想和信仰的维度，一场持续不断的辩论”[②]，如此一来，

---

① 杜小真选编：《福柯集》，上海远东出版社 1998 年版，第 538 页。

② [英]阿伦·布洛克：《西方人文主义传统》，董乐山译，生活·读书·新知三联书店 1997 年版，绪论第 3 页。

人文主义即被视为一种西方的“传统”。

事实上,如福柯所言之“人文主义”对于跨学科、跨领域思想资源的依赖,在一定程度上也是从主题内容层面,揭示了“人文学科”并非封闭自足,而是具有开放性和生成性。这种开放性、生成性在当下的后人文语境中以一种“后人文学科”(Posthumanities)的新形态,实现了从学科内容到学科形式的激进跨越,并呈现出与自然科学进行链接的突出特征。这也使得文学的本体论命题——文学作为“人性之表征”、文学即“人学”被解构和重构。在后人类语境中,正如那雅尔所指出的,如果说文艺复兴以来文学“发明”了人,“现在则为我们展示了已经包含着‘非人’的人是什么”。① 因此,本章将相关的理论探索和批评实践置于西方“后人文学科”的前沿视域中,并借由莎士比亚的时代“遭遇”及其可能“症候”,最后进一步宏观地审视后人文主义范式的文学本体问题。

第一节　后人文主义与“后人文学科”

作为在“后人类”概念与“后—人类中心主义”立场之间展开观念振摆并进行批判考察的理论家,布拉伊多蒂在更宏观的视野下,分析了人文主义对“人文学科”发展的三个方面的负面作用:第一,人文主义自我标榜式的“人”之自我意象问题重重,它所催生的以“自我”为中心的态度的做法失之偏颇;第二,人文主义主体在层层递减的等级天平上排列差异,用什么是自我表征“排斥的”和“包含的”来定义自己,这种定义方法证实了与“他者们”之间的暴力和挑衅的关系;第三,普遍主义的诉求被批成排外、男权至上和欧洲中心主义,原因是这些诉求支持大男子主义、种族主义和种族优越主

① Pramod K. Nayar, *Posthumanism*, Cambridge: Polity Press, 2014, pp. 11-12.

义观念，而这些观念将文化特异性转为虚假的普遍禁令，将常态转为规范性禁令。因此，她激进地指出，人文主义“这种思维意象败坏了人文学科的实践，尤其使理论沦为等级排斥和文化霸权的演练场”；①而人类中心主义和种族等级致使“人类”无依无靠、无以寄身，同时也让人文学科领域丧失了比以往任何时候更需要的认识论基础。

鉴于人文主义与人文学科在历史上的共生机制，并且基于一种后人文主义的话语实践立场，布拉伊多蒂认为：“从人文主义人的帝国中解脱出来反倒让人文学科受益匪浅，人文学科有能力以后人类中心主义方式处理好诸如科技发展、生态社会可持续发展和全球化多重挑战等外在的甚至全球性重大问题。”②在她看来，人文学科应当勇敢地接受“后人类境况”为其提供的多重机遇，人文学科可以设定自己的探索客体，从人类的传统、制度任务及其人文主义衍生物中解脱出来。因此，“问题是在后人类时代，在‘人’和人类卓越地位衰落之后，人文学科将何去何从？”③

一、“人文学科”反思的语境转换

20 世纪尤其是下半叶以来，与反人文主义话语共生的，除了人文学科的日益辖域化和僵化，还有在各种激进思潮中不断地受到冲击的人文范畴。爱波斯坦指出，20 世纪 70 年代以来人文科学曾一次又一次地颁发“死亡证明”：“形而上学之死、作者之死，历史、

① ［意］罗西·布拉伊多蒂：《后人类》，宋根成译，河南大学出版社 2016 年版，第 212 页。

② ［意］罗西·布拉伊多蒂：《后人类》，宋根成译，河南大学出版社 2016 年版，第 253 页。

③ ［意］罗西·布拉伊多蒂：《后人类》，宋根成译，河南大学出版社 2016 年版，第 255 页。

乌托邦、创造性、人性等之死，乃至宣布人文科学自身之死。”①事实上，在整个人文学科研究转型的大背景下，对于如何批判和超越传统人文主义和人文学科而走向一种后人文主义的思想范式，布拉伊多蒂、贝明顿、沃尔夫等人都非常注重从 20 世纪下半叶包含诸多“终结论”的反人文主义话语中，探寻内在的脉络并力图超越之。

在沃尔夫看来，福柯所进行的“人文科学考古学”乃是后人文主义的主要理论谱系之一。布拉伊多蒂也认为，后人类语境中的诸多人文话语，要感谢以福柯为代表的后结构主义和其他批评理论对人文学科复兴所做的富有成效的贡献，她指出：“福柯在 20 世纪 70 年代曾反驳，我们理解的人文学科不是由人文主义的普世主张构成的，而是由他们的一套清晰的关于‘人’的假设所构建的，这种假设受历史和语境局限。人是由生命、劳动力和语言等结构所构建的，是一个‘经验主义—超验主义的双重结构’，并处在永恒的发展中。”②当然，布拉伊多蒂并未深入到福柯话语的深处，尤其是任何试图超越福柯的意图，即使能在主题上另辟蹊径，但却难以逃离“考古学”目光所窥之深处；但正如她所言，福柯的研究不是相对论的宣言，而是对“人类再问题化”的呼吁，这种呼吁的合法性总是“与时俱进”的。

因此，针对人文话语范式转换与人文学科兴衰之间的关系，布拉伊多蒂转述了山姆·维姆斯特(Sam Whimster)的历史分析：“在 19 世纪末期以前，人文学科一度是对人类生存状况的有力阐释和颂扬，是任何唯物论者都无法忽视和简化的，然而随着达尔文主义对物种起源的科学阐释大行其道，人文学科也随之衰落了。因此，

① ［美］米哈伊尔·爱泼斯坦：《由“后”返“初”：巴赫金与人文科学的未来》，汪洪章、宋梅译，载周启超主编：《外国文论与比较诗学》(第 2 辑)，知识产权出版社 2015 年版，第 50 页。

② ［意］罗西·布拉伊多蒂：《后人类》，宋根成译，河南大学出版社 2016 年版，第 223 页。

人类科学要么变得非人性，要么虽然人文但不科学。”①而现代艺术经典唤醒了“非人性”的另外一面，这不仅是内容的，也是形式的，“表现在艺术作品中的想象力的功能和结构……艺术对象的残忍本质包括非功能主义和嬉戏的诱惑”②。进而，在布拉伊多蒂看来，当前人类的历史状况的改变造成了人文主义“人”的衰退，因此“责怪后结构主义带来这个坏消息好比把坏消息归责到送信人身上”，因为“人之死”的论断并不意味着某种灭绝的形式，而是恰如斯皮瓦克宣称的，“死亡”是欧洲中心式“前人类”生活方式消减的但又霸权的表现，“批评理论一直在接受无穷无尽的死亡：从人类已死到宇宙已死、到国家已死、历史消亡、意识形态消亡直至出版物消失，这些都印证了斯皮瓦克论证的远见”③。

由此，立足时代语境的变迁，布拉伊多蒂明确提出，我们不应对人文学科持怀旧之情，视之为普遍超验理性和固有道德之善的承载者和执行者，而应走向人文学科的多元后人类未来，“我们要为在新的全球语境下重构人文学科的学术领域、为后人类时代重建伦理架构做出积极的努力。求索之道，在于肯定而非留恋，在于通过切实的实验实现更加务实的自我转变，而非理想化哲学的元话语”④。基于这样的立场，她对20世纪下半叶以来各个研究领域存在的大量跨学科、跨领域研究成果，尤其是21世纪以来人文学科与自然科学联姻的硕果，进行了系统考察——这些构成了她有关自创生一元论、活力唯物论等话语的学科语境。

① ［意］罗西·布拉伊多蒂：《后人类》，宋根成译，河南大学出版社2016年版，第215页。

② ［意］罗西·布拉伊多蒂：《后人类》，宋根成译，河南大学出版社2016年版，第157页。

③ ［意］罗西·布拉伊多蒂：《后人类》，宋根成译，河南大学出版社2016年版，第224页。

④ ［意］罗西·布拉伊多蒂：《后人类》，宋根成译，河南大学出版社2016年版，第221页。

历史一直是人文学科的核心领域，历史即是人类的历史，历史学内在地是一种人类中心主义的学科。而立足当代语境，多曼斯卡则倡导一种“非人类中心论的人文学科学”，面对有关后人文主义对于历史学的挑战问题，她提出“在历史科学中超越人类中心论”的命题，批判性地指出，历史学往往被理解为“处于时间中的人的科学”，它不仅是欧洲中心论和以男权为中心，而且首先是人类中心论的，因此“我们反思过去的对象应扩展到非人类存在上……事物、植物与动物也应该被纳入到历史学研究的领域之内，而不只是作为人类行为的被动接受者”①。多曼斯卡具体指出了后人文学科中历史研究的重大的挑战，乃是“在一种语境中，而不是在符号学、话语理论和表象理论中重新思考过去的非人类方面，特别关注物质性、具体性以及过去的当下存在”②。当然，这种“语境”实际上需要广泛地勾连生物、环境和自然，进而重审自然科学与历史学科之间的关系。

二、后人文主义理论与“后人文学科”话语实践的同构

结构主义等“非传统”的话语实践，在一定程度上体现出了人文学科与社会科学相结合的特征，但是还不足以使得“后人文学科”出场，因为不管是从研究对象的相关性，还是研究方法的相似性，人文学科与社会科学都往往难以完全割开。而到了当代，布拉伊多蒂等后人文主义研究者所倡导的立足“后—人类中心主义”的后人文学科，其突出的特征已然是人文学科与自然科学的耦合。多曼斯卡指出：“这正如20世纪80年代的人文科学离不开符号学和文本、叙述、话语或符号这类重要概念一样，当今的人文科学如果

① [波兰]爱娃·多曼斯卡：《历史学的未来：后人文主义的挑战》，张作成译，《北方论丛》2011年第3期。

② [波兰]爱娃·多曼斯卡：《历史学的未来：后人文主义的挑战》，张作成译，《北方论丛》2011年第3期。

不加强与自然科学的联系，如果没有以‘生物’为前缀的概念，如生物权力、生物史、生物社会、生物继承、生物身份、生物归属、生物殖民、生物信息、生物价值等，便无法维持其存在。”①在多曼斯卡看来，对于历史研究来说，谈论“超越人类中心论”或后人文主义范式，并不是研究一个虚幻的主题，而主要是一种以未来为导向之严肃的“伦理选择”：“注意到技术飞速发展的成果，尤其是最近在遗传工程、生物技术、神经药理学、纳米技术等方面取得的成就，我确信，作为历史学家和思想家我们应重新思考与全球问题相关的‘宏大问题’。”②

除了与生物学的耦合，人文学科与控制论、系统论、信息论的沟通成为后人文主义研究重点取向。这种特征，德里达在《论文字学》中以第一代系统理论家罗伯特·维纳（Norbert Wiener）为例，认为他放弃了语义学的模式；相反地，虽然在维纳看来在生物和非生物之间的区分太粗陋和简单，但他仍然用诸如“感觉器官”“马达器官”等表述来描述机器的组成。德里达的这种考察，还可以往前追溯到拉美特里关于“人是机器”的阐述，等等。当然，对于这种跨学科，更重要的是一种“话语实践”，而非宏观视角的跨域借用与外位审视。正因如此，布鲁斯·克拉克（Bruce Clarke）通过文学与控制论、系统论的联姻来研究美国文学，海尔斯通过文学与控制论、信息论的链接考察文学中的身体叙事和信息叙事；而沃尔夫则将控制论、信息论和生物、社会系统论整合起来，借以阐述后人文主义

① ［波兰］爱娃·多曼斯卡：《历史学的未来：后人文主义的挑战》，张作成译，《北方论丛》2011年第3期。

② ［波兰］爱娃·多曼斯卡：《历史学的未来：后人文主义的挑战》，张作成译，《北方论丛》2011年第3期。

的理论主张并进行一种“后人文学科”的研究实践。①

因此,正如多曼斯卡指出的,后人文主义的问题非常复杂,因为没有与这一术语相联系的突出的、相同的趋势、思考方式或哲学研究,“这种视角涵盖的范围广阔,从讨论对待动物的伦理方式、打破物种界限、转基因、物种杂交,到生物测定学。然而,所有这些趋势的共同基础,是对人类中心主义的质疑和批评反对”②。当下后人类处境中新出现的事物,在多曼斯卡看来,都意味着打破有机物与无机物,自然物与人工物,人类与非人类的二元对立,因此包括符号学、心理分析、话语理论、后结构主义、诠释学等在内的理论手段,都无法使我们彻底了解它们;我们需要一种新的“元语言”,以臻于人文科学与自然科学的“和解”。

换言之,正如人文主义与人文学科在历史上的同源性,后人文主义与正在蓬勃进行中的后人文学科,内在地是一种“构成性”关系。“后人文学科”的出场是人文学科、社会科学与自然科学的联姻,这种联姻是与以后人文主义、后人类理论等为代表的当代思潮一体发生的;在这里,学科界限的激进消解与思想理论范式的深度转换之间,不管从历史的角度还是逻辑的角度,都难以清晰厘定。

---

① 尤其需要指出的是,沃尔夫作为当代“后人文学科”的主要倡导者和实践者,主编出版了 Posthumanities 系列丛书,迄今已在明尼苏达大学出版社(University of Minnesota Press)出版了40多本;其中除了沃尔夫自己的 *What Is Posthumanism?*(2010),还有包括莫顿的 *Hyperobjects: Philosophy and Ecology after the End of the World*(2013),哈拉维的 *When Species Meet*(2007),罗伯托·埃斯波西托(Roberto Esposito)的 *Bios: Biopolitics and Philosophy*(2008),以及朱迪斯·鲁夫(Judith Roof)的 *The Poetics of DNA*(2007),马塞尔·奥戈曼(Marcel O'Gorman)的 *Necromedia*(2015)等激进跨学科的论著。

② [波兰]爱娃·多曼斯卡:《历史学的未来:后人文主义的挑战》,张作成译,《北方论丛》2011年第3期。

第二节　文学是/非“人学”：以莎士比亚为症候

从后人文主义的理论路径转换到“后人文学科”的话语实践视野，文学和文学活动已不能再被视为“人性的表征”，而毋宁是一种“后人性的体现”（embodiment of posthumanity）。“文学即人学”①的命题视文学为“人性”之学，文学作为“人性的表征”（representation of humanity），一方面将“人”中心化、主体化、精神化和大写化；另一方面，这也导致了“文学”这一领域不断地辖域化、片面化乃至僵化。而实际上在后人文主义思潮勃兴之前，现代和后现代的诸多文艺现象和研究实践，已经远离了文学“表征人性”的本质和功能。米勒即从西方现代文学的历史角度指出，这些让现代文学成为可能的特征，如今大多数都在经历迅速转型，或在经受质疑：“人们现在已经不太确定自我的统一性和持久性，也不太肯定可以通过作者的权威来解释作品。福柯的‘作者是什么’以及罗兰·巴特的‘作者之死’，都标志着文学作品与其作者之间的旧有纽带的终结（旧观点认为，作者是一个统一的自我，即真实的莎士比亚和伍尔芙）。文学本身也促成了‘自我’的碎化。”②

对此，赫布莱希特和卡勒斯立足后人文语境指出，文学的未来意味着回归，“这种回归表现为一种新的多元论，围绕着人类和人文主义的概念，围绕着文学与人生之间的关系，心智、身体和技术之间的关系”③。在他们看来，这同时是对人文主义范式的文学观

① 本书在此主要是基于西方语境来谈论这一宽泛的命题，而非具体指向中国当代以钱谷融等为代表的相关论述。

② ［美］J.希利斯·米勒：《文学死了吗》，秦立彦译，广西师范大学出版社2007年版，第15页。

③ Stefan Herbrechter and Ivan Callus (eds.), *Posthumanist Shakespeares*, New York: Palgrave Macmillan, 2012, p.4.

念和反人文主义范式的文学观念的超越;并且以莎士比亚为例,两人提出了在后人文语境中如何审视“文学”的问题,极具代表性地阐释了一种后人文主义的文学本体论,从而彰显了后人文主义的诗学范式意义。

一、莎士比亚:从人文主义到反人文主义

作为西方文学史上高峰,人文主义的莎士比亚被视为“经典的中心”,也成为西方思想话语和批评理论的试验田。在《西方正典:伟大作家和不朽作品》(*The Western Canon*: *The Books and School of the Ages*, 1994)中,哈罗德·布鲁姆(Harold Bloom)将莎士比亚和但丁一同视为“经典的中心”,认为他们“在认知的敏锐、语言的活力和创造的才情上都超过所有其他西方作者”。[①] 在布鲁姆看来,莎士比亚是没有对手的,“他不仅胜过所有对手而且在自我倾听基础上开创了对自我变化的描写”;[②]莎士比亚最高的原创性体现在人物表现上,比如福斯塔夫这个人物形象,“莎士比亚在他身上改变了创造文学人物的全部意义”[③],因此莎士比亚就是“经典”本身,因为他设立了文学的标准和限度。

而到了《莎士比亚:人的发明》(*Shakespeare*: *The Invention of the Human*, 1988)一书,布鲁姆更是直接提出了莎士比亚“发明”人的命题。[④] 布鲁姆指出,莎士比亚的伟大之处在于他创造了“人”的丰富类型及其本质,这些“人”的创造也成就了莎士比亚:“也许并非

① [美]哈罗德·布鲁姆:《西方正典:伟大作家和不朽作品》,江宁康译,译林出版社2005年版,第33页。

② [美]哈罗德·布鲁姆:《西方正典:伟大作家和不朽作品》,江宁康译,译林出版社2005年版,第35页。

③ [美]哈罗德·布鲁姆:《西方正典:伟大作家和不朽作品》,江宁康译,译林出版社2005年版,第34页。

④ Harold Bloom, *Shakespeare*: *The Invention of the Human*, New York: Riverhead Books, 1998, p. 4.

莎士比亚而是他笔下的福斯塔夫和哈姆雷特，才是真正意义上的世俗上帝，或者说是这些人物的最伟大的心智和智慧使得他们的创造者被神圣化了。”[①]在布鲁姆看来，莎士比亚笔下众多具有原创性的人物，都蕴藏着丰富的“人性”；而我们正是这些人性的注释，因此可以说他们是我们的祖先，莎士比亚通过创造这些人物创造了我们“人类”。更具体而言，布鲁姆指出，自由反思的“内省”意识是西方精神至高无上的核心，也是人性的光辉本质，而莎士比亚笔下的哈姆雷特则将这一核心的可能性，最充分地展示了出来——由此，莎士比亚“创造”了我们人类的心理，透视了人类隐秘的内心世界，因而使得弗洛伊德反过来成为莎士比亚的注解；莎士比亚对人类内心世界的“发明”，是弗洛伊德精神分析学的落脚点。更进一步，布鲁姆将莎士比亚神化为创造历史的“神”：“‘莎士比亚创造历史’对我来说是比‘历史创造莎士比亚’更有用的说法。历史与语言都不是神或造物主，但莎士比亚作为作者却是某种神。莎士比亚成为西方经典的中心是因为他通过改变对认知的表现而改变了认知。”[②]这无疑将莎士比亚推向了人文主义的巅峰，莎士比亚的“神化”是与人文主义“神话”一体生成的。

概而观之，在布鲁姆的解读中，莎士比亚是“人性”的发明者和建构者，是人文主义的代言人，是“文学即人学”的经典阐释。而实际上布鲁姆早在1973年的《影响的焦虑——一种诗歌理论》(*The Anxiety of Influence: A Theory of Poetry*, 1973)中，就借由瓦尔多·爱默生(Ralph Waldo Emerson)的论述来生动地展示了一种人文主义式的“文学即人学”的理论命题：

---

① Harold Bloom, *Shakespeare: The Invention of the Human*, New York: Riverhead Books, 1998, p. 4.

② [美]哈罗德·布鲁姆：《西方正典：伟大作家和不朽作品》，江宁康译，译林出版社2005年版，第220页。

> 莎士比亚超乎人群,亦超乎杰出作家之群。他的智慧无可比拟,而其他人都在可比拟之列。优秀的读者,在一定程度上能够进入柏拉图的大脑,进行设身处地的思考,但却无法进入莎士比亚的大脑。我们还在门外徘徊。就表现之精湛,创作之天才,莎士比亚堪称空前绝后。就想象力之丰富,无人能出其右。其创作艺术已臻炉火纯青之境,感情细腻极致,登文心之巅而俯视文坛众生。与他的人生大智慧交相辉映的是同样高超的抒情才华和想象天赋。他笔下的神话故事中,精灵们被赋予人的衣着、人的情感,栩栩然似乎就是他的家人,而它们鲜明的性格即使在真正的人群中亦非常见。他们的语言悦耳,谈吐得体。莎士比亚天才之发挥总是恰到好处,既无炫耀学问之嫌,亦无旧调重弹之弊。他多才多艺,并以永恒的人性一以贯之。……他是强者,只因其天禀造就而自成文坛巨擘。他举重若轻,随心所欲地将平地移至山坡。他击虚以实,使气泡浮于半空。无论轻重,均能得心应手。①

总之,莎士比亚以创作主体的个人天才、想象和创造力,创造了系列关于人的丰富形象,表达了永恒的人性;并能够使读者作为“人”,获得关于人生和生命的妙谛。因此,作为反向视角,对于“意欲抹杀莎士比亚的独特地位”的“文化唯物主义者”,包括“新马克思主义者、新女权主义者、新历史主义者以及深受法国影响的理论家们”,则被布鲁姆称为“憎恨派”,他们“向读者兜售一个被缩削了的莎士比亚,将莎士比亚降格为英国文艺复兴‘社会能量’的产品”。②

① [美]哈罗德·布鲁姆:《影响的焦虑——一种诗歌理论》(增订版),徐文博译,江苏教育出版社2006年版,再版前言第4—5页。

② [美]哈罗德·布鲁姆:《影响的焦虑——一种诗歌理论》(增订版),徐文博译,江苏教育出版社2006年版,再版前言第5页。

如果说布鲁姆所持的是一种人文主义式的“文学即人学”的理论立场，那么他所谓的近于拉康、福柯、德里达等行径的“憎恨派”，则是一种典型的“反人文主义式的”对“文学即人学”命题的批判话语。就后者而言，受福柯等人影响、以斯蒂芬·格林布拉特(Stephen Greenblatt)等为代表的新历史主义，在 20 世纪 80 年代所进行的莎士比亚批评具有代表性。

在格林布拉特看来，莎士比亚戏剧被注入了一种“社会能量”，而这并非源于作家的“创作”，而是来自一系列的流通(circulation)过程：在共时性向度上，社会能量冲破各种文化实践之间的界限，在不同的文化类型和文化实践中产生“共鸣”；在历时性向度上，文艺审美将特定时代的社会能量带入另一时代，使其在新历史中得到增殖并发挥作用。比如，莎士比亚戏剧中的社会能量，既可在其同时代的其他文化实践中找到共振，也可以在当代人的生活中引起共鸣。[①]

此外，英国批评家乔纳森·多利莫尔(Jonathan Dollimore)等人以“文化唯物主义”(一般也被归入广义的新历史主义)作为方法来研究文艺复兴时期的文学，将英国传统的文艺复兴文学批评，称为“本质主义的人文主义批评”。不同于后者，多利莫尔认为，人的本质是特定的历史时期不同社会力量相互作用的产物，因此在《激进的悲剧：莎士比亚与同代人戏剧中的宗教、意识形态与权力》(*Radical Tragedy*: *Religion*, *Ideology and Power in the Drama of Shakespeare and his Contemporaries*, 1984)中，他既反对将《李尔王》(*King Lear*, 1606)进行一种宗教的解读，也反对一种人文主义的解读，认为两者都是一种本质主义，只不过人文主义解读是以一种人

---

① Jurgen Pieters (ed.), *Critical Self-fashioning*: *Stephen Greenblatt and the New Historicism*, New York: Peter Lang, 1999, p.178.

的“内在本性”代替了上帝，强调人的勇气、正直等崇高品质。[①] 他提出了一种对《李尔王》的“唯物主义”解读，指出它其实是一部关于权力、财产和继承的作品，在其中“人的本质”是以社会物质和意识形态为基础的量所决定的，人类价值也是被物质现实所决定的——在多利莫尔这里，无疑可以窥见阿尔都塞所言之“成熟的马克思”所蕴含的“理论上的反人文主义”的理论色彩。

二、后人文主义的莎士比亚：境况与症候

迥异于布鲁姆人文主义式的莎评，也与新历史主义、文化唯物主义反人文主义式的莎士比亚研究不同，赫布莱希特和卡勒斯提出了“后人文主义的莎士比亚”（Posthumanist Shakespeares）问题，将莎士比亚置于诗学话语范式转换和新的时代语境中加以审视。

（一）“理论战争”之后的莎士比亚

首先，针对历时漫长、话语庞杂的莎士比亚研究，赫布莱希特和卡勒斯提炼了传统莎士比亚批评中的“统一话语”，指出这种以“形式主义的人文主义”为主要特征的话语，在后结构主义、后现代主义、女性主义、后殖民主义、新历史主义和文化唯物主义等的联合攻击下坍塌。[②] 两人指出，莎士比亚的人文主义问题，已经在“人文主义者”与政治化的“新历史主义者”和“文化唯物主义者”之间产生了针锋相对的激烈争论；这些争论主要是在意识形态的层面上进行的，并且裹挟着对方阵营的一些重要的误读：新历史主义和文化唯物主义者被简化为后现代主义者和“结构主义的反本质主义者”，而人文主义莎士比亚的捍卫者则常常被讽刺为政治上的幼

---

① Jonathan Dollimore, *Radical Tragedy: Religion, Ideology and Power in the Drama of Shakespeare and His Contemporaries*, New York: Palgrave MacMillan, 2004.

② Stefan Herbrechter and Ivan Callus (eds.), *Posthumanist Shakespeares*, New York: Palgrave Macmillan, 2012, p.1.

稚、反动保守或者唯心审美主义者。[①] 因此，在如此这般的“理论战争”之后，如何“再进行”莎士比亚研究是首先要面对的问题，这也是“后人文主义的”莎士比亚研究所要双重跨越的裂隙。

两人基于一种后人文主义的立场对以布鲁姆为代表的人文主义范式进行了批判，指出事实上布鲁姆的《莎士比亚：人的发明》一书是借由一种普遍主义（universalism）来阐释莎士比亚的普遍性（pervasiveness），很明显这种普遍主义是西方的，因为布鲁姆将其与现代人格（modern personality）的产生相关联——对于布鲁姆来说，莎士比亚不仅是西方的，而且是普遍的经典，因此他也是用来对抗文化研究“反精英主义”泥沼的经典武器。而另一方面，对于“文化研究”，两人指出，这可能是导致当下人文学科身份危机的原因，因此也是莎士比亚研究所要面对的困境。[②] 由此可见，两人对于诸多“理论”都抱有某种程度上的警惕，这实际上也是他们自身的另一种理论“野心”所在，即试图在人文主义、反人文主义之后，重构一个属于“后人文主义”的莎士比亚。这也推动他们事实上进一步“解构”了莎士比亚本身。

（二）“莎士比亚”之后的莎士比亚

对于反人文主义批评范式的莎士比亚研究，赫布莱希特和卡勒斯指出，源于“异见”而非“一致”的运思路径，它彻底解除了人文学科的观念。以新历史主义、文化唯物主义为代表的很多反人文主义理论确实显得“粗鄙”（naff），往往使用政治性的“胡言”（jargon），因此听起来往往像“宣传鼓动”（agit-prop），必须警惕；但另一方面，返回理想的、激进的人文主义的某些形式的观念，同样是很难的，因为关于人文主义的神圣观念，已经不在理论、文化研

① Stefan Herbrechter and Ivan Callus (eds.), *Posthumanist Shakespeares*, New York: Palgrave Macmillan, 2012, p.7.

② Stefan Herbrechter and Ivan Callus (eds.), *Posthumanist Shakespeares*, New York: Palgrave Macmillan, 2012, p.7.

究以及跨学科中存在。大学(以及人文学科)已经“毁灭”,仅以一种新自由主义、管理化(managerialized)、“后历史”和“后文化”的形式残存,这不仅是关于莎士比亚“统一话语”的共识的结束,而且在一定程度上是“莎士比亚”自身的结束。[①]

因此,两人指出,莎士比亚已经变成一个纯粹的偶像,是空洞的隐喻,是一件商品,是“机构性欲望开辟的客体”(object of an institutionally channelled desire),莎士比亚所剩下的东西必须屈从于“异质性”;莎士比亚“之后”的莎士比亚批评必须寻找遗留下的“他者”,以及“对他的均质文化身体来说完全异质性的东西”(utterly heterogeneous to his homogenized cultural body)。[②] 这种“异质性”正是后人文主义所要关注的,但是仍有可能以新的人文主义的形式复原,然而没关系,因为事实上后人文主义仍然是某种形式的人文主义——这样的思路,无疑可以参照贝明顿关于后人文主义“内在于”人文主义的观念来审视,也彰显了两人在提出“后人文主义的莎士比亚”时,所秉持的一种审慎的“自反性”。因此,尽管莎士比亚已经变成坍塌的星座,变成一个黑洞,但是过去、现在、未来的莎士比亚研究者关于“人类”和“人文主义”的动力和能量不能低估,“莎士比亚不灭的光芒并不会停止吞没研究者的劳动”。[③]

(三)“人文主义”之后的莎士比亚

与贝明顿、沃尔夫等理论家的思路类似,赫布莱希特和卡勒斯指出,“后人文主义的”并不意味着简单地转离人文主义或“理论”,而毋宁说是一种对人文主义的持续“消解”(working through)或“解

① Stefan Herbrechter and Ivan Callus (eds.), *Posthumanist Shakespeares*, New York: Palgrave Macmillan, 2012, p.2.

② Stefan Herbrechter and Ivan Callus (eds.), *Posthumanist Shakespeares*, New York: Palgrave Macmillan, 2012, p.2.

③ Stefan Herbrechter and Ivan Callus (eds.), *Posthumanist Shakespeares*, New York: Palgrave Macmillan, 2012, p.2.

构”，空前需要理论。同样，后人文主义也并非要转离历史主义或唯物主义，而毋宁说是一种适应“后人类”状况新变的历史主义和唯物主义。①

两人认为，莎士比亚的人文主义究竟包含着什么，它在其作品中扮演着什么角色，这一问题远远未得到解决，其复杂性仍然需要进行追问——这样的问题既超越了将莎士比亚视为“开明”教育的中流砥柱的立场，也超越了相反地将莎士比亚视为“衰落”或者“无序”的立场。两人指出，这样的追问无论如何，都不是在“（正—反）人文主义”两极之间进行取舍，非要把莎士比亚与后人文主义相关联的问题；事实上，困难在于“历史地”和“文本地”塑造起来的、在早期现代和晚期现代甚至后现代之间的特殊关系，即在早期人文主义与后来更新的或者终结式的人文主义之间的关系——这些都向后人文主义开放。② 究其所由，人文主义并不保证任何事情，甚至莎士比亚作为人生导师（life coach）也不能演示奇迹，因为人类总有渴望超越人类自身的东西，并且数量越来越多，人可以渴望上帝、机器、人工智能和超人类的物种。③ 由此，后人类同时允诺和预示着诸或多或少相似的形式，而后人文主义对“真实的”或“被发明的”的人文主义的诸多方面进行重估、拒绝、拓展和重写。这些情况，就是“后—”这一前缀之所作所为。

作为一种讽喻性的“话语操演”，后人文主义提供了一种同时建构/解构的视角，正如贝明顿、沃尔夫等人所强调的，它能够消解自足的、固化的话语。因此，正如赫布莱希特和卡勒斯指出的，这就是为什么他们冒着被误解为“技术狂热主义者”的风险，替代性地

① Stefan Herbrechter and Ivan Callus (eds.), *Posthumanist Shakespeares*, New York: Palgrave Macmillan, 2012, p. 3.

② Stefan Herbrechter and Ivan Callus (eds.), *Posthumanist Shakespeares*, New York: Palgrave Macmillan, 2012, p.6.

③ Stefan Herbrechter and Ivan Callus (eds.), *Posthumanist Shakespeares*, New York: Palgrave Macmillan, 2012, pp.10-11.

坚持使用“后人文主义”这一含混不清的标签——因为一种历史的、唯物的必要性，迫使我们重视后人类所带来的新的挑战，虽然人文主义之后的莎士比亚，可能仍然是人文主义的。在这里，我们能很明显地感觉到，两人所主张进行的激进的“解构”实验，实际上是一种在新的时代语境下的话语姿态，试图以莎士比亚本身作为话语媒介，来更好地回应“后人类”的时代议题。如此一来，莎士比亚实际上变成了一个 21 世纪“后人文学科”话语实践的“操演场”和“试验田”。

（四）“人文学科”之后的莎士比亚

赫布莱希特和卡勒斯指出，后人文主义的莎士比亚无法脱离“理论”，但这种理论不是一种意识形态教条的理论强化，而毋宁说是一种灵活而开放的“理论化研究方法”（theoretical approach），是在理论战争之后的一种“教训”。理论需要吸收倾听新的声音，尤其需要吸收当下科学的成果，如生物学（bio-）、信息科学（info-）、认知科学（cogno-）、神经科学（neuro-）等。在这些新的科学挑战面前，人类问题、文学与生命关系问题等，重新“缠绕”着人文学科。①

两人指出，与布鲁姆捍卫“人文主义”工程的普遍主义和向善论（meliorism）以对抗后现代的文化相对主义不同，后人文主义的莎士比亚研究需要与自然科学进行联姻，需要借助进化论、生物学、基因学等。其原因在于，“人性”不是一种结构，而是一种素质倾向（predisposition）；“自我”不是一种创造，而是一种可以通过神经心理解释的、由硬件相连进化驱动（hard-wired evolution-driven）的大脑活动行为。因此，文学（和批评）严格来说不过是认知科学和神经科学的一个分支，在当代技术科学发展的光照下，文学批评

---

① Stefan Herbrechter and Ivan Callus (eds.), *Posthumanist Shakespeares*, New York: Palgrave Macmillan, 2012, p.5.

无法一成不变。①

赫布莱希特和卡勒斯主张采用认知和神经科学的成果，在他们看来，一种直接的关于文学的人文主义的理解，已经不再是可能的了，以生物科学来取代理论化的反本质主义和建构主义，并不会“修复”(repair)人文主义；用基因学关于人类本质的概念来捍卫自身而对抗反人文主义理论，能够加速一种更为“非批判性”的后人文主义形式之展开，从而对人类“进化”的历史进程实施“去人类中心化”。② 因此，“后人文主义的莎士比亚”研究既不是回到建构主义也不是回到唯物主义或历史主义，也不是基于人类的“真理”这样的普遍意义不是给定的，而是制造的观念；而是持一种与自然科学衔接的开放路径——这实际上即是在后人文学科中提供了一种建设性的研究方案，赫布莱希特和卡勒斯试图在“后人文学科”的批评探索中，呈现莎士比亚的新面貌。这种建设性方案，需要在后人文学科的话语实践与后人文主义的理论立场之间，寻求一种双向的契合，如此才能摆脱“后—”这一具有批判性、解构性的向度，而真正是生产性和建设性的。

（五）“技术”之后的莎士比亚

“后人文主义的莎士比亚”研究的一条重要线索，即是莎士比亚与技术的关系。赫布莱希特和卡勒斯指出，在莎士比亚的时代，并没有关于“技术”的现代意识，而仅有机器实践、工具和新设备；但是，关于现代技术和机器的隐喻出现在莎士比亚的著作中，已经不是什么秘密了——莎士比亚自己关于早期现代文化和技术变化的意识，发生在现代知识分割尚未出现的时代，并且这种“跨学科”

① Stefan Herbrechter and Ivan Callus (eds.), *Posthumanist Shakespeares*, New York: Palgrave Macmillan, 2012, p.8.

② Stefan Herbrechter and Ivan Callus (eds.), *Posthumanist Shakespeares*, New York: Palgrave Macmillan, 2012, p.8.

或"超学科性",在科学探索和人文研究之间产生了对话。[1]

赫布莱希特和卡勒斯的后人文主义的莎士比亚研究,很多线索源于从技术尤其是信息网络技术来研究莎士比亚的著作的启示,如尼尔·罗兹(Neil Rhodes)和乔纳森·索迪(Jonathan Sawday)主编的《文艺复兴电脑:第一印刷时代的知识技术》(*The Renaissance Computer: Knowledge Technology in the First Age of Print*, 2000)、阿瑟·F.金尼(Arthur F. Kinney)的《莎士比亚的网站:文艺复兴戏剧中的意义网络》(*Shakespeare's Webs: Networks of Meaning in Renaissance Drama*, 2004)和亚当·科恩(Adam Max Cohen)的《莎士比亚和技术:将早期现代的技术革命戏剧化》(*Shakespeare and Technology: Dramatizing Early Modern Technological Revolutions*, 2006)等。两人指出,莎士比亚著作中关于技术的"含混"(ambiguity)的表征,也是发展中的大众文化对机器性之人类"他者"的含混的一种反映,特别是在当时的环境中——宽泛而言,戏剧即是人类/机器的混合,因此早期现代形式的"赛博格化"从未远离。如果说早期现代阶段是"人类机器"的开端,早期现代文学导致了某些"文学赛博格"(literary cyborg)的东西;那么,到了当代认知和神经科学阶段,研究者不断地试图解释早期现代心灵和莎士比亚大脑的认知文化"图谱"。因此,后人文主义的莎士比亚也在这样的意义上,是关于"改造"早期现代的,它将技术的变化和连续性,与文化的"生态学"相联合;后人文主义的莎士比亚,要在"'印刷的第一个时代'和将自身显现为可能是印刷的最新时代,向数码和数码化文化过渡之间的'链接打造'(forged),以及向它们各自的概念性重新定位"[2]。

---

① Stefan Herbrechter and Ivan Callus (eds.), *Posthumanist Shakespeares*, New York: Palgrave Macmillan, 2012, p.11.

② Stefan Herbrechter and Ivan Callus (eds.), *Posthumanist Shakespeares*, New York: Palgrave Macmillan, 2012, p.12.

赫布莱希特和卡勒斯指出，毋庸置疑的是，莎士比亚的文本在数码时代仍然能够生存；关于存在于不可化约的技术多样性中的“文本”和“文本性”的观念，以及可用的现有的技术，这些都将会改变，而且事实上已经改变了文本编辑和文学批评的实践。因此，越来越难在“技术”之后，再来解开莎士比亚研究中的过去主义（pastism）、现时主义（presentism）和未来主义（futurism）的纠缠。[①] 换言之，技术维度实际上一直或隐或显地贯穿着莎士比亚，后人文主义则全面彰显了这样的维度。

这样的视角，参照斯蒂格勒、沃尔夫等人关于技术在人类、现代等范畴“之前”和“之后”进行着“原初杂合”的观念，便能更好地窥探莎士比亚与技术关系的后人文主义视野。这种视野由“后”往“前”做了一种逆向的溯源，无疑是一种视角之新探，但更要求一种超越时代的“跨语境”嵌合。这种嵌合在主题延续、范式转换与再语境化之间，往往容易产生新的、更复杂的悖论关系。

（六）“人类”之后的莎士比亚

赫布莱希特和卡勒斯指出，“后人文主义的莎士比亚”命题的提出，并未意味着要让人类和人文主义以其脆弱的形式重新出场，它不仅要关注有关人类、人类性（humanness）和人性（humanity）；而且要重新容纳关于人文主义、反人文主义、后人文主义甚至是超人文主义的新的多元性和新问题，如晚期现代“人”的生存问题，全球化、技科学、超级资本主义社会及其技术文化问题，等等。在两人看来，这样的命题是想要以其“幽灵”——即以其所发明、建构和表现出来的非人类、超人类和非人类诸形式——来面对人文主义；“后人文主义的莎士比亚”是人类中心主义假设的战略转移：“人类”再也不能被认为是理所当然的，“人性”作为普遍价值不再是自我赋

① Stefan Herbrechter and Ivan Callus (eds.), *Posthumanist Shakespeares*, New York: Palgrave Macmillan, 2012, p.12.

权的(self-legitimating),“人文主义”作为一种映像或者自我映像(self-reflex)不再可信。① 但与此同时,“后人文主义的”并不意味着“去人性化”,而是因为人类与人性正经历着激烈的过渡和转型;人文主义即“关于成为人意味着什么”的话语,也在这种转型的进程中被重新书写。

因此,两人指出,“后人文主义的莎士比亚”要在当代思想和文化实践的视域中,重新考察人文主义与反人文主义之间的争论,并向着“后人类”重新定位。这包含着认识到当下关于“成为人类”意味着什么的问题,并且这是在技术戏剧性变化的语境中提出的;讨论莎士比亚的作品是否与人类的发明相吻合,同样也是追问他关于反人类(inhuman)、非人类(non-human)、超人类(more-than-human)、准人类(less-than-human)的理解。对此,两人指出,最重要的是去探寻“后人类”是否也已现身,“它是否在莎士比亚那里已被预示、再现和竞争了?”②如果是这样,莎士比亚的作品是否也能作为一种后人文主义的例证?

与沃尔夫援引德里达关于“动物问题”的思考以及关注“动物研究”的路径异曲同工,赫布莱希特和卡勒斯也强调动物问题对于人类主体的重要性。两人首先立足当代语境分析道:“新出现的有机论、活力论以及自然和文化之间、人类及其环境之间、网络和节点之间的互联性,人文主义的传统之外或之后的科学和人文学科之间新的跨学科形式,都产生了新的、后人文主义形式的主体性。”③因此,现代性和人文主义在很大程度上已经无法为我们提供思想资源,而通过分析早期现代的自然和文化的不确定性,可以发

① Stefan Herbrechter and Ivan Callus (eds.), *Posthumanist Shakespeares*, New York: Palgrave Macmillan, 2012, pp.4-5.

② Stefan Herbrechter and Ivan Callus (eds.), *Posthumanist Shakespeares*, New York: Palgrave Macmillan, 2012, pp. 6-7.

③ Stefan Herbrechter and Ivan Callus (eds.), *Posthumanist Shakespeares*, New York: Palgrave Macmillan, 2012, p.13.

现在动物和人类之间存在着“本体论不确定性的空间”。

两人认为，人类和动物之间的本质区分值得研究，并主张将之引入“后人文主义的莎士比亚”的研究中，因为正如加布里埃尔·伊根(Gabriel Egan)所言，在很重要的层面上“莎士比亚显示了对我们现在视为积极—消极循环回馈、细胞结构、自然和社会秩序之间对照分析，以及交流沟通的可能模式等的持续兴趣。莎士比亚的人物显示出了对这个与我们相关联的自然世界的各方面的兴趣”①。因此，“后人文主义的莎士比亚”还意味着采纳这种“人类的错位”(dislocation of the human)，这是由回归非人类“他者”与早期和晚期现代之间的同时挑战所带来的，就像哈拉维所言，人类和动物、机器之间的区分已经模糊。②

综上述介可见，在赫布莱希特和卡勒斯的后人文主义理论视野和批评话语中，莎士比亚作为人文主义/反人文主义诗学话语的经典/反经典境遇，得到了反思和重审，由此导向了一种激进的后人文主义批判范式。但与此同时，后人文主义也并非仅作为一种替代性的批评视野，而是与人文主义和反人文主义并行而交互生成的；两人都致力于从与这两者的关系中，基于新的历史语境和话语范式可能，来引渡出后人文主义的诗学范式。因此，实际上可以说，莎士比亚在文学是/非“人学”的诸种诗学范式之间，搭建了一座桥梁。这样的路径，实际上也从文学本体论层面，彰显了本书所提出的“后人文主义诗学”在“人文主义诗学”与“反人文主义诗学”之间的缘起和进阶之道。

① Stefan Herbrechter and Ivan Callus (eds.), *Posthumanist Shakespeares*, New York: Palgrave Macmillan, 2012, p.13.

② Stefan Herbrechter and Ivan Callus (eds.), *Posthumanist Shakespeares*, New York: Palgrave Macmillan, 2012, p.14.

余　论　事物间性、人文拓扑与感性返身的“建设性后人文主义”

作为对人/物关系和人性/物性关联进行重新考察和设定的“后—”式人文话语，后人文主义事实上将其重心倾向了“物”和“物性”的维度。后人文主义一方面既关注人性与物性（尤其是技术性）之间的杂合，也关注机器物、媒介物等对人的生命、生活、生产、生存内在的“消解/构成”作用；另一方面既强调人嵌在于物质网络中，又试图恢复自然物的能动性，以激进的姿态消解人的痕迹而呼吁“他者”在场。后人文主义范式的诗学观念，凸显的是文艺活动的物性维度——技术性、媒介性、他者性等。尤其是技术事物作为人造物，乃是一种消解并融合主体/客体、文化/自然、人/物等二元对立的系统性、悖论式之“物”，其中蕴含着复杂的动力学。

如果说“主体性”和“主体间性”是人文主义诗学范式的核心所指，那么广义的包括文化文本机制在内的“文本间性”，则是反人文主义诗学范式的核心范畴；而在后人文主义诗学范式中，一种原初的“事物间性”（intra－objectivity；intra－thingness；intra－materiality）则显露了其理论阐释力。

一、事物间性：在后人文主义与诗学“之间”

拉图尔在1996年曾发表了论文《论事物间性》（*On Interobjectivity*，1996），而在2005年出版的有关“行为者网络理论”的著作中，他视“事物间性”为一个“角色”，其功能是“将一些基础性错位引入地方性互动之中”（introduce in local interactions some fundamental dislocation）。[①] 作为西方哲学“事物”观念变化的一个重要方向，从事物的“实体性”走向“事物间性”乃是“关联性的一种深入”。[②]这种“事物间性”我们可以参照海德格尔的“物性”观念来考察。海德格尔将“物性”归结为天、地、神、人的“四元一体”，其间因为相互连通而成为“整一体”，物性即物的召集性和能动性（the thing thinging）。海德格尔以诗化的语言描述道：

> 物化，物居留于统一的四者，大地和天空、神圣者和短暂者，在它们自我统一的四元的纯然一元中。
>
> 大地是建筑的承受者，养育其作物，照顾流水和岩石、植物和动物。
>
> 当我们说大地，我们已经想到了另外三者，由于四者的纯然一元而伴随着它。
>
> 天空是太阳的道路，是月亮的路途。繁星闪烁。四季交换。
>
> ……
>
> 当我们说天空，我们已经想到另外三者，由于四者的纯然一元而伴随着它。
>
> ……
>
> 当我们说神圣者，我们已经想到另外三者，因为四者的纯然一元而伴随着它。
>
> ……
>
> 当我们说短暂者，我们已经想到另外三者，因为四者的纯

① Bruno Latour, *Reassembling the Social*: *An Introduction to Actor-Network-Theory*, Oxford: Oxford University Press, 2005, p. 203.

② 张法：《西方哲学中 thing（事物）概念：起源，内蕴，演变》，《社会科学战线》2013年第3期。

然一元而伴随着它。

大地和天空、神圣者和短暂者(它们自愿地达到一)由统一的四元的一元而从属在一起。四者的每一位都以自身的方式反射其它的现身。每一位因此以自己的方式反射自身,进入处于四者的纯然性之中的自身。①

这种事物间性,我们还可以从"建设性后现代"的视域来观照。大卫·雷·格里芬(David Ray Griffin)认为,几乎所有的现代性的解释者都强调个人主义的中心地位,从哲学上说,"个人主义意味着否认人本身与其他事物有内在的关系,即是说,个人主义否认个体主要由他(或她)与他人的关系、与自然、历史、抑或是神圣的造物主之间的关系所构成"②。笛卡尔哲学即是这种关于自我的见解的典范。与此相反,格里芬概括了一种以强调"内在关系的实在性"为特征的"后现代精神":"依据现代观点,人与他人和他物的关系是外在的、'偶然的'、派生的。与此相反,后现代作家们把这些关系描述为内在的、本质的和构成性(constitutive)的……个体与其躯体的关系、他(她)与较广阔的自然环境的关系、与其家庭的关系、与文化的关系等等,都是个人身份的构成性的东西。"③在格里芬看来,后现代精神乃是一种超越二元论和实利主义的"有机主义"。

海德格尔强调的是事物在存在论意义上的一体关联性,格里芬强调的是事物(包括人)在本体论层面的内在连通性,两个层面都强调的是事物之间的亲缘性。而在后人文主义视域中,关于"他

① [德]马丁·海德格尔:《诗·语言·思》,彭富春译,文化艺术出版社1988年版,第157—158页。

② [美]大卫·雷·格里芬编:《后现代精神》,王成兵译,中央编译出版社2011年版,第22页。

③ [美]大卫·雷·格里芬编:《后现代精神》,王成兵译,中央编译出版社2011年版,第38页。

者”事物与人之间的关系，则更体现出一种既亲缘联通、又疏离矛盾的悖论式“间性”和复杂运作的“系统性”。这种后人文主义式的“事物间性”要从四个层面解析：

第一，机器、媒介等人工事物作为人类劳动实践的产物，本身就是杂合性的事物，在其中，人的因素与物的因素同时以“内在交互”（intra-）关系杂合为一；同理，在人的内部，人性因素与物性因素（技术等）也以“内在交互”的关系杂合一体。这是哈拉维、拉图尔意义上杂合性的“赛博格”和“中间地带”。在这个意义上，我们可用 intra-materiality 界定“事物间性”，在此，人的因素与物的因素事实上以一种近于控制论的机制杂合在一起。

第二，作为实存物的人工事物与人的社会存在之间，同样形成了“内在交互”的关系。机器、媒介在日常活动中与人互动，并逐渐获得了能动的本体地位，正如基特勒所言，媒介技术形成了我们的状况。在这个意义上，我们可用 intra-objectivity 界定“事物间性”，在此，“人”既不是中心、也不是主体，人工事物也是如此，两者都是交互网络中的“行动者”。

第三，人工事物在实践层面成为人与自然物之间的中介，人通过机器等媒介物，作用和关联于自然世界，这是鲁曼意义上的作为一般“沟通媒介”的事物。在这个意义上，我们可用 intra-thingness 界定“事物间性”，强调的是事物之间的关联性和沟通性。

第四，人一方面系统性地嵌在于包括人工事物在内的物质网络之中，但同时又具备意识、感知、思考和表述能力，始终具备了精神性、非物质性的维度，因此涉及如何思考和谈论以上诸方面的“事物间性”问题——这即是沃尔夫等人所强调的，如何“后人文主义式”地谈论“他者”，才能避免陷入人文主义的圈套。这乃是一种“元—”（meta-）层面上的“后设”反思，是一种讽喻的、悖论式的关于物质性的述说。

如此一来，作为一种“事物间性”诗学，后人文主义诗学实际上彰显了一种悖论式、系统性的“物性诗学”①(Poetics of Thingness)。如果说人文主义诗学强调的是“文学—人学”的一体性,强调文学本质上是“人性的表征”(representation of humanity),其经典形态便是如哈罗德·布鲁姆所言,莎士比亚以其天才能力“发明”了我们人类,莎士比亚即是文学经典本身;那么,后人文主义诗学一方面既强调文学是“物性的体现”(embodiment of thingness),另一方面又始终注意到,在感知、言说文学内外之“物性”时,始终需要处理多个层面的悖论,需要借助一种系统性的运作思维和诗学方式。

更进一步,我们还可以在考察了文学的后人文主义维度之后,反过来考察后人文主义的“文学性”。后人文主义与文学关系密切,其发生发展、内涵意蕴、理论形态都与文学具有内在的关联,不管是“幽暗生态学”对“诗性语言”的吁求,还是沃尔夫对“表征媒介”的重视,后人文主义的代表性理论家往往都借文学和文化批评以支撑和阐述其理论主张,文学和文化批评内在地参与了后人文主义的理论建构。正如沃尔夫所指出,人类与非人类之间的关系,事实上不仅是关于“主题学”(thematics)的,而且是关于“表述技术”(technics of address)的;不仅是关于事实内容的,而且是关于语言形式的;人的有限性不仅在于事实层面,而且也在于语言层面。因此,他借助对华莱士·史蒂文斯(Wallace Stevens)诗艺的考察,并与德里达“The Animal That Therefore I Am”中的论述相结合,将posthumanism和poetics关联考察,认为人类与非人类的关系是修辞的,at、in、of、from、by、like等介词塑造了两者之间的关系,因此,“后人文主义”立场本身就是一种“诗学”。②

如此一来,“后人文主义诗学”事实上包含着两个彼此交融、相互构成的内涵向度,即“后人文主义”与“诗学”之间内在的、本质的

① 张进:《通向一种物性诗学》,《兰州学刊》2016年第5期。

② Cary Wolfe, “Second Finitude, or the Technics of Address: A Response”, *Philosophy and Rhetoric*, Vol. 47, No.4, 2014, pp. 554-566.

构成性关系；它强调的并不是“后人文主义”与“诗学”作为一般意义上的两个“既成”领域之间的“外在关系”和关联问题，而是强调这种“内在关系”一定程度上对“后人文主义”和“诗学”发挥着双向的构成作用——即“后人文主义”和“诗学”分别是什么的问题，一定程度上都是由这种“内在关系”所决定和构成的。换言之，缺失“后人文主义”的维度，“诗学”便无法真正地对文学进行宏观圆照；反过来，若缺失“诗学”的维度，“后人文主义”也难以展示其理论内涵。

在这种“后人文主义—诗学”的关系语境中，“后人文主义诗学”一方面正如本书主体部分所论述的，是从后人文主义的批评实践、理论内涵、话语立场、思想范式来聚焦考察“文学”的基础性、本质性问题；它彰显文学活动中作者作为“后—主体”及其“写作”的基础动力学、文学作品作为媒介—机器—技术的悖论物质性、文学作为“物托邦”世界的非人性等；总体上强调文学就其本质而言，不能限定在人文主义式的“人性的表征”之中，也不能陷入反人文主义式的“语言”牢笼和“文本”汪洋中。另一方面，要从语言、文化之诗性角度，来理解和阐释后人文主义作为一种讽喻式、悖论式话语的可能性和生产性，彰显后人文主义理论话语本身的诗学内涵和文化属性。

如此一来，“后人文主义诗学”实际上“挪用”了“诗学”(poetics)的原初含义（“生产”和“技艺”），强调“后人文主义”与“文学”之间内在交互的“生产”关系，突出了“后人文主义”的诗学内涵和“诗学”的后人文主义内容。正如“文化诗学”同时意指着“文学的文化性”和“文化的文学性”两个层面的意义，“历史诗学”同时包含着“文学的历史性”和“历史的文学性”——“后人文主义诗学”它既指“文学的后人文主义性”，也指“后人文主义的文学性”：前者指的是文学内在地、本质地将“非人”的事物属性涵摄在内，技术性、媒介性、他者性普遍存在并形构了文学活动；后者则指

“非人”事物的属性内在地是文学的，只有文学作为可能的而非仅仅是想象、虚构、表征的世界，作为生产性的“第三空间”和关联性的“中间地带”，才能让“物”现身在场。总之，后人文主义诗学强调文学与后人文主义之间，存在着“内在的、本质的、构成性”的关系。

二、人文拓扑：后—人文话语空间

从人文话语范式转换的宏观视野来看，“后人文主义诗学”开显了一个诗学话语的“拓扑空间”（topology），从而以自身为参照，将其与人文主义诗学、反人文主义诗学之间的不变/新变等关系彰显出来，从而拓展了一个可能的诗学话语空间。

后人文主义并不构成一种新的“知识型”。如福柯所言，“知识型”强调的是一种没有预兆的、突然的断裂，一种非历史性的、结构性的知识空间之转换。从理论家们对后人文主义与反人文主义的辩证考察来看，所呈现的与其说是一种话语的“断裂”，而毋宁说是一种关于“变/不变”的辩证法：“后—”与“反—”两者交叠并存而异向生长，后人文主义虽然产生了一种话语范式转换，但仍然与反人文主义处在同样的知识空间中，由此呈现了一种不同话语在相互关联和跨越转化中产生新变/不变的话语“拓扑学”①。

这样的话语拓扑学，早已发生在哈桑最早提出“后人文主义”概念的“演剧”中，呈现出一种具有“解构”视角的知识空间拓展和话语关系延伸。在《作为表现者的普罗米修斯：走向一种后人文主

---

① Topology，又译“地志学”“地形学”或“拓扑结构”，最早是指对地形地貌的研究，到近代则指对几何形状及其变形的研究，它具有跨数学、地理、哲学、社会等学科以及超越传统地理/空间观念的认识论和方法论意义。拓扑学认为，具体的某一空间或流动性物体总是身处多重关系和网络结构之中，因此要着重考察它作为其他空间的关联投射和异质同构，所彰显的形变/不变、关联性/跨越性、破坏能力/持续能力等特征，由此揭示其“能在空间化内部以及不同空间化之间发生冲突与断裂时，仍然保持某种连续性和连贯性”，参阅［美］罗伯·希尔兹：《空间问题：文化拓扑学和社会空间化》，谢文娟、张顺生译，江苏凤凰教育出版社2017年版。

义文化?》[①]中,哈桑以一种"文本游戏"的姿态来展示后人文主义的开放性维度。他以"文本"的角色扮演来展开话语操演,包括前文本(pretext)、神话文本(mythotext)、正文本(text)、异文本(heterotext)、语境文本(context)、元文本(metatext)、后文本(postext)、副文本(paratext)——不同的"文本"角色展演着不同的话语立场,它们都是在后人文主义话语内部所展开的自我反思和张力运作,是一种同时围绕后人文主义话语"正文本"而展开的,兼具批判/建构的拓扑关系——这同时也意味着,后人文主义就是一个可朝向不同向度生长的话语空间。

而就话语的历时性转换视角宏观而言,这种"关系性"的拓扑空间恰如沃尔夫所阐述的,在于后人文主义中的"后—"同时也是一种"前—",即后人文主义也是同时在人文主义"之前"和"之后"的,[②]这种"之前"与"之后"实际上正是一种拓扑学的维度:人在不同历史时期中的具身与嵌在,其具体形态截然不同,但基本境况是相似的;从"之前"到"之后",不变的是人与外界的基本关系,变的则是这种关系的具体表征形态——这也是斯蒂格勒关于"原初假肢"的阐述中消解先天/后天之区分的理由所在,也是莎士比亚同时是人文主义的、反人文主义的和"后人文主义的"之所在。当然,关键在于,若没有以作为"后—"的后人文主义为参照视野,这样的拓扑关系空间将无法呈现出来。

因此,由话语拓扑学视角观之,后人文主义形成了一个知识空间,它不仅是关于"人"的内容或话语的,也是对相关话语"位置"及其之间"关系"的并置,它提出了有关人文话语之"秩序"的知识空

① Ihab Hassan, "Prometheus as Performer: Toward a Posthumanist Culture?", *The Georgia Review*, Vol.31, No.4 (Winter 1977), pp.830-850.中译见[美]伊哈布·哈桑:《作为表现者的普罗米修斯:走向一种后人类主义文化?——五幕大学假面剧(献给神圣之灵)》,张桂丹、王坤宇译,《广州大学学报(社会科学版)》2021年第4期。

② Cary Wolfe, *What Is Posthumanism*, Minneapolis: University of Minnesota Press, 2010, xv.

间，这种空间并非综合性、杂烩式的，而是如福柯所言，“它们的协同性和明证性才保证了并置在一起的可能性”①——这也是很多理论家倡言“后现代”本身也是一种“现代”或“前现代”所依循的路径；这也揭示了为何可以说，后人文主义自身同时也在一定程度上是前人文主义、人文主义和反人文主义的——这即是一种“后—人文话语”的拓扑学。

与此同时，与人文主义属于早期现代欧洲、反人文主义属于20世纪下半叶西方不同，后人文主义无疑是走向21世纪的，并且嵌入以“后人类”之名来审视人类处境的“人类世”语境中，这种语境背后则是全球化的力量。其中，后人文主义与反人文主义所处语境的核心差异，便在于一种“技术地理学”所肇之后果，即技术的扩散和技术生产对于全球空间的“在场”式塑造，包括媒介技术引发“时空压缩”所带来的“人类”外延的延宕。因此，欧洲—西方中心主义的“人文”（学科、话语、思潮），正在历史性地逐渐走向事实上的“全球人文”——从二战后期关于原子弹毁灭地球、人类社会作为整体开始受到非常严肃的审视开始，到高歌猛进的现代化、全球化进程，再到20世纪后期好莱坞主导的全球文化工业和科幻景观中的“人类/后人类共同体”叙事，共同呈现了一种“全球人文”的本体论（事物空间）和认识论（知识或话语空间）问题。

因此，人文话语的拓扑空间，不仅在于“知识型”内部的话语范式和跨学科之间，也是在跨文化、跨语境的思想空间之际——因为时势使然，后人文主义已经从西方向东方流行，它也必然需要与东方的人文话语展开对话，由此形成一种新的传播与接受关系。这其中的话语拓扑关系，在于理性的、逻辑的、命题的后人文主义理论话语，在很大程度上是可理解的、可沟通的，它构成了话语传播中“不变”的部分；但同时更存在诸多不可理解和沟通的“剩余物”，它

① ［法］米歇尔·福柯：《词与物——人文科学的考古学》（修订译本），莫伟民译，上海三联书店2016年版，前言第2页。

们本来就是嵌入并扎根于具体的社会语境和文化土壤的，因而也必定在新的文化语境中，产生异质新变或异化排斥。

后人文主义的这种跨文化、跨语境的界限问题，实际上指向了福柯所言之思想、知识、话语界限的根本性问题。在《词与物：人文科学的考古学》的开篇，福柯便叙述由博尔赫斯的某个“文本”所展示的“某部中国百科全书”中关于动物的分类所引发的“笑声”，他指出，这种“笑声”动摇了嵌入具体时代和地理环境的西方思想所熟悉的规范性范畴和知识体系，它是“我们突然间理解的东西，通过寓言向我们表明为另一种思想具有的异乎寻常魅力的东西，就是我们自己的思想的界限，即我们完全不可能那样去思考”①。福柯的“界限”是思考事物秩序的界限，同时也凸显在不同的思想方式之间。

而在后人类语境中，面对人文学科的跨文化问题，爱泼斯坦借由巴赫金关于文化“外位性”的观点，提出一种“跨文化主义”即一种“置身于各种文化交汇处的生存方式”。他指出，“跨文化”不仅是各文化形态之间的相互超越，是在“文化间性”意义上“跨出”某种具体文化；也是从“文化性”中跳出来，跨出“文化”的根本范畴：“跨文化的文化并不意味着在现有文化中再增加一种，而是指超越一切文化，以便臻入一种‘无文化’或曰‘元文化’的超脱境界……如果文化是置身于自然之外的东西，那么跨文化的文化就是新出现的领域，在这新起的领域中，人置身于与生俱来的原有文化之

① ［法］米歇尔·福柯：《词与物——人文科学的考古学》（修订译本），莫伟民译，上海三联书店2016年版，前言第1页。福柯所述之“思想界限”的意义还在于，若从后一人类中心主义的后人文主义立场，我们可以提出“某部××星球的百科全书”，正如科幻《你一生的故事》中的“七肢桶”，不仅对于福柯作为西方人，并且所有人类作为地球人而言，是一种新的“思想界限”，一种可能存在的“不可能性”。

外。”①这样的外位性视角和非文化层面，涉及与“人类/非人类”一体的“文化/自然”之间的界限。对此，我们仍可诉诸福柯这一后人文主义话语事实上难以绕开的人物。不管是对疯癫、性欲、肉体刑罚的考察，还是死亡、激情的生命体验，还是“以言行事”的话语实践，福柯始终以感性方式呈现的是“一种非求真性的跳跃，是自我控制的技艺，是非理性的美学，最终，这是尼采式的舞蹈”②，由此展开对于理性、权力、思想所设定的“界限”之反抗。——这实际上也预示着后人文主义自身的出路所在，即走向一种关于“人”之系统性地“具身”和“嵌在”的感性学。

三、感性返身：走向21世纪的“建设性后人文主义”

进入21世纪以来，后人文主义方兴未艾，伴随着科技的迅猛发展，人类作为命运共同体，将持续面临并进一步裹挟入后人类境况中，后人文主义因此不能、也不会止步。然而，这种理论图景本身也需要一种再反思或曰“二阶观察”，即对其本身话语策略的勘探与检视。问题是，这是否意味着要沿着“后—‘后—’”的话语生产套路，戏谑式地走下去？

其一，就“理论”的状况而言：在20世纪末以来，“后—”式的理论蔓生方式引发了广泛的批判与嘲讽，也始终被后人文主义理论家所警惕。布拉伊多蒂即指出，在学术文化群内的“后—”学时尚，既令人兴奋，也令人生厌和焦虑。③ 沃尔夫也批判指出，不能在“后—”的向度上持续翻新花样、喧哗取宠。在如此时代语境下，后人文主义如何避免陷入这种境地，吁求更具建设性的理论内质与

① ［美］米哈伊尔·爱泼斯坦：《由“后”返“初”：巴赫金与人文科学的未来》，汪洪章、宋梅译，载周启超主编：《外国文论与比较诗学》（第2辑），知识产权出版社2015年版，第53页。

② 汪民安：《福柯的界限》，南京大学出版社2008年版，第6页。

③ ［意］罗西·布拉伊多蒂：《后人类》，宋根成译，河南大学出版社2016年版，第2页。

思想面相，才能更好地立足批判性视野，发挥其对于诸多激进后人类话语以及启示录论调的“牵制力”，而非陷入循环的“后—”式游戏链条。

其二，就现实境况而言：当前，后人文主义诗学面临着人工智能的根本性挑战，以 ChatGPT 为代表的、算法逻辑驱动的 AI 大语言模型写作模式，一方面“是互文性理论的最终实现，它也没有独创性的起源作者”①，凸显的是一种可技术化操作的文本间性机制，它以日渐自主化的技术能动性，甚至是主体性倾向来消解人作为创造主体的独特性，是以技术方式展开的理性化、抽象化、普遍化的文本生产；另一方面，它同时也摒弃或遮蔽了人的技术化感知和体验、技术媒介对于身体经验和审美生产作用等人与技术（物）之间更密切的关系层面。因此，AI 写作看似在无边无际的、仍然在持续扩展的文本海洋中穿行编织，但事实上仍是一种“结构化”运作：它既是一种被技术主体性倾向所“辖域化”而消解人之审美活动主体性的文本生产机制，是一种技术黑箱中的“作者之死”；也是对具体的、感性的、实践的世界事物的隔离，与一种技术乌托邦存在共谋效应。概而言之，AI 写作的诗学要旨，是它以技术方式运作了一个“非人的世界”，“写作”被极端地“去人化”。因此，后人文主义诗学是否应该单向度地迎合这种境况，抑或对此视而不见？

面对上述两种境况的交叠，一种指向感性审美层面的“建设性后人文主义”（Constructive Posthumanism）势在必行。

在生成式人工智能迅猛发展、科学技术话语高扬的后人类语境下，后人文主义诗学所开拓的可能视野，实际上开显了一个视人类与包括技术物在内的“非人类”处在自动涌现、动态互构、感性生成的关系之中的层面，由此涵括了“诗学”概念的“艺术/技术”一体生产的原初内涵；也得以以一种对感性学的重申及其动力学机制

① 汪民安：《ChatGPT 的互文性、生成和异化》，《广州大学学报（社会科学版）》2023 年第 4 期。

的新释，在更始源性的人与语言、人与世界的“感性逻辑”层面，对单向度的“算法逻辑”展开批判性考察。因此，与身体/具身问题密切相关的“感性学”，应该成为建设性后人文主义的原点。当然，这种感性维度不能重回“人”，而要连通“物”；其核心要旨，是在极端的、理性逻辑主导的“后人类”进化的可能形态下，以“感性返身”的方式重启了人的感性维度：一方面是在以后人文主义的路径批判了理性主体性“之后”，重新确立感性身体，重新连通人与事物的内在关系；另一方面也是一种“反思性”（reflexivity），即从感性层面为理性、意识、思想提供一种补足和参照，用来弥合思想、语言所造成的“间隙”——这实际上也是沃尔夫所时时警醒的后人文主义媒介与形式问题，亦即如何才能在“言说”之外真正地抵达非人类“他者”。

这种感性学，一方面既是一种关系性、生态式、自创生的“后—主体”诗学的基础动力学的感性旨归，也是主体性诗学与恢复语词/媒介之“物性”能力的自创生诗学之间的连通机制；另一方面，它也是突破“后—人类中心主义”诗学表征悖论的可能路径，正如麦尔和比尔所言，一种去人类中心化、强调人类与他者的“空间/地理”关系的后人文主义，需要一种反思传统表征论的立场，需要聚焦到“非文本”形式的“默会、非语词、具身的和内在行动”的感性层面，即一种“后人文主义的感受力”。①

在当前的后人类语境下，AI 写作已经成为基于实践的、并不断在技术衍进中丰富其内涵与外延的经验性命题。仍在不断迭代衍化的 ChatGPT、Sora 等生成式人工智能（AIGC），正在以席卷之势裹挟整个知识生产领域，大数据、算法、大模型将“互文性”迅猛且不间断地推向新的边际，“技术—媒介”由此成为文化生产和意义生

① Mara Miele, Christopher Bear, “Geography and Posthumanism”, in *Palgrave Handbook of Critical Posthumanism*, Stefan Herbrechter, Ivan Callus, Manuela Rossini, Marija Grech, Megen de Bruin-Molé, Christopher John Müller (eds.), New York: Palgrave Macmillan, 2022, pp.749-771.

成的新主体，巴特所言之由无边“文本”海洋所肇之“作者之死”，似乎一语成谶；而福山所预言之基于生物科技的“后人类未来”，看似将率先由人工智能来引领抵达。其中的关键问题还在于，对此展开的任何深入的理论研究，都将需要接受信息科学及其技术尺度的无情检视；而技术化的“数字人文”研究对此则呈现出“伪人文”的倾向，它以结构化、抽象化亦即一种结构主义语言论的方式，试图产生意义，但这也将意义“单维化”从而消解了意义本身。

因此，以感性逻辑为旨归的、建设性的后人文主义，也彰显了对于当代数字人文之重审的可能。数字人文作为人文的“数字化”，不是将“人”客体化、对象化、知识化，而是将“人文”技术化；是在福柯所言之“人文科学”将“人”作为对象“科学化”之后，再次对人文科学本身进行“技术化”。如此一来，知识的人文意义，便交由技术的“黑箱”所生产。因此，立足“感性返身”的建设性后人文主义，并不排斥而是内在地蕴含着其批判性，是批判性/生产性的一体，即在对一种由技术“黑箱”所生产出来的知识界限的批判性反拨之余，重新彰显后人文主义之于完整的、感性的“人”的生产性——这也是后人文主义的诗学旨归所在。

参考文献

一、中文文献

蔡仲、肖雷波:《STS:从人类主义到后人类主义》,《哲学动态》2011 年第 11 期。

杜小真选编:《福柯集》,上海远东出版社,1998 年。

杜小真、张宁主编:《德里达中国讲演录》,中央编译出版社,2003 年。

高宣扬:《鲁曼社会系统理论与现代性》(第 2 版),中国人民大学出版社,2016 年。

郭庆藩:《庄子集释》第三册,中华书局,1961 年。

吉藏:《中论 百论 十二门论》上,上海古籍出版社,2011 年。

蒋怡:《西方学界的“后人文主义”理论探析》,《外国文学》2014 年第 6 期。

林建光、李育霖主编:《赛伯格与后人类主义》,(台湾)华艺学术出版社,2013 年。

刘勰:《文心雕龙》,上海古籍出版社,2008 年。

陆机著,张少康集释:《文赋集释》,人民文学出版社,2002 年。

陆晓光:《〈文心雕龙〉中的“工匠”慧识》,《社会科学报》2017 年 9 月 14 日。

孟悦、罗钢主编:《物质文化读本》,北京大学出版社,2008 年。

钱翰:《从作品到文本——对“文本”概念的梳理》,《甘肃社会科学》2010 年第 1 期。

秦海鹰:《互文性理论的缘起与流变》,《外国文学评论》2004 年第 3 期。

单小曦:《媒介文艺学对语言论文论的改造》,《文艺理论研究》2016 年第 5 期。

孙周兴选编：《海德格尔选集》，生活·读书·新知上海三联书店，1996 年。

汤拥华：《重构具身性：后人类叙事的形式与伦理》，《文艺争鸣》2021 年第 8 期。

汪民安：《福柯的界限》，南京大学出版社，2008 年。

汪民安：《ChatGPT 的互文性、生成和异化》，《广州大学学报（社会科学版）》2023 年第 4 期。

汪民安主编：《生产》（第一辑至第六辑），广西师范大学出版社，2004—2008 年。

王峰：《后人类的超限人性——〈西部世界〉的叙事“套路”与价值系统》，《学术论坛》2018 年第 2 期。

王峰：《人工智能科幻叙事的三种时间想象与当代社会焦虑》，《社会科学战线》2019 年第 3 期。

许慎撰，徐铉校定：《说文解字》，中华书局，2013 年。

徐中玉主编：《中国古代文艺理论专题资料丛刊》第一册，中国社会科学出版社，2013 年。

徐中玉主编：《中国古代文艺理论专题资料丛刊》第二册，中国社会科学出版社，2013 年。

杨纪平：《文学与“物质性”的结合：谈海尔斯的〈书写机器〉》，《青年文学家》2014 年第 14 期。

张法：《西方哲学中 thing（事物）概念：起源，内蕴，演变》，《社会科学战线》2013 年第 3 期。

张进：《活态文化与物性的诗学》，人民出版社，2014 年。

张进：《文学理论通论》，人民出版社，2014 年。

张进：《论物质性诗学》，《文艺理论研究》2013 年第 4 期。

张进：《论文学物性批评的关联向度》，《文艺理论研究》2015 年第 3 期。

张进：《通向一种物性诗学》，《兰州学刊》2016 年第 5 期。

张进：《物性诗学导论》，人民出版社，2020 年。

张永清：《历史进程中的作者（上）——西方作者理论的四种主导范式》，《学术月刊》2015 年第 11 期。

赵毅衡编选：《符号学文学论文集》，百花文艺出版社，2004 年。

赵毅衡编选:《“新批评”文集》,中国社会科学出版社,1988 年。

郑毓瑜:《引譬连类:文学研究的关键词》,(台湾)联经出版事业股份有限公司,2012 年。

周启超:《克里斯特瓦的“文本间性”理论及其生成语境》,《陕西师范大学学报(哲学社会科学版)》2013 年第 5 期。

周启超主编:《外国文论与比较诗学》(第 2 辑),知识产权出版社,2015 年。

朱光潜:《文艺心理学》,华东师范大学出版社,2015 年。

《马克思恩格斯文集》第一卷,人民出版社,2009 年。

《马克思恩格斯选集》第一卷,人民出版社,2012 年。

[法]路易·阿尔都塞:《保卫马克思》,顾良译,商务印书馆,2010 年。

[美]艾萨克·阿西莫夫:《阿西莫夫:机器人短篇小说》,叶李华译,江苏凤凰文艺出版社,2014 年。

[美]M.H.艾布拉姆斯:《文学术语词典》(第 7 版),吴松江主译,北京大学出版社,2009 年。

[美]M.H.艾布拉姆斯:《镜与灯:浪漫主义文论及批评传统》,郦稚牛、张照进、童庆生译,北京大学出版社,2015 年。

[法]罗兰·巴特:《从作品到文本》,杨扬译,《文艺理论研究》1988 年第 5 期。

[法]罗兰·巴特:《文之悦》,屠友祥译,上海人民出版社,2016 年。

[法]罗兰·巴尔特:《写作的零度》,李幼蒸译,中国人民大学出版社,2008 年。

[法]罗兰·巴特:《S/Z》,屠友祥译,上海人民出版社,2012 年。

[美]朱迪斯·巴特勒:《身体之重——论“性别”的话语界限》,李均鹏译,上海三联书店,2011 年。

[美]欧文·白璧德:《文学与美国的大学》,张沛、张源译,北京大学出版社,2004 年。

[加拿大]史笛文·邦尼卡斯尔:《寻找权威——文学理论概论》,王晓群、王晓莉译,吉林大学出版社,2003 年。

[古希腊]柏拉图:《柏拉图全集》第一卷,王晓朝译,人民出版社,2002 年。

[意]罗西·布拉伊多蒂:《后人类》,宋根成译,河南大学出版社,2016 年。

[美]哈罗德·布鲁姆:《西方正典:伟大作家和不朽作品》,江宁康译,译林出版社,2005年。

[美]哈罗德·布鲁姆:《影响的焦虑——一种诗歌理论》(增订版),徐文博译,江苏教育出版社,2006年。

[英]阿伦·布洛克:《西方人文主义传统》,董乐山译,生活·读书·新知三联书店,1997年。

[法]雅克·德里达:《书写与差异》,张宁译,生活·读书·新知三联书店,2001年。

[法]雅克·德里达:《论文字学》,汪堂家译,上海译文出版社,2015年。

[美]弗莱德·R.多迈尔:《主体性的黄昏》,万俊人译,广西师范大学出版社,2013年。

[波兰]爱娃·多曼斯卡:《历史学的未来:后人文主义的挑战》,张作成译,《北方论丛》2011年第3期。

[法]吉尔·德勒兹:《批评与临床》,刘云虹、曹丹红译,南京大学出版社,2012年。

[法]米歇尔·福柯:《词与物——人文科学的考古学》(修订译本),莫伟民译,上海三联书店,2016年。

[法]米歇尔·福柯:《自我技术:福柯文选Ⅲ》,汪民安编,北京大学出版社,2016年。

[加拿大]诺思罗普·弗莱:《批评的解剖》,陈慧、袁宪军、吴伟仁译,百花文艺出版社,2006年。

[美]弗朗西斯·福山:《我们的后人类未来:生物技术革命的后果》,黄立志译,广西师范大学出版社,2017年。

[法]A.J.格雷马斯:《论意义——符号学论文集》上册,吴泓渺、冯学俊译,百花文艺出版社,2005年。

[美]大卫·雷·格里芬编:《后现代精神》,王成兵译,中央编译出版社,2011年。

[美]唐娜·哈拉维:《类人猿、赛博格和女人:自然的重塑》,陈静译,河南大学出版社,2016年。

[美]伊哈布·哈桑:《作为表现者的普罗米修斯:走向一种后人类主义文化?——五幕大学假面剧(献给神圣之灵)》,张桂丹、王坤宇译,《广州大学学

报(社会科学版)》2021 年第 4 期。

[德]马丁·海德格尔:《诗·语言·思》,彭富春译,文化艺术出版社,1988 年。

[德]马丁·海德格尔:《林中路》,孙周兴译,上海译文出版社,2004 年。

[德]马丁·海德格尔:《存在与时间》(修订译本),陈嘉映、王庆节合译,生活·读书·新知三联书店,2006 年。

[美]凯瑟琳·海尔斯:《我们何以成为后人类:文学、信息科学和控制论中的虚拟身体》,刘宇清译,北京大学出版社,2017 年。

[德]黑格尔:《美学》第一卷,朱光潜译,商务印书馆,1996 年。

[德]埃德蒙德·胡塞尔:《欧洲科学的危机与超越论的现象学》,毕迈尔编,王炳文译,商务印书馆,2001 年。

[美]海登·怀特:《话语的转义——文化批评文集》,董立河译,大象出版社,2011 年。

[德]弗里德里希·基特勒:《走向媒介本体论》,胡菊兰译,《江西社会科学》2010 年第 4 期。

[德]弗里德里希·基特勒:《留声机 电影 打字机》,邢春丽译,复旦大学出版社,2017 年。

[美]乔纳森·卡勒:《当代学术入门:文学理论》,李平译,辽宁教育出版社,1998 年。

[美]乔纳森·卡勒:《论解构》,陆扬译,中国社会科学出版社,1998 年。

[美]乔纳森·卡勒:《当今的文学理论》,《外国文学评论》2012 年第 4 期。

[德]伊曼努尔·康德:《判断力批判》,邓晓芒译,人民出版社,2002 年。

[德]伊曼努尔·康德:《历史理性批判文集》,何兆武译,天津人民出版社,2014 年。

[法]安托万·孔帕尼翁:《理论的幽灵——文学与常识》,吴泓缈、汪捷宇译,南京大学出版社,2011 年。

[法]布鲁诺·拉图尔:《我们从未现代过——对称性人类学论集》,刘鹏、安涅思译,苏州大学出版社,2010 年。

[法]布鲁诺·拉图尔、[英]史蒂夫·伍尔加:《实验室生活:科学事实的建构过程》,修丁译,华东师范大学出版社,2023 年。

[德]尼可拉斯·鲁曼:《文学艺术书简》,倪尔斯·韦伯编,张锦惠译,(台

湾）五南图书出版股份有限公司，2013 年。

［德］尼可拉斯·鲁曼：《社会中的艺术》，张锦惠等译，（台湾）五南图书出版股份有限公司，2014 年。

［美］D.N.罗德维克：《电影的虚拟生命》，华明、华伦译，南京大学出版社，2019 年。

［加拿大］马歇尔·麦克卢汉：《理解媒介：论人的延伸》，何道宽译，译林出版社，2011 年。

［美］J.希利斯·米勒：《文学死了吗》，秦立彦译，广西师范大学出版社，2007 年。

［美］J.希利斯·米勒：《共同体的焚毁：奥斯维辛前后的小说》，陈旭译，南京大学出版社，2019 年。

［美］蒂莫西·莫顿：《从现代性到人类纪：不对称时代的生态学与艺术》，王爱松译，《国外社会科学杂志》（中文版）2012 年第 4 期。

［加拿大］文森特·莫斯可：《数字化崇拜——迷恋，权力与赛博空间》，曹典林译，北京大学出版社，2010 年。

［荷兰］约斯·德·穆尔：《赛博空间的奥德赛——走向虚拟本体论与人类学》，麦永雄译，广西师范大学出版社，2007 年。

［美］安德鲁·皮克林：《作为实践和文化的科学》，柯文、伊梅译，中国人民大学出版社，2006 年。

［法］贝尔纳·斯蒂格勒：《技术与时间：爱比米修斯的过失》，裴程译，译林出版社，2000 年。

［法］列维-斯特劳斯：《野性的思维》，李幼蒸译，商务印书馆，1987 年。

［美］Edward W. Soja：《第三空间——去往洛杉矶和其他真实和想象地方的旅程》，陆扬等译，上海教育出版社，2005 年。

［英］凯蒂·索珀：《人道主义与反人道主义》，廖申白、杨清荣译，华夏出版社，1999 年。

［瑞士］费尔迪南·德·索绪尔：《普通语言学教程》，高名凯译，商务印书馆，2002 年。

［意］维柯：《新科学》，朱光潜译，人民文学出版社，2008 年。

［美］兰登·温纳：《自主性技术：作为政治思想主题的失控技术》，杨海燕译，北京大学出版社，2014 年。

[英]朱利安·沃尔弗雷斯编著:《21世纪批评述介》,张琼、张冲译,南京大学出版社,2009年。

[美]林赛·沃特斯:《美学权威主义批判》,昂智慧译,北京大学出版社,2000年。

[澳]伊恩·伍德沃德:《理解物质文化》,张进、张同德译,甘肃教育出版社,2018年。

[美]罗伯·希尔兹:《空间问题:文化拓扑学和社会空间化》,谢文娟、张顺生译,江苏凤凰教育出版社,2017年。

[美]唐·伊德:《技术与生活世界——从伊甸园到尘世》,韩连庆译,北京大学出版社,2012年。

[英]特里·伊格尔顿:《二十世纪西方文学理论》,伍晓明译,北京大学出版社,2007年。

[英]特里·伊格尔顿:《理论之后》,商正译,商务印书馆,2010年。

[美]弗雷德里克·詹姆逊:《未来考古学:乌托邦欲望和其他科幻小说》,吴静译,译林出版社,2014年。

二、英文文献

Aretoulakis, Emmanouil, "Towards a PostHumanist Ecology: Nature without humanity in Wordsworth and Shelley", *European Journal of English Studies*, Vol. 18, No.2, 2014.

Badmington, Neil (ed.), *Posthumanism*, New York: Palgrave, 2000.

Badmington, Neil, "Theorizing Posthumanism", *Cultural Critique*, Vol. 53, Winter 2003.

Badmington, Neil, *Alien Chic: Posthumanism and the Other Within*, London and New York: Routledge, 2004.

Barad, Karen, "Posthumanist Performativity: Toward an Understanding of How Matter Comes to Matter", *Signs*, Vol. 28, No. 3, Gender and Science: New Issues, Spring 2003.

Bennett, Andrew, *The Author*, London and New York: Routledge, 2005.

Bloom, Harold, *Shakespeare: The Invention of the Human*, New York: Riverhead Books, 1998.

Bostrom, Nick, "A History of Transhumanist Thought", *Journal of Evolution and Technology*, Vol.14, 2005.

Castree, Noel, and Nash, Catherine, "Introduction: Posthumanism in Question", *Environment and Planning*, Vol.36, 2004.

Caughie, John (ed.), *Theories of Authorship: A Reader*, London: Routledge and Kegan Paul, 1981.

Dollimore, Jonathan, *Radical Tragedy: Religion, Ideology and Power in the Drama of Shakespeare and His Contemporaries*, New York: Palgrave MacMillan, 2004.

Eagleton, Terry, *The Event of Literature*, New Haven: Yale University Press, 2012.

Ferrando, Francesca, "Posthumanism, Transhumanism, Antihumanism, Metahumanism, and New Materialisms: Differences and Relations", *Existenz*, Vol.8, No.2, 2013.

Gilmore, Paul, *Aesthetic Materialism: Electricity and American Romanticism*, Stanford: Stanford University Press, 2009.

Hassan, Ihab, "Prometheus as Performer: Toward a Posthumanist Culture?", *The Georgia Review*, Vol.31, No.4, Winter, 1977.

Hayles, N. Katherine, *How We Became Posthuman: Virtual Bodies in Cybernetics, Literature, and Informatics*, Chicago: University of Chicago Press, 1999.

Hayles, N. Katherine, *Writing Machines*, Cambridge and London: The MIT Press, 2002.

Herbrechter, Stefan, *Posthumanism: A Critical Analysis*, London and New York: Bloomsbury, 2013.

Herbrechter, Stefan, and Callus, Ivan (eds.), *Posthumanist Shakespeares*, New York: Palgrave Macmillan, 2012.

Herbrechter, Stefan, Callus, Ivan, Manuela, Rossini, Grech, Marija, Bruin-Molé, Megen de, and Müller, Christopher J. (eds.), *The Palgrave Handbook of Critical Posthumanism*, New York: Palgrave Macmillan, 2022.

Kittler, Friedrich, *Discourse Networks, 1800/1900*, Michael Metteer and Chris Cullens (trans.), Stanford: Stanford University Press, 1990.

Latour, Bruno, *Reassembling the Social: An Introduction to Actor-Network-Theory*, Oxford: Oxford University Press, 2005.

Livingston, Ira, *Between Science and Literature: An Introduction to Autopoetics*, Urbana and Chicago: University of Illinois Press, 2006.

Luhmann, Niklas, *The Differentiation of Society*, New York: Columbia University Press, 1982.

Macherey, Pierre, *A Theory of Literary Production*, Geoffery Wall (trans.), London: Routledge & Kegan Paul, 1978.

Morton, Timothy, *Ecology Without Nature: Rethinking Environmental Aesthetics*, Cambridge Mass. and London: Harvard University Press, 2007.

Morton, Timothy, *The Ecological Thought*, Cambridge Mass. and London: Harvard University Press, 2010.

Nayar, Pramod K., *Posthumanism*, Cambridge: Polity Press, 2014.

Pieters, Jurgen (ed.), *Critical Self-fashioning: Stephen Greenblatt and the New Historicism*, New York: Peter Lang, 1999.

Seaman, Myra J., "Becoming More (than) Human: Affective Posthumanisms, Past and Future", *Journal of Narrative Theory*, Vol. 37, No. 2, 2007.

Sernella, Iovino, and Oppermann, Serpil, "Theorizing Material Ecocriticism: A Diptych", *Interdisciplinary Studies in Literature and Environment*, Vol. 19, No. 3, 2012.

Wolfe, Cary, "In Search of Post-humanist Theory: The Second-Order Cybernetics of Maturana and Varela", *Cultural Critique*, No.30, Spring, 1995.

Wolfe, Cary, *What Is Posthumanism*, Minneapolis: University of Minnesota Press, 2010.

Wolfe, Cary, "Second Finitude, or the Technics of Address: A Response", *Philosophy & Rhetoric*, Vol.47, No.4, 2014.

Woodward, Ian, *Understanding Material Culture*, California: SAGE Publications Ltd, 2007.